湖南省普通高校哲学社会科学重点研究基地"沈从文与湘西文艺研究中心"支持建设项目

李 兰 著

欲望的讲述与超越

苏童小说研究

The Narration and Transcendence about Desire

中国社会科学出版社

图书在版编目（CIP）数据

欲望的讲述与超越：苏童小说研究 / 李兰著.
北京：中国社会科学出版社，2024.6. -- ISBN 978-7
-5227-3928-1

Ⅰ. I207.42

中国国家版本馆CIP数据核字第202465ZV34号

出 版 人	赵剑英
责任编辑	王　越
责任校对	赵雪姣
责任印制	戴　宽

出　　版	中国社会科学出版社
社　　址	北京鼓楼西大街甲158号
邮　　编	100720
网　　址	http://www.csspw.cn
发 行 部	010-84083685
门 市 部	010-84029450
经　　销	新华书店及其他书店
印　　刷	北京君升印刷有限公司
装　　订	廊坊市广阳区广增装订厂
版　　次	2024年6月第1版
印　　次	2024年6月第1次印刷
开　　本	710×1000　1/16
印　　张	13.25
插　　页	2
字　　数	206千字
定　　价	76.00元

凡购买中国社会科学出版社图书，如有质量问题请与本社营销中心联系调换
电话：010-84083683
版权所有　侵权必究

目 录

绪 言 ……………………………………………………………（1）

第一章　苏童与先锋小说的欲望叙述 ……………………（32）
　第一节　叙事革命开始了 …………………………………（33）
　第二节　欲望：叙事革命的核心修辞 ……………………（41）
　第三节　苏童小说的欲望"寓言" …………………………（48）
　第四节　欲望所表征的人生 ………………………………（57）

第二章　苏童小说的欲望形态 ……………………………（68）
　第一节　"香椿树街"少年的青春回访 ……………………（68）
　第二节　情欲的压抑与释放 ………………………………（76）
　第三节　"米"与食物记忆 …………………………………（86）
　第四节　死亡及其想象方式 ………………………………（94）

第三章　叙事者与叙事角度 ………………………………（102）
　第一节　"枫杨树故乡"与颓败的家族 ……………………（102）
　第二节　自我的审视与建构 ………………………………（112）
　第三节　童年经验与"少年血"记忆 ………………………（120）
　第四节　"傻子"与逃离者的书写 …………………………（128）

第四章　欲望的精神内核与超越方式 ……………………（138）
　第一节　物欲世界的沉浮 …………………………………（138）

第二节 "南方"的堕落与诱惑 …………………………………（147）
第三节 "红粉"与女性生存悲歌 …………………………………（156）
第四节 日常性与悲悯精神 …………………………………………（164）

余论 一个以"轻逸"写"繁复"的作家 ………………………（175）

参考文献 ……………………………………………………………（187）

附录 苏童小说创作年表 …………………………………………（200）

后　记 ………………………………………………………………（207）

绪　　言

一　当代小说视野里的苏童

于当今文坛而言，苏童以他独特的文学意识与创作品格占据了重要的文学史地位。对"传统"的坚守，对"先锋"的探索，苏童四十年创作历程中所表现出来的持续变化与不断突破，给予了我们对文学叙事的惊喜。评论家们普遍认为，苏童"天生是个说故事的好手"[①]，他总能把故事讲得"温婉凄迷，充满诗意"[②]。在颓废、唯美的叙事中，典雅的语言风格，悲悯精神的表达，是苏童对生命本真的探索与思考；对生存苦难的观照与叩问，更是他在洞悉人性本质后含蓄且深沉的悲悯情怀。朱光潜先生说，悲悯不仅仅是同情与怜悯，它是作家在直面人性褶皱后，依旧保持对生命存在的追问与探索，"我们可以把它描述为由于突然洞见了命运的力量与人生的虚无而唤起的一种普遍情感"[③]。对苏童来说，悲悯是他小说创作的一种思维方式，在他特立独行又不失情怀与使命担当的写作中，悲悯内化为一种创作品格与深切情怀，成为作品的内在精神，更体现着作家苏童对文学的敬畏与信仰：直面人性"褶皱"，保持对生命存在的追问与探索以及绵延不绝的叙事热情。苏童创作的独特性表现在他对欲望的客观呈现与阐释中，以悲悯的情感与叙事品格，完成对欲望难题的讲述与超越，实现"给心灵以家园，给社会以秩序"的终极目标。

[①] 王德威：《南方的堕落与诱惑》，《新华文摘》1998年第7期。

[②] 张清华：《中国当代先锋文学思潮论》（修订版），中国人民大学出版社2014年版，第233页。

[③] 朱光潜：《悲剧心理学——各种悲剧快感理论的批判研究》，张隆溪译，人民文学出版社1983年版，第96页。

(一)

苏童自1983年初登文坛，陆续创作了《黄雀记》《河岸》等9部长篇小说，《一九三四年的逃亡》《罂粟之家》等14部中篇小说，《桑园留念》《仪式的完成》《告诉他们，我乘白鹤去了》等近200篇短篇小说。近年来，相继有《万用表》《马多娜生意》等作品问世。此外，还有散文、对谈的创作，出版作品集50余册，多部作品被改编成电影，创作字数近400万字。同时，获国内外多项奖励与荣誉，作品被译成英、法、德、意等语言在国外传播。对于写作，苏童有着异乎寻常的热爱与执着："我写作的时候其实是在霸占着一个世界，很强悍，很有权力，令人满足。我有许多能力是我在平时的现实生活中没有的判断、没有的思维，在写作当中会有。这也是我喜欢写作的一个重要原因。"[①] 在独属于苏童的"小说王国"，他拥有着对世界永恒的想象与虚构热情，这也是作家苏童对文学家园的执着守望。恣意灵动的想象，诗化的艺术意境与情致，形神、情理的统一与相融，可以说，诗意渗透在苏童小说世界的各个角落，"或讲究白描传神，或提倡以诗作小说的素质，或追求短篇小说'浑然的美'"，构成了一个意蕴深远、气韵生动的"诗性小说"世界。[②] 他的诗性小说并不只注重小说的艺术境界与审美品格，更重视对作品的精神内核与思想含蕴的凝练，这是作家对个体生命内在世界的体察与反思，更是苏童对"人的存在、人类命运及生命意义的追问与探寻"[③]。古往今来，欲望是人类永恒的话题，对欲望的书写成为文学创作经久不衰的主题。在苏童的诗性小说世界，欲望既是苏童小说创作的切入点，是他叙事的母题，也化作他叙事的动力，成为贯穿苏童创作历程的精神线索，更是他创作的旨归与永恒追求。

身处现代浪潮中的我们，享有丰厚的物质财富，总易沉迷于现代社会的表象，过于追求速度与利益的极限化，而忽略了对现代社会本质的拷问。在这个交织着利益与欲望的时代，人们开始变得迷茫、躁动，初心难觅、诗心不再，积聚在人们内心的褶皱淤积沉淀，犹疑、焦虑、阴

---

① 谭嘉：《作家苏童谈写作》，《当代作家评论》2002年第5期。
② 杨义：《中国现代小说史》（第一卷），人民文学出版社1986年版，第149页。
③ 李扬：《现代性视野中的曹禺》，人民文学出版社2004年版，第35页。

暗、恐惧日渐占据上风，成为人们心灵世界的真实写照。"欲求和挣扎是人的全部本质"，欲求的需要与不满足使痛苦应运而生，"所以，人从来都是痛苦的，因为他的本质就是落在痛苦的手心里的"①。欲望无法克服，人类不能扼杀欲望，即便明知欲望"会给生命带来痛苦，会破坏社会秩序。它会让心灵不知所归，让社会无法正常发展"②。面对欲望这个"怪物"，人类仍抵挡不住它的诱惑，因而，欲望与痛苦相伴相生。可以说，在将"欲望化"作为重要生活内容的现代社会，人们很难回答什么是幸福，无法理解生命的意义，更不懂得什么样的人生值得追求。

苏童以生存与选择等各种欲望形态表达人的生命情状、探寻人性的内心世界，在持续的关注与书写中，始终讲述着欲望这个主题：以虚构的"枫杨树故乡"系列，"香椿树街"少年的青春回访，实现着自己还乡的精神情结，表达着作家执着的文学理想；通过对历史寓言中人的颓败与衰亡历程的客观呈现，对欲望进行审视与重述，继而从历史碎片中打捞特殊年代的欲望记忆；在对文学作品里"逃亡者"与"异己形象"的另类叙述过程中，诉说人类命运与欲望的两难选择；通过对人性欲望世界的解构、沉思与重建，探寻挣脱现世悲苦的"良方"，以求回归心灵家园、实现精神意义上的自我救赎。

关注弱者，以悲悯之心写尽人性的幽暗，尤其注重对"小人物"、香椿树街"少年"，颂莲、秋仪等女性"日常"的真实表达。对复杂而多变的人物心理的细腻描绘，呈现了苏童所理解的个体生命情状与欲望世界。"人物性格的悲剧结局是由原始形式或变化了的形式的命运所决定的。"③苏童小说中的人物欲望如同虚妄，给人一种苍凉与倦怠感，让人在分秒即逝的时间长河中，面对形形色色的欲望诱惑与利益驱使，总难割舍那点念想，哪怕已然痛苦不堪，且明知结局悲苦，仍忍不住要奔向下一个欲望目标。但扭曲变异的人心，人与人之间冷漠、病态的伦理状态，不

---

① [德]叔本华：《作为意志和表象的世界》，石冲白译，商务印书馆1982年版，第427页。

② 程文超等：《欲望的重新叙述——20世纪中国的文学叙事与文艺精神》，广西师范大学出版社2005年版，第3页。

③ 朱光潜：《悲剧心理学——各种悲剧快感理论的批判研究》，张隆溪译，人民文学出版社1983年版，第108页。

安与苦痛的纠缠,还是让人们容易陷入失望与纠结,甚至绝望与垂死挣扎之境。欲望与良知作为"人的灵魂天生被分裂"而成的"各不相让的两半",同时存在于人性深处、充斥于人类生活方方面面,而它们之间永恒的矛盾与对话"实质",不可避免地导致了人性的纠结与冲突,成为人性深处矛盾与分裂本质的根本缘由。[①] 文学之于人类的生命与生活的重要意义,使欲望成为文学作品中作家叙事的内驱力——如何讲述欲望,进一步阐释欲望?如何书写在欲望沉浮中繁复、沉重的人世?成为作家们一直在探究的写作难题。通读苏童的作品,不难发现,人生所有挣扎,不过是对欲望永无休止的倾轧与争夺,命运的悲苦也只是欲望存在的孪生体与衍生物。因而,人类存在本身便注定了人的命运终将沦为一场欲望般的宿命,不能扼杀也无法摆脱,最后只得徒劳一场。在认清这一真相后,苏童选择以尽可能公正、客观的立场勘探人存在的本质、追寻生命的真谛,在独属于他自己的文学世界,以一种源于直觉反应与情绪共鸣的感性领悟,表达他对人世的理解与悲悯深情。结合苏童的创作实绩,尤其是短篇小说作品,他以崇敬而又冷静、客观的精神向度,直面生存困境与现实苦难,以超越同情、高于怜悯的审美观照,赋予现实世界新的美学内涵。

(二)

20世纪80年代中期以来,随着《桑园留念》《一九三四年的逃亡》《城北地带》等佳作相继问世,苏童日渐走入读者视线,娴熟且诗意盎然的文笔、深沉而悲悯的文风,让评论家们也开始关注这位刚走出大学校园的文坛新秀。随后,《妻妾成群》《红粉》等小说的成功"触电"——被改编为电影,不仅提高了苏童的知名度,也使其成为纯文学创作领域少数收获雅俗共赏美誉的代表作家之一。四十年来的持续创作,苏童敏锐而自觉的文体意识,尤其是他在短篇小说上的造诣,得到评论家们的一致肯定。比如他创作的《茨菰》《白雪猪头》《仪式的完成》等130余篇短篇小说,叙事节奏从容不迫,作品整体精致、和谐,富于古典气息,让苏童收获更多赞誉。评论界普遍认为,苏童的短篇创作代表着"当代

---

① 刘再复、林岗:《罪与文学》,中信出版社2011年版,第111页。

短篇写作的一个高度",是对"当代文学的重要贡献"①,"即便以世界文学为参照系,也依旧是优秀作品"②。

苏童对语言文字有一种天然的直觉,在近乎浑然天成的精准语感下,苏童以奇妙的意象、丰富的意蕴、饱满的气韵以及不时飘逸出的灵气与诗意,敏锐地捕捉人性的幽暗处,并为其扫除灰尘,抚平人性褶皱,以悲悯的精神向度叙述人性的阴郁、卑微、变异与扭曲。苏童对日常生活与生命存在本身都有着细致入微的体察,在他笔下,无论是孤寂、躁动的"少年",还是怜弱、凄苦的女性,忧郁、颓唐总是与这群"小人物"如影随形。细品之后,诗意的悲悯油然而生。跌宕起伏的内在张力,细腻唯美的叙事风格,无不体现着苏童的创作特质:忧伤而不绝望、困惑不止依旧勇敢前行的写作精神,而这,也可理解为苏童小说欲望叙事的内核所在。③

《收获》先后于1987年第5期、1988年第6期刊载的《一九三四年的逃亡》和《罂粟之家》,是苏童虚构的"枫杨树故乡"系列最早作品,也被视为"先锋小说"代表作。前者是作家创作的第一部中篇小说。小说中,作家以不同于传统小说的形式、架构,异于规范的语法句式,个性鲜明的语言表征,尤其是散见于小说中的叙事感觉展开记述,灵动且飘逸。后者以旗帜鲜明的先锋特征,不仅"代表了八十年代后期中国先锋小说的艺术特色",标识出汉语小说在当时"所达到的艺术高度",也被推为"百年来中国中篇小说首屈一指的作品之一"④。在讲求叙事形式极端体验的先锋文学浪潮中,苏童成为以马原、北村等为代表的"先锋派"中不可忽视的一员。而苏童以想象勾勒出的"枫杨树乡"从此作为一个重要意象,出现在他的多部小说中,成为作家精神归属地与望乡情结的象征。也正是在"望乡"与"还乡"的写作中,苏童不断寻找自己精神之根的所在,不自觉迈入"新历史主义"小说的创作大军,以向内转、往回看的姿态调整创作方向,用传统古典的白描手法还原生活原貌,

---

① 张学昕:《苏童的短篇小说》,《文艺报》2007年第2期。
② 王尧、韩春燕:《"寻找当代文学经典"专栏》,《当代作家评论》2018年第4期。
③ 洪治纲:《论苏童短篇小说的"中和之美"》,《文学评论》2010年第3期。
④ 陈晓明:《论〈罂粟之家〉——苏童创作中的历史感与美学意味》,《文艺争鸣》2007年第6期。

以细腻写实的笔触，寻获小说写作的另一种可能性。

1989年《妻妾成群》发表，成为苏童的重要代表作。《妻妾成群》是苏童创作历程中一个具有重要"转折性"意义的作品，是"一部具有典型意义的新历史主义小说"[①]。

故事源于生活，但高于生活，故事是虚构的，虚构的叙事代表着更高的真实。苏童曾言，《妻妾成群》的故事纯属虚构，创作灵感最初来自他朋友一首同名诗作《妻妾成群》，但真正激起他创作欲望并推动他继续"构思""叙事"的，是古老故事本身的吸引力。[②] 在这个古老故事中，苏童以旧瓶装新酒，不断从《红楼梦》《金瓶梅》等经典名著中汲取文学养分，又勇敢打破传统小说叙事套路，以欲望为主线，在对颂莲等女性本能的嫉妒、无休止的贪婪与情欲本色的书写中，揭露由欲望所带来的无穷尽的争宠与悲苦。苏童用细腻而绵密的笔触，勾勒出一幅民国版的"后宫争斗图"，一场由欲望牵引出的争宠大戏就此拉开序幕：性格泼辣、个性鲜明而富于生命力的女学生，冷静果断却又依附性极强的知识女青年颂莲，精明世故、明哲保身的大太太，口蜜腹剑、佛口蛇心的二太太，冷艳孤傲、身不由己的三太太……她们似乎全都或自觉或被迫卷入这场明争暗斗的"女人戏"。妻妾成群拥聚在毫无生命气息、已然步入颓败末世的陈家大院，在一片看似平静的表象之下，一股暗流蠢蠢欲动。苏童以白描手法"还原"这个极富悲剧色彩的女性生存世界，一面是委曲求全而又与生俱来拥有极强依附意识的女性，另一面是早已油尽灯枯、浑浊腐朽的被依附主体——旧式"老爷"，卑微、悲苦、可怜、猜疑、倾轧、算计、血腥直至自我毁灭，"颂莲们"悲剧命运不可避免，在苏童极富古典才情的演绎中，故事充满了凄婉感伤而深入内里的人性力量。[③]

苏童大胆而愉悦的尝试，让他在26岁就写出蜚声海内外的杰作《妻妾成群》。有评论家认为，他"天生就是一个研究女性人性弱点的早熟的专家"[④]。尤为重要的是，苏童的这次转型更像是一次成功的"突围"，

---

① 张清华：《十年中国新历史主义思潮回顾》，《钟山》1998年第4期。
② 苏童：《虚构的热情》，江苏人民出版社2003年版，第23页。
③ 朱伟：《最新小说一瞥》，《读书》1990年第3期。
④ 程光炜：《我读〈妻妾成群〉——在苏童与〈包法利夫人〉译者对话中品味小说》，《当代作家评论》2018年第2期。

不仅改变了小说的固有写法,开辟了写作的新天地,为文学创作提供了新的经验借鉴,更重要的是"加深了人们对文学的理解",丰富了人们对文学的认知与情感。①

(三)

既古典又先锋,熔传统与现代各种写作风格于一炉,苏童的独特还表现在他勇往直前的自我颠覆与突破的创作品格上。苏童勇于打破以往惯用的形式与技巧,避免写作匠气,远离喧嚣且焦虑的文学场域,以执着的文学信仰,坚定地守护着内心的文学理想。回望苏童的创作历程,他在短篇、中篇与长篇小说创作上皆有建树,国内外各类文学奖项的获得,评论界与大众读者一致的美誉。精湛的艺术风格与唯美的审美品格,灵动且丰富的想象力,苏童的确可以称得上当代文坛最优秀的小说家之一。当然,评价一个作家,更应考察作品本身的张力、向内转的深度以及灵魂救赎的力量,考量作家创作的姿态是否始终如一地坚持创新、寻求突破。四十年来,苏童在小说艺术探索上业已抵达的高度,在文学叙事、审美经验,乃至小说主题与题材运用上的突破与创新,对写作风格与自我认知的不断超越,所有这些都是苏童为当代文学所做出的重要贡献。

于苏童而言,对生命存在的思考才是他小说创作的核心表达。"真正的文学是人的存在学,它必须表现人类存在的真实境况,离开了存在作为它的基本维度,文学也就离开了它的本性。"② 对生活与人性孜孜以求地探寻,苏童秉持的文学理念正是对人的存在的叩问,是对人类命运与生命意义永恒的追问与探索。因而,有评论家指出,苏童的小说"是一门关乎个体生命如何展开的学问"③。既有着对人生困惑与悲苦现状的真实呈现、对生活真相的揭露,也有对"小人物"与日常生活情状真诚而客观的书写,更有对人类精神的刻画,对懵懂少年、柔弱女性内心世界的守护。

---

① 孟繁华:《先锋文学的遗风流韵——纪念先锋文学三十周年》,《南方文坛》2015年第3期。
② 谢有顺:《文学:坚持向存在发问》,《南方文坛》2003年第3期。
③ 陈晓明:《不死的纯文学》,北京大学出版社2007年版,第150页。

"极具叙事天赋"的苏童不仅长于表达善与真,也善于以温润之心敏锐地捕捉人性的恶与丑,理解人性中遮掩的黑暗。[①] 文艺创作作为一种用感性的领悟与理解表现心灵世界的生命活动,"书籍、书信、日记、笔记、回忆等,每一个文字背后,涌动的皆为生命的声音,皆为人类之'心史',唯有'同情之了解',方可'近真'"[②]。通过对题材的独到把握,对叙事的极致追求,尤其是对童年经验与少年记忆的动情书写,欲望成为苏童讲述的最重要的主题。在固守中沉淀,于厚积中自成一体,即便身处当前这样一个纷繁喧嚣、文学式微的年代,苏童始终如一地坚持他凝练的美学意趣,持续耕耘在他的诗性小说世界,形成苏童式针脚细密且诗意飞扬的叙事风格。因此也可以说,苏童以模糊的童年记忆、朦胧又黏稠的故乡印记,执着而婉转地书写他的"香椿树街"叙事、"枫杨树乡"故事,正是他以写作寻求生命意义的动力与源泉之所在。

综观苏童的作品,不难发现,"我"总是在作品中扮演着各式角色,但每个角色似乎都不是真实的作家自己。一个人在童年或少年阶段发生的较深刻或重要的事件,相较于人一生中其他年龄阶段而言,是最易烙下印记的。年少的创伤与疼痛记忆或许可随着时间的流逝而得以减缓或暖化,但终其一生都无法痊愈。从这个意义上来说,苏童在创作谈与作品自序中多次提到童年生活记忆,尤其是九岁时几近触摸"死神之门"的一场重病,儿时家人亲邻的争吵与摩擦,家境的清贫与拮据,这些都对苏童一生产生了重要影响。在苏童的《过去随谈》中,有面对母亲原本美丽却因生计写满疲惫与病痛的面容时的酸楚,有当得知患重病的母亲不久将撒手人寰的悲泣……心理记忆与文学创作的紧密关联,于作家苏童而言,这些记忆使得他的创作不由自主地烙上年少时的创伤印痕,难怪沉默隐忍如苏童,都不免生出世事无常、人生无奈的感慨。

当然,苏童笔下也多有类似于"躲在门后悄悄哭泣"的柔弱且命运多舛的女性形象。苏童曾说,对她们而言,大声说话、大步走路都是一种错误,极易酿成痛苦,等待她们的只是迟来或早到的不公与伤痛。物

---

① 张清华:《中国当代先锋文学思潮论》(修订版),中国人民大学出版社2014年版,第233页。

② 周保欣:《重建史料与理论研究的新平衡》,《学术月刊》2017年第10期。

质匮乏是苏童笔下人物生活的共同状况，他们整日埋头柴米油盐细碎日常，无心参与政治与国家大事，也无力对抗不公与失望，默默忍受着日复一日的单调与空虚，最终或病态扭曲，或终日漂泊逃亡，"永远在路上"。

如果说九岁时缠绵病榻是导致苏童小说中人物荫翳、孤寂的潜藏因素，那么，儿时喜欢一个人端坐临河的窗前窥探外界的习惯，无形中培养了苏童敏锐的观察力与善思考、爱幻想的性格，对阅读与自我心理对白的迷恋与喜爱，对苏童日后的创作风格产生了重要影响。江南文气与才韵的耳濡目染，大学时京城格局气度的炼造，都浸染在苏童的艺术感觉与风格趋向中，尤其是童真、童趣对苏童生活境界影响至深。因此，对于将对文学创作的热爱烙刻进生命流动的血液中的苏童而言，上述这些都成为影响苏童艺术修养与创作风格的重要因素。当然，我们也应注意到，与同时期其他作家对照，因与其有共同的写作背景与文化语境，苏童也呈现与他们相似或趋同的写作经验：先锋文学思潮浪潮儿的标签，创作转型的必然选择，对特殊时代的记忆经验，新历史主义叙事的新质与主潮，所有这些，成为苏童那个年代的作家们不得不面对的共同难题。但"回到童年的极端形态是回到子宫、回到原初。母亲的子宫有如大地，是孕育生命的初始之所。以回到童年来言说，精神家园之返，是一些现当代作家不约而同地采用的言说方式"[①]。基于童年世界的纯洁、真实与无忧无虑，理想化的童年记忆，尤其是童年回忆具有海德格尔所谓"澄明之境"的品质，在每个个体的创作经验中，不仅独一无二，而且往往被作家赋予一种哲学意蕴，成为作家在时间向度上指称家园故土的代名词。从这个意义上而言，"少年血"故事、"香椿树街"记忆又何尝不是独属于苏童的"望乡""怀乡"之旅呢？

（四）

当文学创作普遍流于盲目跟风的市场化倾向，或者沦为"娱乐至上"价值观裹挟下的潮流，成为供读者消遣的敷衍式"批量生产"，或为博读者眼球对欲望与人本身做极端呈现，甚至不惜制造各种俗不可耐的文化

[①] 叶君：《乡土·农村·家园·荒野——论中国当代作家的乡村想象》，中国社会科学出版社2007年版，第216页。

"快餐",作家的创作与写作初心已然渐行渐远。著名评论家谢有顺指出,"文学自上个世纪出现'向内转'之后,写作不断地开掘人类内心的风景,可是,内心的风景里除了悲伤、阴郁和绝望,似乎也没有多少明亮的东西。所以,这些年来,恶毒的、心狠手辣的、黑暗的写作很多"。受当前文学创作环境的影响,一种充满理解、悲悯的写作已变得越来越少。① 在卡尔维诺看来,"文学是一种生存功能,是寻求轻松,是对生活重负的一种反作用力"②。文学在任何时候、任何环境下,都应给人以温暖与慰藉,让人们在充斥着钢筋混凝土、毫无生气的生存环境中,能有一处清新、干净的呼吸之所,让人们在一切求"快"的现代社会,在以"有用"与"利益"为最高标准的当下生活中,仍愿意静下来、慢一点,依旧葆有找寻内心宽度与心灵高度的勇气与信心,常怀温情与敬意、永存希望与信念。由此,写作如何回到真正意义上的精神活动,作家在创作中如何讲述对人性、人内心世界的思考与探索,成为当代文坛今后主要努力的方向之一。从这个意义上再来重新审视苏童及其创作,四十年如一日,不为文学潮流所裹挟,始终保持自身的写作状态与叙事立场,听从自己的艺术感觉与写作心性,坚持以一种客观公正立场理解人和世界,重建文学原有的"更高的精神参照""书写值得珍重的人世"③,这种对"初心"的坚守以及在苏童作品中所呈现出的独特的文学叙述与美学形态,"既是对时代生活的精心雕刻,也是对他时代文学的最好贡献,更重要的是,给予了我们对文学不衰的乐观和信心"④。

从20世纪80年代先锋小说的叙事革命开始,苏童将欲望当成叙事革命的核心修辞,创作出了一系列极具代表性的先锋小说,中篇《一九三四年的逃亡》与《罂粟之家》可视为其中最重要的两部作品。前者运用极富先锋实验色彩的内容、形式,对人类生存中形而下的现实苦难,尤

---

① 谢有顺:《文学的精神转型:从闺房写作转向旷野写作——兼谈中国文化的现状与未来》,《绿叶》2008年第5期。

② Calvino, *Six Memos for the Next Millennium*, Cambridge: Harvard Uniersity Press, 1988, p. 12.

③ 谢有顺:《文学的精神转型:从闺房写作转向旷野写作——兼谈中国文化的现状与未来》,《绿叶》2008年第5期。

④ 张学昕:《"虚构的热情"——苏童小说的写作发生学》,《当代作家评论》2005年第6期。

其是人的欲望、心理、情绪等做了荒诞且激烈的"历史"拆解；后者更像是作家按照自己的方式对过去与历史碎片的拾掇与重建，在缝合过程中自己感悟历史，颠覆并发现历史，在对历史的窥视与洞察中，试图探寻人类欲望的本质。同时，通过《蓝白染坊》《祭奠红马》《蝴蝶与棋》这些弥漫着朦胧梦幻、谜一般气息以及神秘、诡异如叙事"迷宫"般的欲望"寓言"作品，苏童以古典、唯美的语言风格与具有先锋、现代意义的叙事风貌讲述欲望，将中国传统文学中的寓言纳入特定历史框架，重建"真实"历史"片段"的特征。同时，他又借用西方"寓言"故事中由具体向抽象的"转移"与"超越"气质，使得小说中关于欲望的"寓言"最终演变成欲望"预言"，表达着自己对生命的态度，对生存苦难的持续关注。上述种种熔炼在小说中的真实体验与生命意识，可视作苏童对现实人生的追寻，对探求解决人类生存困境与悲苦命运的"寓言"书写。

将欲望所表征的人性特质做绵密、传神的刻画，尤其是对香椿树街少年的青春回访、情欲的压抑与释放、"米"与食物的记忆、死亡及其想象方式这四个欲望形态的细致描摹，苏童的欲望叙事愈加缜密、细腻。从"枫杨树乡"与颓败的家族、自我的审视与建构、童年视角与"少年血"记忆、"傻子"与逃离者的书写这几个角度来看，苏童小说中的欲望问题已然发生改变，而后小说创作中对物欲世界的"沉浮"、"南方"的诱惑与堕落、"红粉"与女性生存悲歌、日常性与悲悯精神等的表达，更是上升到对欲望问题的哲学思考，承载着苏童新的价值与创作观念，可以理解成苏童对欲望精神内核与超越方式的自我阐述。

有评论家表示，苏童的一些短篇小说，其艺术水准并不见得逊色于那些翻译过来、与他同龄的西方作家。[①] 为表现真实人性，苏童以文学之笔书写阴暗扭曲、善恶美丑，以对欲望的讲述展开对生命存在的探讨，最终回归心灵深处，以大爱书写悲苦现世。苏童以悲悯之心呈现欲望种种情状，警醒与顿悟之下是作家对现世更真切的认知，对人性更深沉的理解，也是对"知人论世"的最好诠释。王德威认为，"悲悯"作为小说叙事的能量体现，是作家对写作形式的一种选择，这种悲悯的主观意愿

---

① 谢有顺：《肯定中国当代文学也需要勇气》，《文艺争鸣》2021年第7期。

体现在创作实践中，便是作家在兼容并蓄、虚实相融的小说气质中，摒弃浅薄庸俗的悲苦煽情，拒绝简单粗暴的"二元对立"视角，反对对人类生活做"非黑即白"定论，抵制"以暴制暴"的写作风气。依此，"悲悯"是在认清人性本来面貌后，永远对个体生命葆怀敬畏之心。[①] 在洞悉人性的欲望本能后，仍能直面人类社会中的病态与丑恶，依然愿意接受人性弱点与性格缺陷造成的人生悲剧，并坚持在繁复驳杂的叙事中以"悲悯"的写作形式寻获一种救赎力量。从这个意义上再来审视苏童四十年来的创作实践，可以说，苏童的写作，是一种对人类生命本真与人性欲望本质的悲悯表达，更是一场在对悲悯气质与大爱情怀的坚守中，执着探寻文学之于人类救赎力量与超越意义的"修行"。

二 研究的历史与现状

有关苏童及其创作的研究，最早可追溯至1987年韩东发表在《文艺报》上的《苏童和他的小说》。然而，学界普遍认为王干、费振钟于1988年发表在《上海文学》上的《苏童：在意象的河流里沉浮》是第一篇真正意义上的关于苏童研究的学术论文。此后三十余年，此类研究资料稳步增多，近五年来呈现愈演愈烈趋势。结合现有资料，笔者对其中产生重要影响的文献资料做了分类整理，并以时间为序将其划分为两个重要阶段：第一阶段以1991年苏童在《钟山》第3期发表他的第一部长篇小说《米》为界，在此之前学界对苏童的关注比较"平淡"，其间虽因1989年《妻妾成群》的发表与成功"触电"，年仅26岁的苏童一时盛名远播，但专业批评家们对于苏童的关注"热"主要还是缘于《米》的"问世"。知网可查阅的与此相关学术论文共25篇左右，比如，随着1991年胡河清《苏童的"米雕"》一文在《当代作家评论》的发表，仅一年内与《米》相关的研究论文达十余篇，[②] 在这之后关于苏童及其作品的研究又进入平稳状态。第二阶段以2006年《碧奴》的发表为标志，学界对

---

① 张柠等：《思想的时差：海外学者论中国当代文学》，北京大学出版社2013年版，第233页。

② 汪政、何平：《苏童主要研究资料索引》，《苏童研究资料》，天津人民出版社2007年版，第643页。

苏童这次"重述神话"之举争论不已，褒贬皆有，莫衷一是，"苏童"这个名字又一次响彻文坛。自此，学术界对苏童的关注呈成倍递增的势头，总体呈现增幅快、数量大、研究起点高、范围广等特征。

当然，学术争鸣的实质是为发现问题、解决问题，使得研究呈良性发展态势，最终促进学术进步。因而，分析归纳学术批评存在的问题，并提出改进意见也显得极为重要。结合笔者前期梳理文献资料，关于苏童的研究仍存在一定的思考空间。首先，研究层次良莠不齐，无论是对其进行的文体研究，还是专注于苏童作品做文本细读分析，抑或是对苏童创作的影响与接受展开论述，大多停留在"现象描述"层面，未能围绕问题意识展开深入探讨；其次，在有关苏童及其作品的海外传播考察、苏童作品影视改编探究等领域，迄今仍存在较大研究空间；再次，在对苏童某一具体作品展开的论述中，多篇论文出现研究视角单一、论述粗浅、观点重复、结构雷同等现象，对"文本细读"功夫不够重视，过分侧重于对表层现象的分析与解读，这系列问题亟须引起重视；最后，在本土与西方、传统与现代之间，有研究资料多侧重于对批评理论与方法的研究，虽史料详尽、理论扎实，且多有成就，但受研究者与文学外部因素等多重影响，以往研究仍有不周全之处，缺少对审美与史学的融合观照。同时还存在个案研究多、综合研究少，横向比较多、纵向探索少，难免有遮蔽、局限与偏见等问题。

综上所述，笔者着重从如下四个方面重新审视苏童的创作，对苏童研究做进一步思考、探究，以期厘清苏童研究的历史与现状。

第一，围绕苏童小说内容、主题、样式等进行的研究。

综合来看，有关苏童小说的题材类型选择、主题内涵阐释、人物形象分析等进行的文本探究是现存研究资料中数量最多的一类。从对苏童小说作品的选择、问题的缘起与聚焦点，到研究所得出的观点与结论及其产生的影响等，这类研究几乎贯穿苏童创作的每一个过程，具体可将其归纳为"两个系列""三种思潮""多主题并行"做综合阐述。

"两个系列"主要指围绕苏童少年记忆（童年经验）的"香椿树街"系列和以纯粹虚构与丰富想象展开叙事的"枫杨树故乡"系列进行的苏童研究。前者是苏童以童年经验反抗复杂生存现世所营造的艺术世界，在呈现出广阔社会容量的同时也显露出一种独特的艺术视角，但这种反抗与对童年梦的补偿难免显得有些脆弱与稚嫩，有限的时空、单薄的视角终难以抗衡人生的阔大与复杂。① 然而，童年似乎总能源源不断地赋予苏童创作灵感，拙朴的童稚也可能是抵达现实核心的捷径，应对复杂生活最简洁的手段。苏童从自身精神成长历程出发，以几近贯穿创作始终的香椿树街故事，辐射着当时种种现实遭遇，并在记忆打捞下塑造了"桑园"这一"中国当代文学赫赫有名的地标——'香椿树街'的前史"②。这部香椿树街成长史，充斥着简单而纯粹的童年欲望，躁动且直接的"少年血"记忆，"孤独与寂寞""叛逆与暴力""欲望与宿命"等主题是作家对个体成长永恒的观照。同时，苏童也在不断尝试另一种写作的可能，在对人物与事件过程的刻意简化甚至直接省略中，苏童以诗意想象"飞越"故乡，伴随着一幕幕"逃亡与还乡""罪恶与堕落""疯狂与苦难"等人生景象，作家的精神记忆呈现出"对存在本相的种种拟态"。在以"枫杨树故乡"为拟设背景，怀旧文字的"拟挽歌"中，③ 苏童成功抵达人性心灵深处的虔诚与率真，并在苏童式话语风格的坚守、母题的把握与恒久选择中，践行着作家对个体体验与生命存在的永恒追问与思索。④

综观苏童四十年来的创作，不难发现其与自 20 世纪 80 年代至 21 世纪初这期间涌现的文学思潮、文学现象之间的微妙关联。张清华认为，中国当代文学先锋思潮既涵盖启蒙思想运动与存在主义思想运动的这一思想层面意义，也混合了前现代、现代主义与后现代等诸种艺术冲动这两个层面。⑤ 1985 年以来，苏童、马原等先锋派充分演绎着"自由的神话"，他们以独特的姿态、标新立异的艺术形式，表达着他们对历史与现实或拒绝或对抗或超越的态度。⑥ 这时期苏童的小说充斥着"虚幻的浪漫与颓废美学"气质。尤以 1987 年为时间节点，那种简单地将感性经验加

---

① 李其纲：《苏童放飞的姐妹鸟》，《文学评论》1989 年第 3 期。
② 何平：《香椿树街的成长史，或者先锋的遗产》，《小说评论》2015 年第 4 期。
③ 陈思和：《关于长篇小说的历史意义》，《当代作家评论》1996 年第 4 期。
④ 张学昕等：《历史迷魅中的"罪与罚"——论苏童小说的母题》，《当代作家评论》2006 年第 2 期。
⑤ 张清华：《中国当代先锋文学思潮论》，中国人民大学出版社 2014 年版，第 4 页。
⑥ 陈晓明：《先锋文学三十年：辨析与反思》，《南方文坛》2015 年第 3 期。

以审美化、单维度的艺术状貌日渐显现,先锋文学实验在社会性和政治性等多重因素影响下渐渐弱化。苏童、叶兆言等先锋作家们所追寻的文艺理论意义上的美学法则与乌托邦式的艺术道路,不可避免地昭示着"先锋在前一时期的意义已经完成"。然而,"苏童们"在各自的艺术转换中,在不断地自我突破与超越中,也未尝不是在为未来的写作提供一种新的可能性。① 内在紧张感的弱化、精神意义上先锋性与锐气的丧失,苏童等先锋作家不再担当先锋的使命,② 对艺术形式的审视与反思,对存在意义转换契机的追寻,使苏童开始成为"新写实"干将,《妻妾成群》便是"新写实小说的奇葩"③。新写实小说是对以往现实主义的更新换代,也在一定程度上是先锋作家的创作转型,对先锋文学的延伸或拓展,以苏童、格非等小说为代表的新写实小说作家,零度情感叙事,意义逃逸,唯剩下生存状态。④ 受中西方结构主义与后结构主义理论涌入以及莫言"红高粱"家族系列的影响,在打碎与解构"历史元素"后,苏童开始以自己的方式重新"勾兑历史",他的《米》《十九间房》《我的帝王生涯》等"新历史主义"小说,空间化的时间、人性与人类生活日常都是对历史的取代。欲望成为历史的内驱力,在欲望的操控下,个人情欲、物欲乃至权欲推动着历史向前,在自由驰骋的"修辞想象"与"寓言化"写作中,苏童的小说彰显出"感性的饱满魅力"⑤。

主题包含在故事中,隐藏于小说的语言、人物与意象间。苏童的小说,往往呈现多主题共存的景象,也可见出作家对无主题、不明确主题的种种尝试。"既注重现代叙事技巧的实验,同时也不放弃'古典'的故事性,在故事讲述的流畅、可读与叙事技巧的实验中寻求和谐。"⑥ 总之,对人与人性的永恒观照,使逃亡、少年、孤独、女性等主题书写成为苏童小说聚焦点所在。逃遁或逃亡是苏童小说中人物无法摆脱的宿命,陈

---

① 谢有顺:《先锋小说再崛起的可能性》,《山花》1995年第2期。
② 孙绍振:《小说内外之七——由一篇评论想起的》,《小说评论》1995年第3期。
③ 陈晓明:《感性批评的魅力与转型的时代——王干文学批评论略》,《当代作家评论》2018年第2期。
④ 王干等:《〈钟山〉(1988—1998)与先锋文学》,《文艺争鸣》2015年第10期。
⑤ 张清华:《十年新历史主义文学思潮回顾》,《钟山》1998年第4期。
⑥ 洪子诚:《中国当代文学史》,北京大学出版社1999年版,第342页。

三麦、书来"终生都在逃遁中度过"。作品中的主人公有对新的生命状态的追寻、对人生新的可能性的渴求,正是在这样一次次命运与愿望的纠缠与驱逐中,"逃亡"更像是一种徒劳之举。因而,苏童表现的"逃亡"这一母题实际上是人、人性与存在现实的一次次对抗。[1] 人物在故事中的尴尬处境,逃亡命运与扭曲人性在苏童"少年的梦想及其与现实对抗的悲剧"中也逐次展开,年少的无知与稚嫩,青春特有的躁动与愚顽,夹杂着"少年和血、冲动和'原我'欲望"以及麻木、暴力和死亡,种种"少年血"记忆构成了苏童笔下一部少年成长史。[2] 如果说孩童或少年的纯洁、简单与不谙世事是造成他们怜弱、无助的直接原因,那么,女性的柔弱与感性特质则更像是造成女性悲苦命运的"罪魁祸首"。"以深厚的'红粉情结'著称于当代文坛的苏童"对"纯粹与简单"这一类"弱者"从不吝惜笔墨,其作品中有对女性心理细腻、精准的把握,也有诗意场景、唯美氛围的营造。苏童笔下的颂莲、秋仪、绮云等众多女性形象,为当代文学如何从心理层面刻画女性性格做了有效示范。[3] 此外,"死亡"也是苏童小说中着力讲述的主题之一。苏童以独特的审美意蕴呈现各种离奇而又轻易抵达的"死亡":《桑园留念》结尾相拥而死的丹玉与毛头,《狂奔》中最后躺在棺材里的母亲,《妻妾成群》中投井的梅珊……苏童笔下接二连三出现的死亡"差错",已然超越了简单的悲剧故事,成为对存在意义与终极价值的深层追问,也是转移小说意义的叙事手段,死亡成为"一种叙事策略巧妙地维系故事的持续过程"[4]。

学界对苏童的小说样式也展开了不少研究。传统意义上有关小说样式的说法,虽一直存在"定义"与划分标准的分歧,但基本主张从艺术形式、外在篇幅长短与小说内容、思想含蕴等角度对短篇、中篇、长篇这三种小说样式予以综合考量。王德威指出苏童"创造力丰富,短篇、中篇、长篇各种形式都极擅长"[5]。结合篇幅、人物与故事结构等具体实

---

[1] 张学昕、娄佳杰:《历史迷魅中的"罪"与"罚"——论苏童小说的母题》,《当代作家评论》2006年第2期。
[2] 张学昕:《堕落南方的"游丝"——苏童小说人物论之一》,《山花》2006年第6期。
[3] 张清华:《天堂的哀歌——苏童论》,《当代作家评论》2001年第2期。
[4] 南帆:《再叙事:先锋小说的境地》,《文学评论》1993年第5期。
[5] 王德威:《当代小说二十家》,生活·读书·新知三联书店2006年版,第106页。

际，不难发现，短篇小说着重从片段、横断面与具有典型特征的人物、事件等出发进行写作，以此来展现复杂的生活、错综的关系、扭结的矛盾，进而剖析人性、探察人生。作为当代文坛"短篇小说"大家之一，苏童曾多次表达对"短篇"的青睐，无论是对策略的选择还是对技巧的使用，在四十年来的创作实践中，他从未停止对短篇小说的探索，有关苏童短篇小说的批评论文数量多达40余篇。洪治纲从苏童短篇小说前后两个创作阶段体现出的共同的美学趣味与情感基质、艺术表达、语言质感的把握与运用三个方面论述苏童的短篇小说创作始终不失"温柔敦厚"的中国传统美学意义上"中和之美"气质与格调。① 张学昕《发掘记忆深处的审美意蕴——苏童近期短篇小说解读》《苏童与中国当代短篇小说的发展》《感受自己在小说世界里的目光——关于短篇小说的对话》等论文，以持续而细致的跟踪研究，考察角度多元并用，或对苏童短篇小说做内部深入分析，或将其置于当代文学整体进行观照与探讨，从审美意旨、文学叙事、文体意识等展开严密的论述，"唯美"是张学昕论述的关键词，丰富的想象力与唯美的表现力成为他对苏童创作的核心评价。② 此外，还有对苏童的中篇做专门论述的研究，如赵凤山在《复杂而又扭曲的心态——中篇小说〈离婚指南〉人物心理分析》中通过对苏童《离婚指南》做文本细读，指出苏童拥有敏锐的观察力和以"匠心独运"之才直面社会现实的创作品质。吴义勤主要从叙事结构、故事内核、叙述话语系统三方面对苏童的《米》进行分析，指出苏童的创作为当时长篇小说写作提供了一种新的艺术经验与书写范式。③ 而后吴义勤又对苏童重述神话创作进行故事主体、意义与叙事等层面的解析，辩证指出"过于写实"与"极端想象"是苏童在小说创作上亟须解决的症结所在。④ 此外，王干以苏童长篇小说《河岸》为研究出发点，对苏童小说进行全面总结，

---

① 洪治纲：《论苏童短篇小说的"中和之美"》，《文学评论》2010年第3期。
② 张学昕：《发掘记忆深处的审美意蕴——苏童近期短篇小说解读》，《文艺评论》2004年第1期。
③ 吴义勤：《在乡村与都市的对峙中构筑神话——苏童长篇小说〈米〉的故事拆解》，《当代作家评论》1991年第6期。
④ 吴义勤：《戴着镣铐跳舞——评苏童的长篇新作〈碧奴〉》，《南方文坛》2007年第3期。

指出《河岸》是苏童的先锋集大成作,飞翔的语言质感是先锋语言修辞近乎完美的再现。①

第二,从叙事学角度进行的研究。

叙事学理论自20世纪六七十年代开始出现,一直深受学界喜爱,在不断发展与完善中,成为一门至今依旧活跃于文学现场的理论之一。近四十年的苏童研究中,有关苏童小说叙事学批评成果颇丰,论文数量多,研究范围广,比如对叙事者与叙事视角的判断、对叙事时空与叙事结构的分析、对叙事语言与叙事话语的研判以及对叙事形态与叙事修辞的考察,基本涵盖叙事学基本理论与美学实践等诸类范畴。

王干、费振钟的《苏童:在意象的河流里沉浮》不仅是最早的苏童研究论文,也是国内外关于苏童小说叙事学理论研究的"先锋","苏童小说是具有鲜明个性的意象小说","是用生命的汁液浸泡出的意象之流"②,这一评判成为一句"箴言",自此后几乎所有关于苏童的研究,都不能摆脱"意象"对其的影响。"写苏童的评论不用'意象',好像文章写不好。"③ 意象中融入的是作家自己对时代、社会与人类生活的观察、感受与思考,是极具个性表征与深刻内涵的意象表达。王干在综合分析了苏童小说中意象与叙事的关系后,指出意象使得苏童笔下的"人物开始有了写实小说所带有的棱角和立体感"④。张学昕则将苏童小说中实物式意象称为"物像",指出物像是"构成一个故事坚硬的内核,也是表达作家叙事意图的寄托",这种"像"与"意"之间形成了一种"显"与"隐"相结合的关系⑤。

葛红兵从苏童突出的语言才华出发,指出苏童独特的意象性语言不仅成功营造了"凄清幽怨的叙事氛围",更使"意象"成为构成苏童小说叙事的深层推动力,形成了"意象主义写作风格"⑥。语言本身的丰富内

---

① 王干:《最后的先锋文学——评苏童的长篇小说〈河岸〉》,《扬子江评论》2009年第3期。
② 王干、费振钟:《苏童:在意象的河流里沉浮》,《上海文学》1988年第1期。
③ 陈思和等:《童年·60年代人·历史记忆——苏童作品学术研讨会纪要》,《渤海大学学报》(哲学社会科学版)2010年第6期。
④ 王干:《苏童意象(代跋)》,《刺青时代》,长江文艺出版社1993年版,第302页。
⑤ 苏童、张学昕:《回忆·想象·叙述:写作的发生》,《当代作家评论》2005年第6期。
⑥ 葛红兵:《苏童的意象主义写作》,《社会科学》2003年第2期。

涵不仅使其成为一个时代文学水准的主要表征之一，也是构成作家个性特征的关键性因素。语言特质是苏童风格的重要体现，自1985年前后苏童自觉的语言意识形成以来，有关苏童小说的语言感觉与风格，学界多有论述。陈晓明认为苏童语言"圆熟且高妙"，"将人物的性格命运与叙事话语完美和谐交融一体"[1]。洪子诚指出苏童善于"以简写繁"，"在简约的文字背后突显出故事的张力"，"柔美""诗意""忧伤、颓败的情调和气息"时常从苏童语言文字中流露出来[2]。天生擅长说故事的苏童在《一九三四年的逃亡》《城北地带》等"故"事的叙"说"中，营造属于他自由翱翔的凄婉瑰丽的小说世界，"笔锋尽处，不仅开拓了当代文学想象的视野，也唤出影视媒体的绝大兴趣"[3]。张学昕评价苏童的语言"魔性"、高雅，有"贵族气息"，又能巧妙运用"陌生化"效果，作为"中国当代唯美主义作家"，苏童为当代小说语言做出了重要贡献[4]。

想象是一种艺术感受力，也可称为艺术直觉，往往容易产生"只可意会不可言传"的效果。诚如王蒙所表达的："我写的几个人物和他们的纠葛，有一些地方虽然能够感受、传达，却不能清楚地分析、评价。"[5]恣意而汪洋的想象是苏童重述历史、揭露现实以及描绘"南方世界"的重要特质。在张学昕看来，正是出色的想象力让苏童自由驰骋于小说王国，沉浸于幻想的心灵世界中，凝练出独属于苏童式"精练的风格，实验的精神，古典的品质"[6]。南帆指出，《离婚指南》《米》等小说因过于强调对日常生活庸常现状与千疮百孔景象的裸呈，在一定程度上忽略了对文学审美艺术真实与精神意义的探察，将苏童、刘震云等"新写实"作家们引入一种"叙事幻象"[7]。

陈晓明充分肯定了苏童对于现代小说结构的娴熟运用，认为苏童

---

[1] 陈晓明：《无边的挑战——中国先锋文学的后现代性》，广西师范大学出版社2004年版，第142页。
[2] 洪子诚：《中国当代文学史》，北京大学出版社1999年版，第102页。
[3] 王德威：《南方的堕落与诱惑》，《新华文摘》1998年第7期。
[4] 张学昕：《论苏童小说的叙事语言》，《吉林大学社会科学学报》2006年第5期。
[5] 王蒙：《关于〈组织部新来的青年人〉》，《人民日报》1957年5月8日。
[6] 张学昕：《南方想象的诗学——苏童小说创作特征论》，《文艺争鸣》2007年第10期。
[7] 南帆：《新写实主义：叙事的幻觉》，《文艺争鸣》1992年第5期。

"已经完全掌握了利用结构来处理故事的艺术方法"①。季进、吴义勤指出苏童小说在结构上以反匀称的叙事空间结构、反连续的叙事时间顺序与叙事中强烈的空白意识,表现出对打破"原始规范结构"的探索与追寻,进行着大胆、独特又不失诱惑力的文体实验。在他们看来,苏童小说中对叙事者的定位没有固定模式,主要随叙事进程、氛围、事件等元素随时调整,表现出一种多能叙事者的自觉追求倾向②。作为叙事者观察故事、在故事中所处位置与扮演角色的重要方法,少年视角与因叙事需要随时切换的多重视角运用,以及由视角变异产生的间离效果,成为苏童小说创作的重要选择。有资料显示,在2011—2015年这五年间,涉及这类研究的论文数约占苏童研究论文总数的一半左右③。林舟从苏童"红粉"系列作品出发,认为小说中女性视角叙述下的生存悲歌图景为勘察存在世界提供了一种"有意思的形式",在作家个人气质与艺术造诣双重作用下形成"描写女性世界的新景观"④。而"红粉"系列中的女性身体书写,"少年血"记忆中少年身体叙事,以性、死亡、物质以及权欲等开阔与多元视野下综合考察身体的体验、困惑与异化,不仅构建了苏童自己独特的"身体叙事模板",也为当下文学写作提供了借鉴意义⑤。

第三,关于苏童写作发生学的研究。

作家所处的社会环境,作家的生存状态、成长经历、心理情状,读者与市场的需求与接受,作家自身的知识结构与文化背景等因素均影响着作家的创作。对苏童创作的批评研究主要包含苏童创作的转型、创作的美学风格以及与其他作家的对比研究这三个内容。学界普遍认为苏童最初是以"先锋"姿态登上当代文坛的,早期,对抗、反叛原有叙事规

---

① 陈晓明:《感性批评的魅力与转型的时代——王干文学批评论略》,《当代作家评论》2018年第2期。

② 季进、吴义勤:《文体:实验与操作——苏童小说论之一》,《当代作家评论》1990年第1期。

③ 杜婧一:《现代性视野下先锋小说的崛起与嬗变——以先锋"五虎将"的创作为中心》,博士学位论文,东北师范大学,2018年,第3页。

④ 林舟:《女性生存的悲歌——苏童的三篇女性视角小说解读》,《当代文坛》1991年第4期。

⑤ 梁振华等:《身体的自白:苏童小说中身体叙事的内涵承载》,《当代作家评论》2017年第4期。

范是苏童所属的先锋群体共同进行的形式实验,随后的"新写实""新历史主义"写作以解构与重组的方式颠覆着传统与历史,苏童通过对历史颓败的追忆与感思,表达自己所体验与理解的现实,又通过设置"谜面"与"谜语"的方式,在充满隐喻、寓言意味的叙事中,"重新构筑一个时代的生存神话与想象关系"①。转型、回归成为苏童四十年来创作历程中永恒的"变量",学界总难以用某种固定的风格形容苏童。有学者认为,苏童自《妻妾成群》后开始转向对传统的回望与眷恋,也有评论指出,《河岸》凸显出"先锋集大成作"气质,又一次将苏童与"先锋作家"紧密联系在一起。即便早些年已有对《蛇为什么会飞》"第一部正视现实,直面人生的长篇小说"的评价②,但苏童随后发表的《碧奴》《河岸》《黄雀记》等作品,似乎又一次"偏离"了批评家们既定的研究轨迹。在经历了漫长的探索与艰难的挑战后,苏童回归他初登文坛时大显身手的"香椿树街"世界③。苏童执着于"对过去的创作模式的突破与超越,一篇一个方向,一篇一种手法"④,不断挑战既有模式,不断自我突破,在一次次勇敢尝试后,苏童终于以一种全新的姿态构建起一个繁复且意蕴深远的小说世界。

美学风格是创作的基调与原则,是关于创作美学风格的研究,它着重考察作家是否坚持纯文学创作道路,强调是否坚守对文学艺术与审美的追求,并要求以文学的眼光看待世界、观察人类生活、分析人的内在心灵与命运。美学风格也可理解为一种对文学本质的勘探,对艺术"真实性"的执着探寻,可视作作家在艺术创作中对人性与日常的"把脉",对问题与矛盾、症结的"诊断"。"雅致、清幽、凄美、温婉、韵味深长"的格调在苏童小说中时有流露,形成了苏童小说独特的颓唐与氤氲之气⑤。学界普遍认为作家创作讲究距离感,这种距离感不仅表现在时间

---

① 谢有顺:《历史时代的终结:回到当代——论先锋小说的转型》,《当代作家评论》1994年第2期。
② 李遇春:《病态社会的病象报告——评苏童长篇小说〈蛇为什么会飞〉》,《小说评论》2004年第3期。
③ 王宏图:《转型后的回归——由〈黄雀记〉想起的》,《南方文坛》2013年第6期。
④ 武跃速:《转换:走出枫杨树——苏童近作印象》,《当代作家评论》1989年第4期。
⑤ 张学昕:《先锋或古典:苏童小说的叙事形态》,《文艺评论》2006年第4期。

上，也体现在对生活现象观察、审视的高度上，即一种"空间"距离感，尤其强调从人生的纵深度去看待人世、理解人生，从而更好地表现历史多元的本质。不同于传统文学中向"道德伦理"主题的倾斜与转移，苏童的写作，将道德人伦融入对历史进程的书写中，不是简单地对人物形象做二元对立的评判，而是还原复杂的人性人情，尽量呈现矛盾与和谐立体共生的生活本来面貌。苏童善于在一种"套层结构"的叙事空间内赋予故事时间以弹性与延伸感，记忆、传奇、幻想以及所有神秘、诡异的气息掩藏于笔墨中，彰显出苏童独特的艺术气质①。美学风格的形成，往往受多重因素制约，于社会及人的知识经历、人的性格、气质及才能均有重要影响。当然，不可否认的是，美学风格更是作家主动追求、模仿与选择的结果。作家独特个性的形成"是在他的生活经验、艺术修养、才能趋向的基础上，对独特的艺术道路的探索和追求"，是作家在排除一切干扰因素中对"自我"发现的坚守，是勇攀艺术高峰的产物②。张清华从弗洛伊德精神分析学理论出发，通过对苏童作品进行文本阐释，指出苏童受弗氏理论与传统思维观念的双重影响，创作主题虽显"拥挤"，但从作家对道德主义社会历史观的质疑与思考中，仍不难发现其"俄狄浦斯情结"的延伸表达这一创作内涵③。

在与其他作家作品进行对比分析中，可以发现苏童"以他独具的灵智与艰苦的攀越高标出一种有别于传统也区别着'新潮'之一般的格调"，他的每一次风格转型，都是"属于他自身品格的一种衍化和变奏"④；也能见出苏童反传统式家族构建手法，在他的作品中颓败衰亡早已是必然趋势，重构后又终归走向灭亡⑤。21世纪以来，全球化进程的加速，增强了中国文学海外传播与影响力，致使不少批评家将关注点转移。程光炜将苏童作品置于世界文学视野中予以观照，试图从作家自己的角度出发理解其作品。在作品问世近四十年后再回望苏童的小说创作，程

---

① 午弓：《苏童的叙事艺术》，《当代作家评论》1988年第3期。
② 洪子诚：《当代中国文学的艺术问题》，北京大学出版社2010年版，第129页。
③ 张清华：《中国当代文学中的历史叙事》，北京大学出版社2012年版，第192页。
④ 黄毓璜：《面对共同的历史——周梅森、叶兆言、苏童比较论》，《钟山》1991年第2期。
⑤ 张昭清：《苏童小说比较论》，硕士学位论文，山东师范大学，2014年，第7页。

光炜指出苏童的《妻妾成群》与福楼拜的《包法利夫人》有异曲同工之妙,在叙事节奏、内在张力、人物性格与命运书写等方面有诸多交集,从而形成了双文本交叉的篇章结构①。周新民认为,苏童笔下的"少年形象"是对美国作家塞林格小说中孤独、寂寞、矛盾中的少年形象书写的继承,既在艺术形式、叙事视角等方面有相似之处,又因苏童对中国传统语言的独特运用,通过对特定历史下少年对自我实现的向往与追求的书写,成为苏童在汲取塞林格创作灵感基础上的超越性写作实践。② 此外,也有从地域特征以及作家创作的主题与审美风格、精神内涵等出发,将苏童与其他国家作家作品做对比分析的研究。当然,在研究的"与时俱进"方面,也不乏持续跟进探索之作。王德威、葛红兵与张学昕等从传统与现代、本土与全球以及底层与精英等多重视角将苏童近十年来的创作实践置于兼容并蓄与多元并存的新世纪背景下,以更加开放的视野进行探析与阐述,可视作以苏童研究为基点,多角度、全方位呈现当代文学批评与研究的总体发展趋势。

第四,关于苏童及其作品的文学史思考。

苏童以他独特的语言风格、自觉的文体意识以及鲜明的叙事修辞、美学气质,为现代汉语的写作提供了新的范式。他以弥漫着颓唐、清幽气息的"南方叙事"建构了一个有关"南方"的民族志学,从先锋经典地位的确立到其后不断成功"触电",影响了一大批读者,出现了"红粉情结""女性的知音""说故事的好手"甚至"富豪榜排行"等现象。在坚持纯文学写作的同时,他也维持着高产与高知名度的状态,被誉为当代文坛上少有的雅俗共赏的作家③。如何评价有关苏童及其作品的研究对当代文坛的意义与影响?关于苏童与文学经典、文学史经验之间,是否还有新的可能④?基于上述思考,笔者以为,将学界关于苏童研究的丰硕成果置于文学史层面予以考察,将苏童创作放置在文学史框架内进行思考,将重要文学问题、文学现象与苏童研究结合起来进行分析,显得尤

---

① 程光炜:《我读〈妻妾成群〉——在苏童与〈包法利夫人〉译者对话中品味小说》,《当代作家评论》2018年第2期。
② 周新民:《塞林格与苏童:少年形象的书写与创造》,《外国文学研究》2009年第3期。
③ 冯妮:《先锋历史现实——多重视野下的苏童小说研究》,《当代文坛》2014年第4期。
④ 王尧、韩春燕:《主持人的话》,《当代作家评论》2018年第4期。

为重要。具体来说，主要聚焦在两个问题上：一是思考苏童研究与当代文学经典化路径中重述与命名的关系，二是如何看待当代文学史各个重要历史语境对苏童的评价与影响。

"在所有先锋小说作家中，苏童是最具叙事天赋的一个，他总是从容不迫，把故事讲得温婉凄迷、充满诗意。"[①]《妻妾成群》之前的苏童，在1987—1988年，创作了为数可观且先锋意味浓厚的小说，极具形式实验的先锋特征，对旧有故事框架的复用，拓宽了实验小说的内涵，奠定了苏童"文学创作的先锋地位"[②]。"先锋"作为现代性论述中一个常见的术语，同时也是一个极不确定的概念。以现代性与后现代性的视角解析文本，放在21世纪以前也许还合适，毕竟，关于现代性与后现代性的论争是20世纪一种主要的文学现象。但进入21世纪以来，准确地说，应该是20世纪90年代后，世界格局发生新变，新的语境下，从更宏阔的文化背景重新考察文学创作，显得尤为重要。"人性和人道主义的价值判断将超越一切历史和国界时空，也将成为'全球化'时代治史与衡量文本的重要依据。"[③]苏童旺盛的生命力、非凡的艺术才华与天生禀赋的创作本能，在一种近乎宣泄与补偿的叙事中窥视人性的奥秘[④]。海德格尔说："日常生活就是生和死之间的存在。"[⑤]对"生"与"死"的探究，对人的"此在"与"彼岸"世界的探索，对深层生命悲剧意识的挖掘，勇敢打开人生与心灵世界的褶皱，还原人与人性的本来面目，是苏童重要的创作目标，也是他小说中永恒的主题[⑥]。死亡意识是人存在的重要体现，如何书写死亡，苏童有着不同于其他作家的思考，他笔下的死亡故事"华靡而充满诱惑力"，"死亡之于苏童绝对是压轴好戏：是南方最后的堕落，也是最后的诱惑"[⑦]。

---

① 张清华：《中国当代先锋文学思潮论》，江苏文艺出版社1997年版，第252页。
② 叶励华：《新潮的涓流——评苏童的价值转型及其价值意义》，《文学评论家》1992年第1期。
③ 丁帆：《"现代性"与"后现代性"同步渗透中的文学》，《文学评论》2001年第3期。
④ 季红真：《苏童：窥视人性的奥秘》，《芒种》1995年第10期。
⑤ [德] 马丁·海德格尔：《存在与时间》，陈嘉映、王庆节译，生活·读书·新知三联书店1987年版，第281页。
⑥ 吴义勤：《苏童小说的生命意识》，《江苏社会科学》1995年第1期。
⑦ 王德威：《南方的堕落与诱惑》，《读书》1998年第4期。

丁帆指出，20世纪以来，无论是现代文学还是当代文学，一切文学史的发展，都需遵循且符合人类需求与人性规范两个层面，因而，选择以"人性、人道主义与美学的眼光来治史与衡量文本""显得十分必要且合理"①。"回顾新世纪10年文学，在最重要的作家当中，苏童肯定是其中之一。往回看，新时期30年贯穿的文学道路，苏童也是最重要的作家之一。"②於可训主张从文学作品的效果史与影响史角度出发书写中国当代文学史，结合"苏童在30年来的创作中，一直以领军人物站在时代发展前进的前沿，且深受读者喜爱，这一现象在'中国文学史上很少见'"这一实际情况，从文学史角度探讨苏童及其创作，该研究显得十分有意义③。孙绍振则认为，鉴于文学与历史的关系，更应考虑"价值标准"的确立问题，作为文学史意义上超越历史语境的最高价值标准与评价体系，文学的艺术价值与审美价值是研究中国当代文学史的重要准则④。"苏童高超精妙的文学艺术水准，对艺术形式与美学风格情有独钟的追求，对小说艺术哲学与审美意蕴不遗余力地探索。"张学昕从这个意义上考察苏童，指出他"是当代中国为数寥寥的具有鲜明唯美气质的小说家之一"⑤。赵强在分析了苏童小说中故事、历史、现实与精神世界的关系后，认为苏童的小说（《河岸》）"它的分量，不仅仅体现为'先锋叙事的集大成者'或'先锋叙事的终结者'"，更为重要的是，小说所体现出来的一种包容与悲悯，整体而全面的"史心"，"为探究新世纪文学的'中国经验'提供了一个很好的样本"⑥。

观察苏童作品的海外传播现状可以发现，苏童同时也是国外当代文坛最受欢迎的作家之一，苏童本人也曾受邀赴世界各地交流⑦，国外学者

---

① 丁帆：《"现代性"与"后现代性"同步渗透中的文学》，《文学评论》2001年第3期。
② 陈思和等：《童年·60年代人·历史记忆——苏童作品学术研讨会纪要》，《渤海大学学报》（哲学社会科学版）2010年第6期。
③ 陈思和等：《童年·60年代人·历史记忆——苏童作品学术研讨会纪要》，《渤海大学学报》（哲学社会科学版）2010年第6期。
④ 毛丹武：《中国文学史史学观念学术研讨会综述》，《文学评论》2001年第1期。
⑤ 张学昕：《"唯美"的叙述——苏童短篇小说论》，《当代作家评论》2004年第3期。
⑥ 赵强：《〈河岸〉：为生活立心》，《文艺争鸣》2010年第23期。
⑦ 杨四平：《跨文化的对话与想象——现代中国文学海外传播与接受》，上海东方出版中心2014年版，第92页。

对苏童研究的兴趣集中在从叙事与译介两方面对苏童单个作品做文本细读。他们认为,苏童的小说是以一种全新的形式与叙事方法对文学形式的现实意义的追寻与试验。[1] 在自身难以名状的复杂情绪下,苏童以极致的想象,完成对故乡"逃亡"或"回望"等乡愁主题的书写,在虚构过程中,其作品充满了残暴、憎恶意味,难逃悲剧宿命[2]。也有对苏童"香椿树街"系列小说进行研究的文章,但关注点主要围绕"革命"与"颓靡"之间的关系做辩证论述,认为苏童在这一类型小说中将"颓靡"基调注入人物塑造、情节描写中,是对当时历史语境与社会意识形态的颠覆与解构,在一种对叙事结构的刻意处理、对"不确定""偶然性"等创作形式的坚持下,苏童凸显了小人物"边缘化"生存现实与"死亡"的最终结局。由《妻妾成群》改编的影视剧《大红灯笼高高挂》在海外的热播,使苏童蜚声海外,吸引了更多学者对苏童研究的关注。有资料显示,学者们多从比较文学视阈下对苏童小说中的少年形象进行阐释,对特定历史语境下苏童与余华等其他中国当代作家做对比分析,又或者是论述苏童小说中西方元理论的运用、隐喻的叙事修辞手法及其哲学内涵的体现等,继而探究苏童创作之于整个中国文学的意义[3]。

综上所述,学界关于苏童的研究不仅历时长、涉及面广,而且在近四十年来的探讨中,苏童研究的深度有明显改观,既有宏观的勾画,也有微观的点评,既有与时俱进式的即时批评,也有耐心细致的跟踪式研究,还不乏回溯、跨越式追问与探讨。研究发现,苏童创作之于中国当代文学重要价值,结合创作心理、小说影视改编、叙事与当代文学的关系等综合考察苏童及其创作仍有可探究空间;同时,在中国文学积极"走出去"的大环境下,研究苏童创作与中国传统文化的关系,尤其是古典化审美品格与艺术气质的体现,仍有必要;鉴于苏童创作历程实际与散文写作、对话录、创作谈等创作实践,从文体学角度做研究拓展,结

---

[1] Visser, "Displacemengt of the Urban-Rural Confrontation in Su Tong's Fiction", *Modern Literature in Chinese*, Vol. 9, No. 1, Feb. 1995, p. 113.

[2] Lee, "Omens of History: Su Tong's Landscape and Dynastic Histories", *Journal of Modern Literature in Chinese*, Vol. 10, No. 2, Apr. 2011, p. 38.

[3] [韩]金炅南:《中国当代小说在韩国的译介接受与展望——以余华、苏童小说为中心》,《中国比较文学》2013年第1期。

合苏童作品译介与海外传播历史与现状，在世界文学范畴评介或重新审视苏童小说，尤其是短篇小说的创作价值，依然具有重要意义。

当前文学创作普遍趋于被市场化与"娱乐之上"价值观念包裹，沉迷于对人与人性或盲从、"追风"于表层"享受"式敷衍，或对欲望与人本身做极端呈现。著名评论家谢有顺曾指出，自20世纪以来，随着文学不断"向内转"，写作也愈发关注人的内心世界，"可是，这些内心的风景里，除了悲伤、阴暗和绝望，似乎没有多少明亮的东西"。谢有顺还发现，受这种写作趋势的影响，近年来，作家的小说创作大多将笔墨集中在对恶与阴暗面的呈现，"在他们的作品中，总能读到一种或隐或现的怨气"，"而很难看到一种宽大、温暖并带着希望的写作"①。因而，对作家而言，以理解与悲悯之心重铸一种文学信念，持守一种没有偏见的写作，使自己成为一个宽厚、温暖的人，依旧是当下最紧要的事情。卡尔维诺认为，"文学是一种生存功能，是寻求轻松，是对生活重负的一种反作用力"②。文学在任何时代、世界任何角落，都应能给人以温暖与慰藉，让人们在充斥着钢筋混凝土气味与一切求"快"的信息数字高速发展的工业社会、一切讲求"效用"与"利益"的物质生活中，仍愿意"慢一点"，有个静心呼吸之所，依旧葆有找寻内心宽度与心灵高度的勇气与信心，常怀温情与敬意，永存希望与信念。因而，呼吁作家以客观公正的立场理解人和世界，重建文学原有的"更高的精神参照"，书写"值得珍重的人世"显得愈发紧要，这也是当代文坛今后主要努力的方向之一③。

三 研究的思路、主要框架及其他

苏童的小说世界是一个丰富的文本空间，极具内在张力，同时也体现出历时性特征，在不同的时期呈现出多样的艺术风格、不同的精神特质，映射出作家对世界独特的审美感悟以及对美学意蕴的恒久追求。

---

① 谢有顺等：《学术研究是一种自我觉悟的方式——谢有顺教授访谈》，《当代文坛》2018年第2期。
② Calvino, *Six Memos for the Next Millennium*, Cambridge: Harvard Uniersity Press, 1988, p.12.
③ 谢有顺：《文学的精神转型：从闺房写作转向旷野写作——兼谈中国文化的现状与未来》，《绿叶》2008年第5期。

(一) 研究的意义

综合来看，本专著的研究意义主要体现在如下三个方面。

一是第一次直接以"欲望"为核心问题，将其作为论述的关键词与构架全书的核心所在。将小说主题、审美、叙事、思想内涵与苏童小说创作论相关的研究（含写作发生学、创作主体论等）进行系统整合，从而为苏童及其小说做一次全新的总结与梳理，以期为日后研究者提供一个认识与理解苏童的新角度，并试图在论述过程中阐明苏童作为独特的存在之于当代文坛的启发与借鉴意义。

二是本著作旨在通过对苏童小说内涵的分析与把握，实现从整体上考察中国当代文学尤其是当代小说对于人与人性的探察与反思，并力图展现当今社会背景下真实的人类生活图谱与人性心灵图景，从而为后续读者与批评家提供一个更客观的参照体系与比较模本。

三是全书坚持以宏观审视与文本细读相结合的基本研究方法，通过考察"欲望"叙事之于苏童整个创作历程的重要性、欲望话语的表达、悲悯精神如何体现等内容，揭示作家的创作风格对其作品影响与社会反响的主要作用，尤其是关于人类灵魂与精神品格的叙事这类向内转的写作对文学发展的重要影响。

(二) 研究的创新点

结合上文文献综述来看，以往的苏童研究对苏童单个作品的争鸣远甚于对苏童做纵深探究与全面分析。本书以苏童小说为研究对象，运用理论寻绎与作品阐释相结合、宏观审视与文本细读相结合的方法，将欲望置于伦理学、哲学、人类学等批评视野中，考察苏童独特的欲望讲述与悲悯的超越意义，可视为认识苏童的新角度。

本书从悲悯精神出发考察苏童小说的欲望叙事，揭示他对人与人性的独特理解，探究他在当代小说视野中的独特地位，也可为当代小说创作提供新的艺术经验与借鉴意义。

诚然，"艺术需要一种理由，对美的领悟有时来源于一点慧心"[①]。客观而中肯的文学批评对提升艺术创作的品质大有裨益。因而，如何做到

[①] 陈国恩：《悲悯天地间的"残忍"：论〈雷雨〉的逆向构思》，《新华文摘》2018年第1期。

把专著的写作观念落实到文学史、思想史层面,做一种合乎史料基础的理论阐发;写作过程中,如何在对共时性评论进行整理的基础上,使论述具有"历史感"厚度,是笔者一直努力追求的学术目标。

(三) 研究的主要内容及其他

本书的研究目的是深入挖掘苏童欲望叙事的文化内涵,深入探讨苏童小说的叙事文本经验与独到内涵,为中国当代文学创作与文学研究提供可参考的新视角。通过对苏童小说的整体观照与创作脉络梳理,解读苏童如何讲述欲望对人类生活与人性的建构与影响,探析苏童创作的文化内涵,并通过与其他作家、作品的比较分析,凸显苏童对当代文坛的独特价值。"欲望"既是苏童小说创作的切入点,是他叙事的母题,也化作他叙事的动力,是贯穿苏童创作历程的精神线索,更是他创作的旨归与永恒追求。关于"欲望"的研究,归根结底,是对作家作品的生命意识的探讨。因而,研究苏童小说的欲望叙事,主要是探讨苏童笔下的人物及其欲望心理,究竟在何种程度、哪种意义上具备超越性,体现出了作家怎样的情感特质。笔者以为,结合时代、历史与社会等情境,回到作家创作的文学现场,诠释苏童关于"人"与人性的认识与理解,是所有论述的重心所在。

本书建立在对苏童小说的人物欲望做文本分析的基础上,结合中西方关于欲望的理论与学说,尤其是程文超教授以欲望的重新叙述以及文化阐释为理论支撑,将欲望放在伦理学、哲学、人类学等批评视野中,研究苏童小说欲望讲述的角度与方式,探讨苏童小说中人物在欲望驱使下个体生命情态变化、悲剧宿命与生存困境,进而理解苏童欲望内涵与超越意义所在,并试图通过研究欲望的讲述与超越,寻获一种把握苏童小说世界更为有效的解决途径。具体而言,笔者对全书做了如下安排。

除绪言与余论外,全书共分四部分内容展开论述:第一章从"叙事革命开始了""欲望:叙事革命的核心修辞""苏童小说的欲望'寓言'""欲望所表征的人生"这四个方面阐述苏童与先锋小说的欲望叙事;第二章从"'香椿树街'少年的青春回访""情欲的压抑与释放""'米'与食物记忆""死亡及其想象方式"这四种欲望形态分别论述苏童小说中的欲望叙事;第三章从"'枫杨树故乡'与颓败的家族""自我的审视与建构""童年经验与'少年血'记忆""'傻子'与逃离者的书写"这四个角度对苏童小说中的欲望内涵进行深度解读;第四章从"物欲世界的沉浮""'南方'的堕落与诱惑""'红粉'与女性生存悲歌""日常性与悲悯精神"这四个方面论述苏童小说欲望的精神内核与超越方式。

苏童曾在一次访谈中直言"留神听着这个世界的动静"是对作家素质或生活态度一种非常到位的描述[①]。在苏童独特的"留神"关注下,从1983年发表的《第八个是铜像》至今,苏童已走过四十年创作历程,创作了近400万字的作品。作家作为一种文体与话语功能的标识,在米歇尔·福柯看来,作家和文本之间实际上是一种冥冥中相互期待的关系。读苏童的小说,读者往往易着迷于其古典诗意的语言风格,对其贴切又不失深沉意蕴的叙事特性也难掩喜爱之情。苏童小说创作有两个主要阶段:第一阶段是以自身独有的艺术感觉对人与人性做诗意描述;第二阶段是在认识并理解人的本质后,直视人性黑洞与"褶皱",以悲悯深情叩问生命意义、人性救赎等终极问题。当然,无论处在哪个阶段,属于苏童独有的审美属性与悲悯品格始终贯穿其中。苏童的创作风格依然在不断求变、创新与突破中。"风格是一种和谐,是作家创作成熟的标志,是艺术所能企及的最高境界。"[②] 四十年来,苏童的创作风格在不断求变、屡次创新与突破中,也已抵达成熟的维度。苏童写作风格的新变、自我认知的不断超越,是否可以视作他"留神听着这个世界动静"后对时代社会、对人类生活与人心的细腻体会与精心雕刻?苏童给文学世界带来的乐观和自信,这一切究竟是如何发生的?从由衷地喜爱文学,勇敢地踏入先锋文学浪潮,随即不自觉地加入"新写实"与"新历史主义"小说创作大军,直至近些年多部长篇小说问世,陆续斩获"华语文学传媒大奖""茅盾文学奖",在风格沉淀的进程中,苏童进行着怎样独特的创作实践?在苏童身上,体现出作家个体经验与创作实践之间有着一种怎样的联系?于当代小说乃至整个当代文坛而言,苏童的创作,究竟产生了怎样的影响?分别呈现出哪些特征?最终引发出了文学创作中哪些新问题?

---

① 姜广平:《留神听着这个世界的动静——与苏童对话》,《文学教育(中)》2010年第1期。

② [德]歌德:《文学风格论》,王元化译,上海译文出版社1982年版,第89页。

上述种种，都是促成本专著的初衷。对它们的思考与探究，是笔者近年来学术研究的核心与重点所在。鉴于苏童研究已有的丰硕成果，本书的写作难以面面俱到，也不易实现突破、创新，只求秉承一颗真诚的初心，借笔者直觉的喜爱与执着的研究热忱，力求在尽可能客观、公正的批评立场中，呈现一个立体且丰富的苏童小说世界，以助后学者更全面地认识文字背后那个天才小说家苏童。当然，期待通过一本书的写作与研究，完成对一个著作等身且风格成熟的作家的认知与理解，易产生"胆大妄为"之嫌，但笔者以为，正是在种种"误读"与阐释中，在不断推测与论证过程中，作品才有成为经典的可能，作家才能真正走向永恒[1]。

---

[1] 吴芸茜：《与时间对峙——王安忆论》，博士学位论文，华东师范大学，2003年，第13页。

第 一 章

苏童与先锋小说的欲望叙述

欲望作为人的本能与潜意识，是人行为的内驱力，同时欲望又是一个重要的哲学命题，而有关欲望的书写与对欲望话语的阐释属于文化研究范畴。文学创作中通过人物形象的塑造、欲望的表达与呈现，把握人的心灵世界，进而阐释欲望之于人与人性的深刻影响。不仅展现心灵的善与美好，也揭示内心的丑陋、罪恶与黑暗，并在对欲望的审视与反思中，激起人们重塑健康人格与美好心灵的愿望，探寻灵魂救赎之道。20世纪80年代，随着中国社会文化的变化发展和西方现代文艺思潮的涌入，文学创作迎来新的发展机遇，进入80年代中期，以马原为首的"先锋派"身先士卒，孙甘露、莫言、格非、余华、苏童等一批作家纷纷效仿，以完全不同于传统小说观念的叙事，登上文坛主流，一场以"解构与颠覆"为口号的叙事革命正式拉开序幕。学界关于欲望话题的论争与探讨呈现一派活跃的景象。那么，欲望与叙事之间究竟是一种怎样的关系？人们该如何理解、看待欲望对社会文化、人类心灵的影响？如何正确认识欲望叙事策略中的基本属性与感性形态？作为20世纪中国文学的主要叙事对象之一，欲望叙事与这场文学"革命"有着什么关联？处于一个怎样的地位，在文学作品中是如何体现的？作为先锋作家的重要一员，苏童小说中对欲望有着怎样的讲述？其欲望叙事策略相较于其他先锋作家有何异同？对比苏童前后不同时期的作品，苏童在先锋小说中对"欲望"是否有不同的见解与阐释？体现了作家怎样的创作精神？所有这些，都是本章所要思考与解答的问题。

第一节 叙事革命开始了

以 1985 年为时间节点、以马原的出现为标志、以从小说观念到主题话语再到叙事形式的变革为主要内容的先锋小说，常被视为一次文学革命。这场文学革命，以其迥异于常的反叛性与个性化以及不断创新求变的先锋姿态登上中国文学大舞台，在中国当代文学中具有重要地位与独特价值。本节从文化语境、叙事观念、欲望主题、形式实验、艺术风格及其历史定位与命运趋势七个方面展开对先锋小说叙事革命的论述。

一 先锋小说的观念革命

"先锋"原是指战斗的先驱部队，本身具有"革命"内涵。这个概念至少包含了三层含义：激变性、前卫性、处于一种恒变的动态过程。在文学艺术领域，一般都认为，先锋小说与"二战"后实验小说渊源深厚，包括西方的现代主义、后现代主义与拉丁美洲的魔幻现实主义小说，这些创作思想对中国先锋小说有着极为重要的影响，一度扮演着"先声"与"启蒙"的角色。20 世纪 80 年代，中国文学自身开始发展与变革，西方文学思潮不断涌入并广泛传播，在此双重因素影响下，青年人的迷惘与不安，青春的激荡与躁动，对自我的探究、对内心的叩问、对现代性意义的追寻，成为一种最普遍也最具广泛意义的自觉意识。"文学信徒"迫不及待地拉开了叙事革命的帷幕，自马原的"叙事圈套"始，颠覆"终极价值"传统，消解文本的"深度模式"，追求小说的技巧与形式实验，之后的余华、格非、苏童、北村、叶兆言、孙甘露等人在这条道上走得更远。文学打破传统意义上对事件、时间、情节、人物性格等的忠实叙述，写作变成个人私事，先锋作家迫不及待地通过"另类"写作实践满足自己的表达欲望。

打破传统文学观念与既有理论体系，是先锋小说最先面对且必须攻克的难题。从文学的表现主体、叙述对象、文学与"人"和"人生"的关系，到故事的讲述、语言表征以及艺术审美等，反叛原有观念秩序，改变旧的美学趣味，先锋小说对现存世界进行了全面消解与颠覆，其中主要表现在对"人"的解构与消解方面。回顾新时期文学，"文化大革命"后思想文化领域关于人与人性产生论争与重新认识，对欲望进行反思与合理性解读，各家普遍认为人的感性欲望是人的原始生命动力的表现。"感性欲望的强烈，是健康的表现，是具有生命活力的表现。人的才能，人的创造力，人的伟大的本质，都首先导源于他本身的感性欲望。"[1]将感性欲望的重要意义提高到一个全新的层面，建立一种新的理论范式，深入剖析人的情欲表现与性格发展的重要关联，从人的生命意识出发，重申欲望的重要性，探究人性的复杂与多变等特征，成为这一时期文学创作的主要目标。

20世纪70年代末至80年代初，李泽厚曾先后撰文，结合其对康德哲学进行的深入研究，分别从美学、伦理学与认识论三个方面，对人的自由感受、自由直观与自由意志等内容做出论述，正式提出"人的主体性"这一重要文学批评理论术语[2]。其后，刘再复建立了更系统、更完整的理论学说，将人的欲望与人的存在本质、人的精神主体性提到同等重要的位置，指出"'人欲'就是人的欲望情感、意志、创造力，总之，也就是人的精神力量，人的精神主体性"[3]。欲望的个体情感特征与精神追求特性得以充分论述，欲望的叙事策略、个体欲望经验表达、欲望话语书写在主体性理论的确立与阐述中，升华到更理性的层面，作家的自我价值实现与时代精神、社会使命等理性精神息息相关。

直至1985年前后，以马原的出现为标志，中国文学对欲望的叙述进入空前活跃期，改革文学、伤痕文学等中国现代性启蒙话语相继亮相，作家们纷纷抒发内心的苦闷、孤独与迷惘情绪，欲望成为共同的叙述母题。与此同时，随着大批西方现代主义文学作品与批评理论著作的涌入，中国文学史上蔚为壮观且个性十足的先锋文学正式登场，围绕"欲望"展开的叙述及相关叙事策略探究在先锋意味浓厚的作品中得以大显身手。

这股兴起于20世纪80年代的先锋文学浪潮，在以"反叛""解构""颠覆"为叙事主旨的创作过程中，涌现出了马原、余华、叶兆言等一大批优秀的"弄潮儿"，在对西方叙事技巧形式实验的充分学习中创作了大

---

[1] 刘再复：《性格组合论》，上海文艺出版社1986年版，第451页。
[2] 李泽厚：《批判哲学的批判——康德述评》，安徽文艺出版社1994年版，第461页。
[3] 刘再复：《论文学的主体性》，《文学评论》1985年第6期。

量先锋意味浓厚的作品。作为先锋群体中的重要一员，余华先后发表《十八岁出门远行》《四月三日事件》《现实一种》等重要先锋小说；格非作为先锋小说的主要代表作家之一，也发表了《陷阱》《褐色鸟群》《青黄》等探寻"迷宫"和"空缺"叙事的先锋性作品；苏童以《飞越我的枫杨树故乡》《一九三四年的逃亡》《井中男孩》《罂粟之花》等先锋小说，成为先锋浪潮中独特的"这一个"，在先锋作家群中脱颖而出。关于"先锋小说"，陈晓明对其做了一个狭义范畴内的阐释，他认为先锋小说主要指20世纪80年代中期至90年代后期，以马原、苏童、莫言、余华、格非等为代表的作家创作的一批具有先锋实验性质的作品。而所谓"先锋特质（先锋实验性质）"必须同时包含如下三个因素：先锋性的艺术探索；具有挑战意义的审美规范和价值观念；始终如一的先锋性行为。同时，根据这一定义，陈晓明将苏童自1987年以来发表的《飞越我的枫杨树故乡》《一九三四年的逃亡》《井中男孩》《罂粟之家》《仪式的完成》《妻妾成群》《妇女生活》《另一种妇女生活》《园艺》《我的帝王生涯》共10篇作品收入其中，正式将它们纳入先锋小说行列[①]（后文中所要论述的苏童的先锋小说也主要参考陈晓明这一划分范畴内的作品）。

具体而言，先锋小说是从"人"这一叙述对象开始着手观念变革的，表现在"人"的符号化和"非理性""主体性"的刻意消解，人物在作品中被置换为一个叙事符号，任由时空摆布。余华在《世事如烟》中，直接以数字代替人名，刻意以"1、2、3、4"指代人物，对抗传统小说观念中人的神圣与中心地位。苏童的《妻妾成群》《米》等小说，刻意打破对传统小说人物刻画的"惯例"，以女性性别身份之于人本身的客观立场表达人物的悲剧命运，以人物自身性格、极端的暴力与扭曲的人性来颠覆传统叙事中对"人"的塑造与美学规范。孙甘露的《信使之函》将人做"碎片化"处理，人物成为表达叙事者情绪的一个叙事元素，化为虚幻的映像，游离于文本之外。

对主流话语的对话与对抗，对传统文学中"人生"意义的消解是先锋小说观念革命的另一个重要体现。"对政治一元和僵化话语的不满，对

[①] 陈晓明：《无边的挑战——中国先锋文学的后现代性》，广西师范大学出版社2004年版，第439—440页。

伪理想、伪崇高的排斥，对虚假乌托邦的怀疑，对世俗生活的追求，是中国能够接受后现代主义的文化前提。"① 对人生意义的消解具体表现为对个体感受的极致表达，日常生活的"日常性"，叙述对象的"边缘化"，对"真实性"的解构与质疑，以虚构、想象代替"真实"。苏童的"枫杨树故乡"系列小说，都可视作作家虚构的"精神还乡"作品。以《罂粟之家》《飞越我的枫杨树故乡》等小说为例，作家有意打破传统故事中的人物、情节、结构等固有元素，取而代之的是叙事的感觉与情绪，意绪与感受的表达成为叙事的动力，也构成故事的情节与逻辑。

语言的创新表达，是先锋小说观念革命的重要表征之一。文学就某个意义上而言其实也正是语言的艺术，先锋小说在语言策略上表现出语言"游戏化"特质，语言既成为"唯一"，也代表着全部。这主要表现在对意象的充分运用上。各式各样的语言意象如水流般倾泻于文本之中，苏童在《飞越我的枫杨树故乡》中写"我"听到的关于幺叔穿黑胶鞋站在牛车旁的一个场景，作者用了近300字的内容做专门描绘，"黑胶鞋温柔敲打牛腹""牛车上升腾起暗红色的烟雾，在野地上奔驰如流云"②。就传统意义上的文本需要与语义本身而言，这大段文字看似"纯属多余"，但却是作家有意消解语言本身的意义与内涵的手段，他将一大堆具有表意性的文字作为空洞的能指，使得语言成为构建故事的一种手段与符号。孙甘露的《请女人猜谜》《信使之函》《访问梦境》等作品，呈现一股新奇面貌：语言零碎散落，语义晦涩难懂，且在能指上故作玄虚，先锋特色鲜明。此外，句式新奇多样，惯用长句，大量无标点符号的语言段落在文中随处可见。先锋特质的"语言革命"，几乎充斥于每一个先锋文本。总而言之，打破既有秩序，颠覆传统，强调叙事个性，注重写作过程中的自由表达，是先锋作家们普遍追求的叙事目标。

二 叙事革命的主题话语选择

"与苏童一同崛起的那一代作家，普遍缺乏从正面表达自己的文化理

---

① 邢建昌：《对中国后现代主义文本的一种解读》，《当代文坛》2000年第1期。
② 苏童：《桑园留念：苏童短篇小说编年：1984—1989》，人民文学出版社2007年版，第179页。

想和灵魂追求的能力。"① 在对人类社会的弊病与缺陷近乎极致的表达与书写中，让人感觉到的是难以喘息的压抑感，是末日降临般的黑暗与恐惧，是对未来生活的普遍的苍白与迷茫，无力感占据主导地位。对死亡、罪恶、灾难、性与爱等主题的过度迷恋与近乎极致的讲述景观，是先锋小说作家呈献给读者的另类欲望"图景"。因而，有评论家指出，先锋小说的主题话语选择是一种表达的"缺陷"，而这种"缺陷"不是作家们写作能力或水平方面的问题，而是一种自身理想与灵魂的缺陷，是洞穿人性黑暗与灵魂糜烂的精神力量的缺乏，是一种责任与担当的缺失②。在自我得到充分表达后，迷雾被拨开，先锋作家们得以窥历史与生活真相，人性、欲望被赤裸裸呈现，如何面对人性、欲望的本来面目？悲苦、无奈之下，人的存在与人类生活是否有改善的可能？是否有一处可安放灵魂与精神之所？更主要的，在不断进行的先锋实验、文学变革中，作家们能否找寻到文学的希望与精神救赎之路？对诸如这一系列问题的深思与探究、对人性和欲望的讲述成为先锋小说两个主要的基本叙事线索。

　　对传统文学的反叛与颠覆姿态，在一系列叙事形式实验中得以淋漓尽致地体现。强烈的表达欲望、极端的形式表演、对"怎么写"这一叙事技巧的近乎癫狂的"尝试"与"挑战"，表现在对"暴力""死亡"等欲望母题不厌其烦的书写中。在夹杂着意象、寓言、荒诞等大量叙事修辞的高频使用中，在对西方现代作品中的"零度叙事""临界情感""迷宫""圈套""叙事空白""语言句式"等方法的模仿与尝试中，先锋作家们表现出了近乎"痴迷"之态。这也体现在从"中心"转移到叙事的"边缘化"，从"群舞"变成"独舞"的叙事表演反差。传统叙事遵从人物的性格逻辑，先锋小说遵从的是欲望逻辑，注重欲望的自由表演。在由想象建构的叙事天地，历史成为碎片，通过对历史的解构与重新勾兑，欲望成为推动历史向前的动力。这一时期的先锋特质还表现在对颓废主题的极度迷恋中。颓废文学发源于19世纪的欧洲，是西方现代主义、象征主义与唯美主义文学中的一种忧郁唯美的美学气质。就传统意义而言，"颓废"多与家族、历史、回忆相联。苏童的末世颓废美学之风，更似一

---

① 摩罗、侍春生：《逃遁与陷落——苏童论》，《当代作家评论》1998年第2期。
② 摩罗、侍春生：《逃遁与陷落——苏童论》，《当代作家评论》1998年第2期。

种话语情境的指征：以凄清对唯美、以残败对死亡、以悲壮对悲剧，从而获得一种美学意义上的张力。可以说，在苏童笔下，无论是虚构的精神"还乡"，还是对青春记忆的"回访"，基本呈现出颓唐、阴郁、孤独的气息。

着力呈现人的本能欲望，尤其是注重对性欲、情欲的讲述，是先锋小说的另一个显著特征。对性的极力渲染，对人的本能欲望的张扬，在先锋作家的创作中屡见不鲜。莫言的《红高粱》中极富色彩意象的性爱画面，给读者留下了深刻的印象，苏童的《米》中五龙畸形、病态的"性心理"，《一九三四年的逃亡》中象征着毁灭与衰颓的"性灾难"，《罂粟之家》中复杂、错乱的"性关系"，北村的《施洗的河》中赤裸裸的生命原欲的表达……可以说，先锋小说中关于生存欲望的书写，尤其是有关性的讲述，普遍呈现出反传统、非主流、非理性与反社会等特征。欲望作为主体，在文本中被处理为专门的叙述对象。苏童善于将性欲表达潜藏在纷繁复杂的意象中，以诗意描摹丑陋，以历史隐喻现实，以温婉之笔传达现实社会中无处可逃的宿命悲剧。"唯独苏童，以诗的情调欣赏着每次青春冲动，追忆每一细小微妙乃至无以名状的焦虑、渴望、惧怕、依恋，苏童独特的诗笔和独特的少年视角窥视'性'，成为一幅遮掩性与装饰性兼及的窗帘，于是他做到了裸露而少有恶俗，放纵亦不失美感。"[1]

如果说，《现实一种》《往事与刑罚》等小说中以审美心态想象死亡，对死亡体验予以直观呈现，是余华观照死亡的方式；《风琴》中以冷静近乎冷酷的心态叙述死亡，呈现死亡场景，是格非予以死亡的文本表达，那么，这些作品中对暴力美学的呈现可视作先锋作家们处理"欲望"的一种重要方式——把暴力图景展示为叙事革命重要的主题之一。通读苏童的作品，可以发现，对暴力、逃离、死亡与罪恶等主题的表达，也是苏童创作历程中所选择的主要母题。"我是更愿意把小说放到艺术的范畴去观察的。那种对小说的社会功能、对它的拯救灵魂、推进社会进步的意义的夸大，淹没和扭曲了小说的美学功能。"[2] 在苏童带有先锋艺术探

---

[1] 孔范今、施战军主编：《苏童研究资料》，山东文艺出版社2006年版，第250页。
[2] 苏童、林舟：《永远的寻找——苏童访谈录》，《花城》1996年第1期。

索性质的作品中，作家把小说创作当成自己的一种生存方式，以自己对生命、对人生的独特体验进入世界，并依靠小说这个"通道"，把客观世界与自己所感悟、理解的世界联系起来，写尽了人性中或残暴凶恶，或冷酷暴虐，或阴郁虚无的本质。

三 先锋小说的叙事实验

在以往的理论阐释文本中，也有学者用"叙事革命"特指"形式革命"，主要表达的是先锋文学从技巧、方法、形式到内容，都颠覆了传统小说观念，尤其注重从叙事形式上变革文学。极端的"形式实验"与形式表演以及丰富的精神革命内涵是"叙事革命"的又一重要特征。下面主要从叙事策略、叙事结构与叙事风格等层面展开具体论述。

叙事策略涵盖虚构性叙事本质、叙事视角、叙事时空与语言游戏等内容。在多数人看来，这是一次文体意味的变革，近乎一场"狂热的新文本创造运动"，"标新立异"成为多数先锋作家的创作动机。"先锋小说的作家们是要通过破坏叙事里的时间顺序来破坏人们对世界与人生传统秩序的理解……通过断裂的文本表现他们对世界与人生断裂的各种感受。"[1] 先锋作家们在创作中不断采用元小说的手法、时空上的随意调换、叙事视角的任性切换等策略。马原的那句经典"台词"——"我就是那个叫马原的汉人"，使作家的身份意识在开篇就直接亮相，鲜明突出的虚构特质，都体现在马原刻意标明的"我喜欢天马行空，我的故事是杜撰的"虚构话语中。苏童的很多作品中都使用了突兀介绍作家身份的语句，如《一九三四年的逃亡》中"我是我父亲的儿子，我不叫苏童"。可以说，刻意暴露"虚构"本质是先锋作家屡试不爽的讲述技巧。传统小说中，都习惯采用全知型叙事视角和"导演型"的叙事模式。而先锋小说，属于"角色型"模式，视角随时转换，"我"随时切入，没有固定的叙事角度。余华的《呼喊与细雨》中童年视角的刻意安排、苏童"香椿树街"少年系列中的记忆书写，都可视作先锋小说的典型叙事视角策略。

格非"叙事迷宫"的特点——叙述"空白"与"重复"在《迷舟》《褐色鸟群》等作品中有近乎极致的运用；马原的"叙事圈套"在《冈

---

[1] 程文超：《反叛之路》，中山大学出版社1999年版，第136页。

底斯的诱惑》《拉萨河的女神》等先锋特质鲜明的小说中也可窥见一斑……叙事结构上，先锋小说不再遵循传统小说文本那一套线性规约，人物、情节与故事结构等都不再随时间流动而发展变化。先锋小说的"时间"完全颠覆原来意义，"时间即情绪"，仅仅用来表达"人物感觉"。可以说，这种时空的悬置与随意调控，扩大了时空的张力与叙事的弹性空间。苏童的《我的帝王生涯》《一九三四年的逃亡》《井中男孩》等小说中，对时间与幻觉、时间空间化和时空的自由调控处理，迷恋"谜底与谜面"等设置，实现了对传统线性规范的反叛与颠覆。作者通过套层叙述结构，完全颠覆了传统叙事的故事性特征，小说中对情节、时空、人物的刻意打破与消解，真实性的断裂，冲突的刻意呈现，与现实的激烈对抗等特质，得到淋漓尽致的发挥。

叙事美学风格上，以隐喻与反讽等语言修辞来营造叙事氛围是先锋小说的普遍特征。这首先体现在语言使用与表达上：语言缠绕，语词与情绪、感受、心理一致；语义模糊、含混、晦涩不清；语序被刻意破坏、任意重组；句式上长句的使用、无标点特征，故作玄虚、玩弄语言技巧，这些是先锋文本总体的语言风貌。作家们往往借此以期达到夸张、荒诞的表达效果。先锋小说家迷恋文字游戏，将自身的语言能力、语言天赋与语言操作在作品中体现得灵活而有特色。马原的《虚构》、余华的《难逃的劫数》、莫言的《透明的红萝卜》等都属此类作品。莫言的《檀香刑》写了行刑前的场景、刽子手的风度、围观人的神情、已死去亲人阴魂的喊叫、死囚的目光、"我"的心理等，作家以感觉代替思想，在莫言倾泻般流动的语感与丰富的意象语词的使用中，隐藏在荒诞中的人性内涵呼之欲出。先锋小说的语言狂欢与荒诞体验成为最具特色的形式风格。同时，在意象的使用上，相较传统小说而言，象征着神秘、忧郁气质的冷色调的语言意象，更受先锋作家青睐。苏童小说中就不断出现大量的蓝色意象：《罂粟之家》中刘素子的眼睛"泛着蓝光"，"绒绒的雪地呈现出幽蓝的色彩"，《蓝白染坊》中"浊黄与蓝白的殊死之争"等都是这方面的体现。

概括来说，围绕叙事观念、叙事主题、叙事策略等展开的"叙事革命"，通过系列大胆而"专注"的"实验"，都体现在先锋文学的欲望话语讲述中。叙事形式的策略、叙事主题的选择、叙事修辞的使用以及独特的审美风格与美学旨趣等多维度阐述，不仅丰富了中国文学的创作经验，也对后世文学的发展产生了重要影响。文学主体性的建构与深化，小说写作从形式到内容、审美等方面的空前变革与丰厚成果，叙事水平的新高度、创造性与想象能力的丰富，尤其是先锋作家们那股勇往直前的魄力及其不断求变创新的艺术精神与美学理想，于中国文学而言，具有里程碑意义。当然，极端化体验，尤其是语言的游戏化等叙事策略本身也预示着这场叙事革命的崩毁之境。强烈的模仿痕迹、有限的经验展示、个性化的极致表现，使先锋文学陷入"孤芳自赏"的境地。沉迷于对灾难与罪恶等主题的表达，对"审丑"与"心狠手辣"的美学追求，对历史虚构、童年经验与回忆叙述的过度关注，与现实始终保持的距离感，也在一定程度上削弱了文本的当下性意义与审美品格。先锋作家遭遇的种种尴尬，是作家们对写作难度的挑战、对传统创作风格的突破，也体现了作家们勇于承担文学使命、勇敢走出写作"舒适区"、探求人类存在及精神真相的审美品格。如前文所说，"先锋"从来都不是一个静止的概念，它是一个处于不断变化中的动态过程。当先锋文本实验进入某种极端状态，反抗现有的文学秩序、不断向前的先锋特性迫使先锋作家们终止手中的"叙事游戏"，纷纷探寻未来创作的各种可能性。历史的反思与现实的忧虑，如何展示自己对这个世界的体验和感悟，如何表达对人类存在境遇及其可能性状态的认识和思考，如何实现叙事革命成果的稳定与发展，成为先锋作家们共同的"遭遇"。

第二节　欲望：叙事革命的核心修辞

修辞，指一种叙事策略，即文本呈现的艺术风格与审美品格。先锋作家表达欲望、讲述欲望、探究欲望的救赎之路，在他们的作品中集中表现为对灾难、罪恶、死亡等欲望话语的书写，对人物各种形态欲望的讲述，叙事策略中欲望的处理技巧，语言的欲望等。可以说，欲望，是先锋叙事的核心修辞。这场以反叛传统、颠覆既有话语体系为目标的"叙事革命"，相较于以往的创作实践，在文体形态、文学观念与叙事形式等方面究竟有何不同？又有哪些具体表现？于苏童而言，欲望这一核心修辞在其小说中扮演着怎样的角色？产生了怎样的影响？所有这些，都是本节所需要解决的问题。

欲望是什么？笔者以为，欲望首先是一个心理学的概念，在其后的演绎过程中，逐渐发展成一个具有哲学意义与文化内涵的关键词。古往今来，有关欲望这一话题，哲学、心理学、伦理学等诸多领域皆有精彩论述。

从思想文化领域出发，孔子以"礼"与"仁"学说为基础，构建了一套关于欲望叙述的经典话语。"己所不欲，勿施于人"（《论语·颜渊》），从人与人之间的关系进行考虑，尤其是以个体、自我与他者之间的关系作为问题的出发点，以"欲施"作答，这里的"欲"是动词属性，即想做、想要的意思。《论语·宪问》中"克、伐、怨、欲不行焉，可以为仁矣"，将"欲"看作"贪婪、贪念"。《礼记·礼运》也云"何谓人情？喜、怒、哀、惧、爱、恶、欲，七者，弗学而能"，文章认为欲望是人的一种本能，是与生俱来的存在。朱熹理学思想中的"存天理，灭人欲"，突出强调了欲望中"恶"的道德伦理，即人欲中私欲、人欲、贪欲等这些超出人基本需求的欲望。"饮食者，天理也""若是饥而饮食，渴而欲饮，则此欲岂能无。"① 由此可见，古人对包含"饮""食"等在内的基本需求，是持肯定与理解态度的，认为这些都属于人的基本需求，是正常且合理的，是人的生命存在不可或缺的条件。

叔本华、尼采等哲学家们从存在主义哲学角度理解欲望，认为人的躯体是自我生存意志与欲望的外化或载体。因为有要能看、能听、能吃、能咬、可消化等种种"我要活下去"的生存欲望，才产生了眼睛、耳朵、嘴巴、牙、胃……在叔本华看来，宇宙的一切都是生存意志与欲望的外化或表现②。"人的需要中最基本、最强烈、最明显的就是对生存的需求。人们需要食物、饮料、住所、性交、睡眠和氧气。"③ 由此可见，西方哲学是从需求层次理论出发探讨欲望与生存哲学的问题，指出"食"与"性"等生理欲求之于人的生命存在的重要性。

"一切正确的批评理论都必须以深刻了解创造的心灵与鉴赏的心灵为

---

① 朱熹：《四书章句集注》，中华书局1983年版，第31页。
② 金惠敏：《叔本华的想象论及其可能的价值》，《文学评论》1998年第4期。
③ [美] 马斯洛：《马斯洛人本哲学》，成明编译，九州出版社2003年版，第52页。

基础。过去许多文学批评之所以有缺陷，就在于缺少坚实的心理学基础。"① 19世纪的西方社会，弗洛伊德的精神分析学理论中最有影响力的"性欲学说"以及随后围绕其展开的一系列关于欲望与人类心理世界的探讨与论争，加之拉康的"人的欲望就是他者的欲望"理论，都在一定程度上改善了文化领域心灵、心理荒芜的尴尬局面，为弥补文学理论、文学批评的缺陷做出了重要贡献。拉康以欲望与个体生理需要以及高于生理需要的爱之间的关系来界定欲望的性质，即欲望含有"需要"与"要求"两个层次。但两者并不是单独的存在，当"需要"这一生理本能获得满足旋即消失的同时，也就意味着个体同时发出了爱的"要求"的声音。换言之，欲望与爱及欲求的满足之间，不能视作简单的等同关系，欲望既不是对满足的渴望，也不能与爱的要求画等号。可见，欲望是西方文化中的古老话题，对欲望做现代性阐释，以欲望对抗理性的二元对立理念，成为当时学界普遍认可的观点。

欲望作为一个具有共时性与历时性"双结合"特征的概念，就其永不满足的特性而言，与个体之间可以从如下两个方面来做进一步理解：一是某个欲望不断被追逐、求实现的过程，二是个体的欲望在同一时间由多重欲望共同组成，只是存在程度与主次上的差异。一般来说，人们更习惯从共时性这一角度出发，来理解个体与人物的欲望。若以价值取向作为基点，可将人的欲望分为情感欲望、权力欲望与财富欲望这三种类型。② 也有从历时性特征出发的，通过对欲望的审美阐释和伦理视域的探讨，揭示欲望在权力、物质与生命这些维度上的复杂性。③ 鉴于研究实际与阐述需要，本书主要从人的生命欲望、生存欲望形态进行分析，包括人物的情欲、食欲等生存本能以及对死亡这一彼岸世界的欲望观照。

20世纪的中国，受政治、经济、文化等多重因素影响，权力欲望、物质欲望以及人的生命欲望获得空前的表达空间。欲望被认为是20世纪中国社会发展的关键驱动力之一，亦可视作该时期中国文学作品中的核

---

① 朱光潜：《悲剧心理学——各种悲剧快感理论的批判研究》，张隆溪译，人民文学出版社1983年版，第5页。
② 聂珍钊：《关于文学伦理学批评》，《外国文学研究》2005年第1期。
③ 周宪：《论欲望：审美与伦理的视域》，《文艺研究》2010年第4期。

心主题。可见，欲望在中国社会与文学演变过程中扮演着重要作用。王国维将西方现代性理念中的欲望，理解为人生的根本与本质问题，"生活之本质何？'欲'而已矣，欲之为性无厌，而其原生于不足。不足之状态，苦痛是也"①。他指出人生的本质是痛苦的，痛苦也是人生的常态，而痛苦的根源是人类对欲望永恒的贪恋与不满足。对人本能欲望的压抑，尤其是性压抑，往往与道德伦理、社会秩序与精神气质联系到一起，更多时候，欲望被赋予沉重的社会伦理内涵。进入20世纪80年代，物质文明的富足与发展使人们对于物质欲望的渴求与满足发生近乎颠覆性的改变，物欲横流、道德滑坡、秩序坍塌、精神荒芜成为当时社会的主要面貌，市场、效益、财富的刺激与角逐，欲望已成无所不在的"幽灵"。个体欲望尤其是身体欲望的极端呈现，使文学成为人们的日常消遣品，成为满足读者娱乐享受的消费品与"生活垃圾"。各种欲望的诱惑，使人们内心世界陷入加倍的痛苦与迷茫状态。因而，文学中对于欲望话题的书写与有关欲望的阐述，成为一个更加急迫而又颇有难度的现实课题。欲望探讨个人与社会、人与人之间种种关系与道德伦理，最后指向社会秩序。

程文超教授从欲望对社会秩序与人类心灵的影响等因素出发，重新梳理中国社会文化与欲望的关系，将研究的思想内涵聚焦于"如何面对欲望"这一问题上，提出欲望叙述就是要解决"给心灵以家园，给社会以秩序"的文化难题这一核心观点。② 20世纪80年代以来，欲望以"革命性"特质登上先锋文学舞台，进入读者视野。③ 从先锋文学的发生、先锋意识的变迁、先锋隐匿到20世纪90年代中后期对"先锋消亡"的质疑，从最初一般性的文本解读与批评鉴赏到后来对先锋文学的整体分析与综合考察，有关先锋文学的研究和探讨可谓不计其数。其实，单就先锋文学颠覆传统、反抗主流的特性而言，"只要文学活着，先锋就不会消

---

① 王国维：《红楼梦评论》，燕山出版社2010年版，第21页。

② 程文超等：《欲望的重新叙述——20世纪中国的文学叙事与文艺精神》，广西师范大学出版社2005年版，第4页。

③ [奥]威廉·赖希：《性革命——走向自我调节的性格结构》，陈学明等译，东方出版社2010年版，第187页。

亡。只要文学还在发展，先锋的探索就永远不会停止"①。这种强烈的革新意识与反叛精神正旗帜鲜明地昭示着先锋文学从未终结。

先锋作家以种种现代叙事技巧与现代意识，对生活与现世进行激烈的"解构"实验，以反讽、寓言等叙事修辞，为读者呈现一个欲望丰饶的梦幻世界。有别于传统美学范式对历史的叙述，先锋文学以欲望"分解"历史，在对历史碎片进行重组与建构中，获得深刻的历史洞见与对人性的剖析。历史不再只是作家所窥见的历史，承载着的不仅有家族兴衰、颓败的过程，代表着的不仅是乡村社会的演变历程，更多的是与欲望交错、缠绕在一起。根植于人类本质的欲望，成为历史的内驱力，深深影响着历史的兴盛或衰退。在苏童看来，欲望是人和历史的本源性存在和非理性的源头。②苏童以"减法"的方式主观"简化"历史，对传统历史做解魅与祛魅处理，历史在他笔下成为一个虚构的概念，变成叙事的一个基本元素，他以"历史碎片"状态构成模糊暧昧的文学空间③。可以说，先锋小说中对欲望的讲述与呈现，先锋作家对历史中人本能欲望的发掘与洞察，形成了新的历史观。

欲望结构的多层次特征，具有本能欲望、物质欲望以及包含仁、爱等的精神欲望等多重结构。一般而言，"食""色"与种族延续等本能欲望永远是摆在最重要的位置。对本能欲望的凸显，作为正式进入欲望叙述的关键，是关于人的最基本的生存欲望的论述，主要集中在对食、色、性的欲望阐释与呈现。以往的欲望叙述话语，体现了较明显的禁欲主义倾向。先锋文学中关于人的原欲表达，主要从抑制、压抑的角度，集中展示人的生命感觉，控诉、反抗社会文化对人的生理机能与精神需求的高度压抑现状，从对人物在心理与生理双重压抑下产生的痛苦状态与悲苦命运的展现与揭示中，发现被遮蔽的欲望，对欲望进行重新叙述。消解意义的深度模式以及对解构功能与解构话语的运用是先锋作家惯用的手法。对历史主体与人物的解构，使主体成为空洞的能指，使历史成为

---

① 洪治纲：《先锋文学的发展与作家主体性的重塑》，《当代作家评论》2008年第3期。
② 张丛皞：《暗黑世界的描摹——苏童小说的"空间诗学"》，《文艺争鸣》2011年第14期。
③ 洪治纲：《中国六十年代出生作家群研究》，江苏文艺出版社2006年版，第93页。

叙事的元素与符号。"通过把历史主体从破碎的不完整的历史故事中驱逐出去,通过把人物改变成符号或者某个多面的角色,通过毫无节制的幻觉描写把个人改变为纯粹欲望分裂的主体,先锋派的写作确实把'自我意识'压制到最低限度。"[1]

结合实际经历来看,80年代活跃在文坛的先锋作家,往往都有独特的人生经历。他们不仅深受古典文化的浸染与影响,也广泛接触了西方现代作品。西方文学中对现代技巧的模仿与借鉴,是先锋作家欲望表达的又一重要特征。"叙事圈套""结构迷宫""叙事空白""语言游戏"等形式实验,死亡、暴力、颓废、虚幻、逃亡等个人极端化感受与情绪体验成为先锋作品中的重要内容。先锋作家们纷纷以先锋前卫的姿态,充分利用叙事的偶然性,运用反讽、隐喻等叙事技巧,使用创造性的变形语言与陌生化语言,迷恋结构的奇异组合与语言碎片"游戏",沉迷于虚构与想象的个人叙事。

对于核心修辞的欲望叙事景观,相较于余华的"暴力书写"、格非的"结构迷宫"、孙甘露的"语言游戏",苏童似乎更善于讲故事。他惯于将南方特有的氤氲湿润气息与个人感性诗意的叙事才情天然融合,重视故事讲述的整体有机性与各个内在之间的关联。同时,相对于其他先锋作家的虚幻、荒诞,苏童更加注重对人物虚构的逻辑与合理推断,并充分运用自己的才能与禀赋,获得空灵、飘逸的表达情境。苏童的两部中篇小说《一九三四年的逃亡》与《罂粟之家》,一直被认为是他虚构的"枫杨树故乡"系列小说中最好的两篇,前者运用极富先锋实验色彩的内容、形式,对人类生存中形而下的现实苦难,尤其是人的欲望、心理、情绪等做了荒诞且激烈的历史拆解;后者更像是作家按照自己的方式对过去与历史碎片的拾掇与重建,在缝合过程中自己感悟历史,颠覆并发现历史。苏童在对历史的窥视与洞察中,试图探寻人类本性的欲望,其作品中无论是在逃亡还是在回归层面上展开的对家族兴衰史的论述,抑或是在家族内部因性与暴力、生存与死亡等本能冲动导致的衰败与毁灭,都有一个共同的母题:对原欲原罪的发掘。

---

[1] 陈晓明:《无边的挑战——中国先锋文学的后现代性》,时代文艺出版社1993年版,第236页。

童年回忆、他者视角、意象与象征手法、历史时空的转换与颠覆，均体现在《罂粟之家》这部作品中。该书透过历史的镜片观察人物的喜怒哀乐，以历史隐喻现实，在一种荒诞夸张的叙事中将历史的那些陈年旧事涂抹上新的色彩，赋予其一种全新的精神气质。《罂粟之家》通过弱化中国现代历史上的大事件、大场景，将家族由盛转衰的历史置于个人的经历，尤其是刘老侠、陈茂等人物的情爱与性爱史中进行叙事，进一步深入挖掘欲望之于家族历史与人物命运的悲剧内涵。有学者认为，书中地主刘老侠潜藏于内心深处的对土地、女人、金钱、权力的攫取欲望，是导致刘氏家族颓败与刘老侠个人命运悲剧的重要因素，"枫杨树主人们的血脉中大多涌突着躁动不安的性欲，这些欲望自觉不自觉地造成了家族的深重罪孽与灾难"[①]。从《罂粟之家》中"黑夜深处颠簸的心""像拔了羽毛的鸡翅膀一样耷拉着的手臂""狗""唢呐""罂粟"等一系列富有隐喻、暗示性的语言的运用，对沉草、陈茂、刘老侠、翠花花等人物的刻画，可以看出蘸满欲望的语词在错综复杂的家族血缘人物关系中交错使用、穿梭自如，陈茂与翠花花、翠花花与刘老侠、刘素子与陈茂，一组组病态腐朽的欲望关系交织。"罂粟"象征着邪恶与诱惑，伦理的丧失隐喻着民族文化的日渐式微，家族的衰败隐喻着文化传统的苟延残喘与没落，性欲的宣泄与死亡结局隐喻着"历史"的虚无与终结。苏童以颇具"历史"寓言意味叙事，以诗意书写悲哀，营造了一个阴柔与颓迷的家族故事，向我们阐释着他对"历史"中人性与人文精神的理解。

基于对人的"食欲"与"性欲"这两对本能欲望的讲述与深入思考，苏童创作了《米》这部由主人公五龙上演的"欲望大戏"；通过对生活的深入观察，因有感于情欲对人性的折磨、对女性悲苦命运的深刻影响，加之本人对女性本身与女性之间关系的独到认识，苏童创作了世人皆知的《妻妾成群》；特殊时代背景的影响，父子两代人之间的多重欲望驱使，人物生存困境现实与人性挣扎命运，尤其是权欲追逐下"河"与"岸"的焦灼对峙，有关罪恶与放逐、解脱与救赎的欲望叙事，使《河岸》成为一部充满斗争与灾难的人类生存史；《罂粟之家》中种种泛滥成灾的欲望轮番上演，更像是一部隐藏在寓言背后的历史与个体欲望交织

---

① 张静芝：《〈罂粟之家〉：颓败家族的生存世相》，《当代文坛》2011年第3期。

的悲剧；《我的帝王生涯》通过对一个传统宫廷故事的颠覆，人物、情节的反常规"操作"，叙事的离奇与叛逆，主题的醒目与震撼，尤其是小说中极具古典气韵的语言、意象以及隐喻、想象等的恰当使用，在"摇曳的宫灯"与"泛金泄银"的"暮色夕阳"中展开了一代帝王颠沛流离的生存状态和神秘命运。书中精心设计的情节，多元转换的叙事视角，神秘诡异的氛围与场景营造以及恬淡、古雅的抒情语言，不仅凸显了小说中人物的"离经叛道"与人物命运的凄美悲苦，也令"苏童式"唯美而颓废的"小说艺术品格"意蕴悠长。

"苏童无疑是现在中国最好的作家之一，他的叙述中有一种语气，这种语气没有几十年以来的暴力，或者说，即使苏童描写暴力，也不是使用暴力语言来描写暴力。"[①] 对以往文学中层出不穷的意识形态化与宏大体格式语言的无视与忽略，对古典文化中精致优雅、诗意飞扬的抒情式语言的承续，是苏童从先锋群体中脱颖而出的重要原因。正如阿城所说，苏童的作品即便是描写罪恶、残酷、暴力与死亡，也因其语言的诗性气质消解了原本的恐惧状态而呈现出别样的诗意与凄美之感。苏童的语言无疑是塑造苏童风格与个性的重要因素，但苏童诗性轻盈的语言背后遮蔽的生命态度与"欲望"内涵更是苏童小说世界的独特体现，也是苏童的深刻之处。

第三节　苏童小说的欲望"寓言"

寓言作为中西方文学自古以来共有的文学修辞，在西方形而上哲学与中国传统诗学中都有丰富体现，代表着人类思维的普遍特征。亚里士多德曾直言，因寓言本身的缘故，作家的最大成就便是成为一位寓言高手，寓言包含着从差异中识别类同的本能感受，难以被模仿，可视作"天才的标志"[②]。钱锺书认为，我国古代诗歌的语言特点和格律规范，使

[①] 阿城：《威尼斯日记》，作家出版社1997年版，第61页。
[②] ［古希腊］亚里士多德：《修辞学》，罗念生译，生活·读书·新知三联书店1991年版，第255页。

得寓言得以在其中"大显身手"①。苏童的小说以古典、唯美的语言风格与具有先锋、现代意义的叙事风貌讲述欲望,既有中国传统文学中将寓言纳入特定历史框架、重建真实历史片段的特征,又体现出西方寓言故事中由具体向抽象"转移"与"超越"的气质。从这个意义上看,苏童小说中关于欲望的"寓言",与寓言有所寄托、由此言彼的特征不谋而合。可以说,"寓"所寄托的"欲望"预言,在苏童小说中有着极为鲜明的体现。本节主要从苏童小说总体的语言风貌、小说所呈现的寓言特质以及对寓言的解读这三个方面展开对苏童小说欲望"寓言"的论述。

一 以古典意蕴演绎欲望"寓言"

1985年前后,马原、莫言、格非等先锋小说家急切地体验着西方现代小说带来的全新叙事感觉,从语言、结构乃至审美内涵,以"纯粹"的形式体验甚至带有颠覆意义的"技术革命",大胆践行着先锋叙事"实验","制作出"一大批极富表意策略,打破、挣脱传统叙事习惯的先锋小说文本。马原的《冈底斯的诱惑》《虚构》、格非的《褐色鸟群》《傻瓜的诗篇》、余华的《现实一种》《世事如烟》等,都深受结构主义叙事学的影响与启发,以至于马原的"叙事圈套"、格非的"叙事迷宫"、余华的"暴力美学"成为先锋派叙事具有"典范"意义的"例证",对文学创作产生广泛影响。但是,仔细分辨仍不难发现,作为先锋派一员的苏童在他的一系列先锋作品中显现出"另类"气质。《米》《妻妾成群》《罂粟之家》等作品中对有关"罪恶""逃亡""情欲""苦难"等欲望主题的探讨与书写,虽不乏"先锋实验"特性与模仿痕迹,但因其先锋性表征主要是通过诗意、深沉的古典风格予以表达,所以,小说语言隽永而流畅,抒情意味充满字里行间。此外,苏童还注重将"故事性"作为小说叙述结构中的重要因素来把握,尤其致力于在想象的情境中实现对生活的多种可能性与客观事实的综合呈现。可以说,苏童的先锋叙事表现出传统与古典融为一体的特质。

她(颂莲)又走到门廊上,看见后花园此时寂静无比,人都热

---

① 钱锺书:《谈艺录》,中华书局1984年版,第21页。

闹去了，留下一些孤寂，它们在枯枝残叶上一点点滴落，浸入颂莲的心。她又看见那架凋零的紫藤，在风中发出凄迷的絮语，而那口井仍然向她隐晦地呼唤着。①

"井"自然是不会说话的，苏童以"井的召唤"映射颂莲孤寂、恐惧的内心，而陈家花园的孤绝、凄冷、阴森与颂莲的心理世界相互映衬，在描写环境与人物心理精致而典雅的语言中，颓唐的家族命运和人物的悲剧结局在叙事中铺陈开来，让读者感到飕飕的凉意，仿若与小说中的人物同呼吸，不期然滑向"欲望深井"，欲罢不能。"一点点滴落""凄迷的絮语"等表述体现了小说语言灵动且充满诗意，在这种古典意味浓厚的语言表述中，作家想揭示的是写满苍凉、颓朽、衰败气质的内涵。诗性与精神世界气质交织的故事讲述，赋予故事以哲学性与文学性一体的魅力。内容即形式，形式即内容。苏童讲故事的天赋使他在重视"怎样说，怎么讲"的过程中，能够完成对一个好故事内核的完整讲述。

《蓝白染坊》里介绍了绍兴奶奶与印花布交织的命运，用"九十块花布会裹着一颗古怪的魂灵"形容绍兴奶奶的性格与生命情状，用"多日的雨天在小浮心中拱出一团毛茸茸的梦想"预示神秘少女小浮的虚幻人生。《外乡人父子》中写"外乡人"明知族规不可违、身份无法更改，但为了能让孩子活命，依旧决意要将冬子送到童姓家族，"仰视人群""超凡脱俗"的"外乡人"与周围环境的格格不入，内心激烈的矛盾冲突，祖父从"外乡人"神情里"闻到""熊熊燃烧的竹火的怪味"，一步步引导故事以此推进，也以极富寓言意味的语言，预示着故事可能的走向：从"离乡"时的决绝到血缘牵引下永恒的精神"还乡"。

另一个关于"外来者"的故事《祭奠红马》，是苏童发表于1988年的作品，小说中到处弥漫着先锋意味浓厚的沧桑、缥缈、虚幻等气息，临界叙事状态下，被束缚的生命、沉重的意识、桎梏般不可摆脱的命运在这个关于欲望与生存的古老故事中得以综合体现。作家将内心的情感通过纯洁天真的小孩与集灵性和神性于一体的红马——呈现，在混杂着诡谲、魔性的叙事中，物与人实现精神统一。叙事的感觉和作家的情绪

---

① 苏童：《妻妾成群》，花城出版社2013年版，第27—28页。

也在神马自由奔腾中得以挥泄，灵动而壮美。

在这类小说中，苏童以寓言化写作方式讲述人类生存情状与心理欲望，以他一向擅长的虚构与想象力对历史进行勾兑，对历史碎片进行重组，再通过叙事策略的刻意安排和叙事技巧的自觉运用，回归"欲望"这一叙述核心。苏童在自由驰骋的想象中，以对叙事形式的娴熟掌握，力图呈现文化、人性与生存的深厚内涵。诚如陈晓明所说："先锋派在文化上总是激进主义与复古主义的奇怪混合，他们经常保留有恢复古典时代的残败文化记忆的奇怪梦想，因此，不奇怪，当代先锋派就其美学特征而言，可以称之为'后浪漫主义'，它像一段美妙而古怪的旋律，环绕着文化溃败的时代，它伴随先锋派应运而生，却未必会随先锋派销声匿迹。"[①]《蝴蝶与棋》《巨婴》《水鬼》等作品中弥漫着朦胧、迷梦一样的气息，体现出神秘诡异与"叙事迷宫"等先锋手法，在先锋思潮退去后，苏童的欲望"寓言"在他"随意搭建"的"历史宫廷"依旧上演。

二 历史化策略与欲望"寓言"

不同于其他民族小说大多发源于神话传说与寓言故事，中国的小说的源头主要是历史。但历史往往都与权力话语、主流意识形态关系紧密，其分歧与差异主要集中在两种观念上："服从于权力意志的历史"或"人民是历史的缔造者，人民是历史的主体。"苏童发挥他讲故事的才能，通过对人物生活细节的细腻描摹与内心情感的敏锐捕捉，以自由的审美想象猜测生活的各种可能性，并在这种有力的推断中，让人性欲望的复杂与无限可能性在一个个饶有寓言意味的文本中得以呈现与展示。历史与寓言，在苏童笔下，一直扮演着孪生兄妹的角色。如上文所述，我国自有以寓言隐射历史的传统，苏童的《米》《我的帝王生涯》等作品都是极具寓言性的新历史小说。在这类作品中，作家将历史阐释为由人的欲望演变而后生成的人类生存文化图景。通过对人的物欲、食欲、情欲、权欲等生存景象的想象与推断，在一种夹杂着氤氲、惆怅、颓唐、荒诞的情境与氛围下，作者将一幅幅久远、古老而又鲜活、丰富的历史图画向

---

① 陈晓明：《无边的挑战——中国先锋文学的后现代性》，广西师范大学出版社2004年版，第148页。

读者清晰展开。

具有"昆德拉式幽默"气质的《我的帝王生涯》是一则典型的历史寓言。主人公端白被塑造成一个充满典型悲剧内涵式的人物，他的身上有强烈的人生错位感和阴差阳错、事与愿违的命运安排。在刻意表露着虚构意义的时间、地点、人物、事件、情节等传统小说元素里，"历史"的本来面貌已无关紧要，它在小说中变成形式与内容、现实与艺术的"共同体"，完全化为作家自己的创作思维。在一堆杂乱无章、错乱无序的历史碎片中，"我"成为时间，"我"自己叙述历史，"我"成为历史唯一的线索。因历史本身的偶然性与不确定性，人物端白的生存遭遇与命运归宿充满了未知。

韦伯说："权力意味着在一种社会关系里哪怕是遇到反对也能贯彻自己意志的任何机会，不管这种机会是建立在什么基础之上。"[1]《我的帝王生涯》中，"我"原为五世燮王，拥有唯我独尊的权位与享受自由的权利。"'我'有权做'我'想做的任何事"，世间的任何人、一切事物都应以"我"的权力意志为主，顺从"我"意愿，服从"我"的所有决定，"我对此厌烦透顶……为什么'我'要忍受一切？"事实上恰恰相反，"我"有权毁灭"我"厌恶的一切，包括"来自梧桐树下的夜半哭声"[2]……罗素说："权力是人类最大、最主要的欲望。"[3]"我"暴戾、残忍、喜怒无常，"我"欣然陶醉于为王为君所拥有的一切，包括世间君王的恶行与罪孽。作家揭开了欲望的神秘面纱，以一种近乎玩笑、戏谑的结局表达欲望之果。"我"的身份只不过是个普通人，"我"被欲望主宰，"我"是历史的主体，因而，历史也被"我"的欲望主宰。"政变""驱赶""流浪""走索"，最终，"我"变得一无所有，带着罪孽与"走索王"的"自在"，游荡人世，开始承受普通人所遭遇的一切困厄。小说中疯子孙信的预言——应验，燮国灭亡，"我"的"逃亡"变成一出无处可逃的悲剧：与燕郎互换身份，因对自由的向往，"我"成为

---

[1] [德] 马克斯·韦伯：《经济与社会》（上卷），林荣远译，商务印书馆1998年版，第81页。

[2] 苏童：《我的帝王生涯》，作家出版社2012年版，第7页。

[3] [英] 伯特兰·罗素：《权力论：一个新的社会分析》，靳建国译，东方出版社1988年版，第3页。

"走索王",尝试高空飞翔表演,最后逃遁深山习阅久未读完的《论语》。叙事充满了荒诞与非理性色彩,历史的虚无感与命运的悲剧意味隐没在苏童的欲望"寓言"中。

苏童通过对现实与人生的重新审视与改写,赋予其作品鲜活且贴切的寓言意味。《碧奴》作为古老的神话传说重述,在叙事外衣上与《妻妾成群》有许多相似性,都是从传统文化中汲取养分,借助传统故事叙事的模式,完成对历史的欲望书写。《碧奴》中的"哭""眼泪"象征着对社会的控诉与个体情绪的宣泄,该书通过大量意象的使用,使草木、青蛙等自然万物被赋予生命与灵性,它们在陪伴主人公寻夫的过程中,共同感受着人物的悲恸与凄苦。小说中抒情化的语言风格,在苏童极富想象与诗意的叙事中,给这部悲剧色彩浓厚的历史小说悄悄蒙上一层浪漫情调的"外衣"。

再来看《罂粟之家》。苏童将欲望植入历史,在极富颓败意味的欲望末世学阐述中,使《罂粟之家》成为具有典型意义的历史寓言之作。小说开篇就谈及欲望:

> 仓房里堆放着犁耙锄头一类的农具,齐齐整整倚在土墙上,就像一排人的形状。那股铁锈味就是从它们身上散出来的。这是我家的仓房,一个幽暗的深不可测的空间……你看上去就像一排人的形状。天快黑了。演义的饥饿感再次袭来,他朝门边跑去,拼命把木扉门推推推,他听见两把大锁撞击了一下,门被爹锁得死死的,推不开。①

苏童把小说中的人物全部织入由欲望编织的一张网,欲望是核心节点,也是网状的连接线。在苏童细腻的描绘中,隐喻与意象飞扬,"铁锈味""黯淡"等象征着人的嗅觉、视觉,这些词汇的运用,使器、物不仅拥有了人的形状、人的感觉,还获得了生命,被淹没在"深不可测"的欲望网中。欲望像头顶的蜘蛛不停地结网、挪动且扩张地盘,让人生厌但又不能将其消灭,欲望"永恒地俯瞰"人类。在苏童营造的朦胧、氤

---

① 苏童:《苏童》,人民文学出版社2000年版,第96页。

氤又充满淡淡颓败、阴郁色彩的小说氛围中，有关饥饿与隐秘的"演义"家族的欲望故事由此拉开序幕。"演义"强烈的饥饿感，欲望的缺失与不满足，表现在"他"对食物的央求声中，也表现在"他"张口闭口的"我要杀了你"的叫喊声中。满身缺陷与永不停止欲求的人物，在苏童用心建立的"欲望结构"中呼之欲出，错乱复杂的性关系，混杂不清的血缘，充斥着掠夺与霸占的暴力历史背景，使颓败、消亡成为必然结局。在种满罂粟的土地上，欲望结构与象征诱惑、神秘、罪恶、诡异的罂粟混合在一起，人物命运也随之颓败、凋零，陷入苏童精心编织的历史宿命之网，最终走向恐惧、虚无，犹如罂粟的花开花败。小说最后被激起的"罂粟气息"，更进一步验证了这种以寓言对历史进行终结的方式。《罂粟之家》作为家族叙事的代表性作品，体现出苏童以鲜明的先锋气质一反中国现当代家族小说的叙事传统，以性欲的放纵与人性的沉沦昭示出封建家族解体前的征兆，揭示了以刘氏家族为代表的封建家族制度的解体既是欲望使然，也是历史的必然。

三　生命意识与欲望解读

"写作不是用智慧来证明一些生活的经验和遭遇，而是用作家内心的勇气去证明存在的不幸、残缺和死亡的意义，以及人里面还可能有的良知和希望。"[①] 无论是在自己颇具先锋意味的作品中，还是在新写实、新历史主义小说中，抑或是在回归传统、直面现实之作中，苏童都以一种含蓄、隐喻的"寓言"方式，充分发挥他精湛的艺术感悟力。在艺术方法与审美风格上，即便面对人性中无法回避的有关性欲与情欲的内容，苏童也能以温婉、细腻的笔触，完成对艺术雅俗、美丑的审视，表达自己对生活与欲望、对人性与心灵世界永恒的关注。

在故事讲述中，不直接揭露事实真相，而是以虚构的"寓言"影射文化内涵，苏童的欲望"寓言"，还表现在"寓言"风格的叙事策略上。综观苏童小说，总体上呈两个显著特点，一个是"回忆"叙事，另一个是"虚构"叙事。前者即苏童小说中的"香椿树街"少年系列，后者则

[①] 谢有顺：《通往小说的途中——我所理解的几个关键词》，《先锋就是自由》，山东文艺出版社2004年版，第114页。

是苏童的精神还乡系列"枫杨树故乡"作品。但无论是哪种类型，都以颓美、意象、逃亡、虚构、回忆、"红粉"、少年视角构成观察苏童创作的基本风貌。读者总能从诗意流畅的叙述中读出别样心绪，品出淡淡的忧郁与感伤。在富有"寓言"特质的文字表达中，作者使本义含混模糊、朦胧懵懂的语言呈现出文字外的延伸与回响，意蕴无穷。

无论语言、主题、内涵、结局，在寓言性质的叙述中，都早已埋有伏笔，而结局也必定是悲剧。《仪式的完成》是一则充满诡异、荒诞色彩的"生命寓言"，颓废阴郁、暮气沉沉。小说开篇讲民俗学家去八棵松调研，雪呈淡蓝色，是代表神秘色彩的意象；"很突然又很有秩序"的鸟群，凸显出诡谲无常的意味。首段最后那句"民俗学家朝八棵松走着，实际上他也成了我记忆中的风景"，则预示着民俗学家可能有去无回，仅成为"我"记忆中的影像。民俗学家遇到早已死去六十年的老人，其后的事都发生在这场离奇的"相遇"中，似命运的预言全都一一应验，作品中民俗学家的性格特征与心理情状随着"寓言"的推进而"主动"发生变化，慢慢转变，直至"自我"实现。在民俗学家的执着坚持下，"仪式"显得特别郑重其事，当仪式结束，民俗学家神秘死亡。小说结尾却说"我认识那位民俗学家，在他的追悼会上，我听见另一位民俗学家像自言自语说，这只是仪式的完成"[①]。"我"这样一个叙述视角，在小说中成为"先知型"人物，富有浓厚的预言色彩。

同时，苏童善于通过丰富而巧妙的意象使用，使寓言小说体现出意象主义美学特征。具体表现在意象群的集中运用，"罂粟花""干草""桂花树""竹林"等意象在虚构系列作品中大量呈现；还表现在有对比意义的意象同时存在，《河岸》中"石碑"与"胎记"，"河"与"岸"，是权力与身份的象征，也是一组相悖关系的意象。小说中库文轩正是在不断追逐权力与身份的过程中，胎记消失，石碑也被他抱着一起投河、永沉河底。还有李铁梅等的"革命寓言"，正是慧仙命运浮沉的直接体现。在以意象为基本叙事元素构成的"寓言"故事中，《河岸》成为一部融合人本能的欲望、权欲、情欲于一体的欲望"集大成"书写。

文学是语言的艺术。古往今来，许多优秀的文学作品，常利用修辞

[①] 苏童：《仪式的完成》，人民文学出版社2000年版，第415页。

方式给作品中的人物命名。苏童的小说作品也不例外——比喻命名、谐音命名、双关命名、拈连命名……凡此种种，都可视作作家在写作构思中巧妙利用修辞手段表达艺术效果的"神来之笔"，也能在一定程度上表明作家的创作倾向。"在我看来，庄严地为人物命名，往往显示着作家对人物的尊重态度，而随意地为人物命名，则显示着作家的病态的主观倾向和可怕的冷漠态度。"[①]"达生""小拐""叙德""锦红"等人名多次出现在苏童的不同作品中，这种套版模式是否可理解为"先锋苏童"的一种极端形态的病态化写作？当然，也极易让人忆及这样一幕：当20世纪80年代中期先锋思潮迭起之时，无数字母或数字直接取代人名，成篇出现在各个作家创作的各个作品中，以此"独具一格"的叙事游戏作为"颠覆""对抗"传统文学秩序的一种表达。于苏童而言，究竟哪种是其创作的初衷，笔者也只能是一种推测，作品中类似于"袜子奶奶""老唐"的指称或者直接以"小拐""红旗"等作为人名的安排与使用，给读者一种乏味无聊、苍白空洞的消极印象，是否可以理解为作家对代表着现存文化观念与秩序的漠视，对欲望之于人类生活现实的一个独特注解？敏锐、细腻如苏童，他笔下这些无名无姓、无足轻重的人名符码，从某种意义上而言，也可理解为作家反讽与隐喻下的颓败"寓言"。

综合来看，苏童小说中《罂粟之家》式"古老历史"虚构下的失意与漂泊之感，《碧奴》等神话寓言中飞翔的想象，《妻妾成群》等"红粉"中女性生存的沉重与悲剧宿命，《仪式的完成》中的虚幻与神秘莫测，青春回访中香椿树街少年的迷惘与压抑，以及《河岸》中库东亮成长的困惑和最后抉择——漂流于河上，做永恒的追寻，无一不表达着苏童对人类生存的关注与灵魂的探究，观照、剖析、困惑、思索、探寻，日复一日，永无止境。这些熔炼在小说中的真实体验与生命意识，正是作家对现实人生的追寻，更是苏童对解决人类生存困境与悲苦命运的"寓言"书写。

[①] 李建军：《必要的客观性》，《小说评论》2002年第3期。

第四节　欲望所表征的人生

　　20世纪90年代以来，在市场经济与商品环境等多重影响下，消费主义与金钱至上价值观念日益主导人心，人们对欲望的追逐与渴求加剧，欲望造成的人性悲剧也在不断上演。内因对事物发展起决定作用，欲望诱惑下，欲念增多，多重欲望影响中的个体心理也随之发生变化、转移。现代社会环境下人"非理性"的存在状态，使作家对文学中的欲望书写也做出相应调整与转型，昔日先锋文学思潮中的"弄潮儿"苏童，继80年代末尝试与挑战回归传统、"勾兑"历史、新写实等不同风格后，于2001年创作了《蛇为什么会飞》。苏童决定拥抱现实，试图从写实角度来探讨人与人的关系，以直面现实的勇气挖掘深藏于背后的人性。这部被视为直面现实的转型之作以"蛇"这个内涵丰富、意味深长的欲望形象作为叙述故事的线索，第一次将人物的举止形态、语言特征、性格变化以及整个故事都置于当下生活中进行讲述。评论界对这个作品反应激烈，但褒贬不一。有评论家认为，苏童的这部直面现实的小说是"一个正直的知识分子作家为当下的中国病态社会及其病态人生提交的一份'病相报告'"[1]；也有人表示："对这部苏童寄予深深期待的小说我认为在语言、节奏、风格乃至人物形象的美感特征方面都没有太大的变化。苏童极力想摆脱的那些内在品质仍顽强地存在于小说的体内。"[2] 苏童自己也曾表达过，仅就小说中人物形象而言，《蛇为什么会飞》在创作上还存在空白，对本来所要营造的现实图景仍有缺憾。[3] 笔者以为，苏童无论是直面现实的小说，还是虚构想象的作品，从未改变过对现实人生的关注，他的创作，一直以反映不同欲望形态下的人物生活、心灵世界变化为目标，永不止步的探索是他创作姿态的真实写照。

---

[1] 李遇春：《病态社会的病象报告——评苏童长篇小说〈蛇为什么会飞〉》，《小说评论》2004年第3期。
[2] 张学昕：《在现实的空间寻求精神的灵动——读苏童长篇小说〈蛇为什么会飞〉》，《北方论丛》2002年第4期。
[3] 苏童、王宏图：《南方的诗学——苏童、王宏图对谈录》，漓江出版社2014年版，第159页。

"我确实在破坏我自己,破坏某种我赖以生存的、用惯了的武器,比如语言、节奏、风格等等。我不再满足我自己,我想改变,想割断与自己过去的联系。把以前'商标化'了的苏童全部打碎,然后脚踏实地,直面惨淡人生。"① 害怕重复自己、不断挑战不同的艺术风格,苏童多次表达出对创新求变的渴望。然而,打破与改变谈何容易,作家的语言方式与叙述风格往往会贯穿作家一生的写作。因此,相较于一直擅长的想象与虚构叙事写作习惯,苏童将具有现实性、当下性特征的《蛇为什么会飞》的创作过程比作外科医生动手术,得刀刀见血。②

苏童的《蛇为什么会飞》是一部小人物世纪末生活的"风景画":打破常态的"闯入者"金发女孩,喧闹复杂的火车站广场,沉闷反常的世纪钟,始终找不着来由的蛇群以及一直生活在广场周边的克渊、冷燕、梁坚、修红等一群城市边缘人……小说中虽象征与隐喻无处不在,但整体风格与叙事内涵较之前发生了较大转变,语言少了往常行云流水般的抒情,时有粗糙、突兀之感,节奏散漫零碎,连作者一向擅长的命名也几乎找不着美感。可以说,单从形式而言,似乎很难与曾经诗意、典雅的苏童扯上联系,但这也正是小说想要极力表达的人物边缘化的命运。在这种看似随意、无厘头的讲述中,苏童想尽力表达出急剧变化的社会背景下小人物的生存艰难之相,底层人物只能在游走、挣扎与痛苦中度过一生。甚至就书中三个女性形象的描绘,苏童也直言连他自己也说不清楚小说的主人公究竟是谁。在克渊之外所写的三个女性,更像是一组群像,笔墨最多的要数开篇就出现的金发女郎。然而,这三个人都是被社会抛弃的人,又都艰难且拼命地接近时代,她们在生活的重压下东奔西窜,不知所踪。这三个女性组成的空间结构,印证着社会这个大空间③。从这个意义上而言,将这部创作于21世纪初的近十六万字的小说当成"世纪末中国城市生活'浮世绘'"④,也并非全然没有道理。

---

① 陆梅:《把标签化了的苏童打碎》,《文学报》2002年4月18日。
② 周新民、苏童:《打开人性的皱折——苏童访谈录》,《小说评论》2004年第2期。
③ 苏童、徐颖:《苏童时代又回来了?》,载汪政、何平编《苏童研究资料》,天津人民出版社2007年版,第141页。
④ 徐峥龙:《浮世绘的力量——解读苏童的〈蛇为什么会飞〉》,《江苏社会科学》2006年第S1期。

现实题材创作目的在于探寻人类真相，追求永恒的精神归属。小说不仅要反映当下，也要能指代过去与未来，最终揭示出某种永恒与终极性价值，这才是小说创作的关键所在。鲁迅说，他的小说取材"多采自病态社会的不幸的人们中，意思是在揭出病苦，引起疗救的注意"①。这里不仅强调了小说的启蒙、教化功能，还表达了鲁迅对小人物尤其是弱者的关注与重视。人的一生，其实自打出生起，对他人与环境便有着本能的"依附"关系与"依恋"欲望，精神分析学将这种"依附"与"依恋"阐释为"权力欲望"。在人类的生存与发展历程中，权力制约和影响着各种社会关系和价值资源的建构与利用，维系着社会的正常运作。用福柯的话来说，权力是"如毛细血管状"的网络，它扩张到了社会中最微小的领域，甚至存在于每个主体的意识深处②。权力欲望交织在人类生活之中，人对欲望永不满足的特性，也使作为人类社会发展"晴雨表"的文学创作从未停止过对权欲的探索。

"我在小说中主要表现的是人与社会之间那种紧张的、无所适从的关系。我觉得人与现实本身就有一种对立的情绪，我不想表现人和现实是如何如何和睦相处，我想表现这种对立。"③德国作家托马斯·曼的作品《魔山》，讲述的是一个普通青年汉斯因看望得肺结核病的表兄被困疗养院这座魔山，当历经千辛万苦终于从只能等待疾病与死亡的魔山脱困走出来后，又被征兵，刚参加第一场战争就丧生于战场的故事。故事本身节奏缓慢冗长，充满了荒诞与狂欢式意味，但让人印象深刻的是作品中人物身上不时呈现出的在思想与意识维度上的极度紧张与激烈对立状态。人与现实的紧张感、作家与现实的紧张关系是一种正常的态势。有别于将批判锋芒直接聚焦现实、直接揭示生活真相、直指生命本质的批判风格，苏童在写作中对人与外界关系的思考，既有先锋姿态的颠覆与叛逆，也有对紧张关系的正视与"平衡"。因为对小人物的写作兴趣、对小人物性格与命运的关注，苏童的小说聚焦了很多小人物。"小人物之所以

---

① 鲁迅：《鲁迅全集》（第4卷），人民文学出版社1981年版，第152页。
② ［法］米歇尔·福柯：《性史》，张廷深等译，上海科学技术文献出版社1989年版，第99页。
③ 苏童：《急就的讲稿》，《寻找灯绳》，江苏文艺出版社1995年版，第153页。

'小'，是他的存在和命运体与社会变迁结合得特别敏感，而且体现出对强权与外界的弱势。"① 正如古今中外的文学遗产，流传至今的基本都是建立在一种强硬的评价体系之上，未被记载的，基本都是小人物。因此，也可以说是权力、地位这些细节造就了小人物。在苏童的作品中，权力这把"尖刀"与小人物的日常生活如影随形，有时甚至扮演着"帮凶"或"教唆者"的角色，让人们身处其中而不自知，但又时常"隐隐作痛"。

苏童将写作焦点对准现实生活中的弱势群体与小人物，贴着人物来写，用人物自己的语言、心理、情绪，结合隐喻、暗示等多种手法，诠释权力的真义。就像《门》里关于堂嫂上吊自杀死因的"谜语"，谜底可能是堂嫂针眼细的心胸，也可能是杀人于无形的"流言蜚语"；《伤心的舞蹈》中的李小果虽然"天生是一个大笨蛋"，却多次入选舞蹈演员可以登台表演享受殊荣，哪怕让人气得直想把他"拉出去毙了"，依然会得到老师的包庇，一切只因李小果有个"主任爸爸"；《罂粟之家》中昔日的长工陈茂"一时成为真正的风云人物"，因为他混成了个难得的农村干部——"农会主任"，后来成为"农会主席"；《城北地带》里"怪事多"，第一桩是犯了强奸罪的红旗出生日期改小一岁成了"未成年"，只因他有个任派出所所长的堂舅；"骚货"一词从一个"正派妇女"嘴里说出来，并一口一个承诺"放心吧，我饶不了她"，让她"挂破鞋""挨批斗""游街"，因为这个妇女是玻璃厂的领导——麻主任；弱小、受伤害的女孩美琪，选择跳河结束自己年幼的生命，她死前竟哭着喊"我再也不要听见他们的声音"……

> 我一直想在一部小说中尽情地描摹我所目睹过的一种平民生活，我一直为那种生活人所展示的质量唏嘘感叹，我一直觉得有一类人将苦难和不幸看做他们的命运，就是这些人，且爱且恨地生活在这个嘈杂的世界上，他们唾弃旁人，也被旁人唾弃。我一直想表现这一种孤独，是平民的孤独，不是哲学家或其他人的孤独。②

---

① 周新民、苏童：《打开人性的皱折——苏童访谈录》，《小说评论》2004年第2期。
② 苏童：《纸上的美女》，人民日报出版社1999年版，第45页。

苏童贴着人物的语言、心理、思想变化进行讲述，人物与现实生活之间不和谐的声音此起彼伏，人与日常生活往往因"格格不入"而"不得善终"。香椿树街上的那些"狂热少年"，他们总是到处惹是生非、整日拉帮结派，琢磨着怎么让自己"出人头地"。就连瘸腿少年小拐也想着通过拜师学艺，成为街头一霸（《达生》）。仅是暂时性地压抑着原始冲动，屈从于父亲的管教，但只要寻得机会，便会到处"寻求刺激"：动辄打架斗殴、充分释放体内涌动的欲望本能，少年红旗只因偶尔窥觊到邻居家女孩美琪模糊的身形，便直接奸污了她（《城北地带》）……暴力、性欲与对"物"的迷恋等非理性内涵成为苏童小说中少年群像的"代名词"。不仅如此，小说中有关族里亲邻等成年人世界的描绘，依旧充满了非理性色彩。莫名生出的嫌隙、不时发生的争执与吵闹、人与人之间的冷漠与疏离甚至弄出人命：《城北地带》中曾经推心置腹的两个女邻居会"因为几只鸡蛋冷言相向"，《私宴》里昔日同窗在各自成家立业后"变着法儿地羞辱对方"，《堂兄弟》中挨住在一起的亲兄弟竟会变得"反目成仇""老死不相往来"……苏童将他"亲眼目睹的平民生活"与对孤独、怨恨、苦难的"日常"的细腻描摹紧密联系在一起。既描写12—18岁的少年身体发育后的生理欲望觉醒，也描写他们蓬勃的生命力与飘忽不定的情绪，还描写这种强烈自我意识"左右"下不成熟的心智与急剧膨胀的欲望激情。

日常生活中人们表现出来的"偏激片面"与"莫名"，一方面固然与人们在选择满足欲望的方式时的非理性倾向有关，而另一方面，更主要的原因是权欲早已深深融入人们的日常生活，它可以是名副其实的职位，可以是无形的权威，也可能是财富、金钱、利益，甚至可能是鸡零狗碎与柴米油盐等的"变体"。其实从人出生之日起，因人类本身的"脆弱特性"不得不依附于外界，便开始被权欲无形牵制。本能的驱使、社会关系的网罗，人类与权欲终生纠缠，或爱或恨，或服从或对抗，直至走向共同毁灭。如同《城北地带》中美琪死前的哭喊，让人读罢如鲠在喉、难以忍受。权力欲望本身包罗万象，控制、占有、挑战、对抗等多元因素，既象征着秩序，也包含自我颠覆之意。这全是权力的本质属性使然。当然，消融于日常的权力本身处于一个隐潜的动态过程中，"且爱且恨"

地行走在这个"嘈杂"现世中的人们很难觉察到。在这样一种变动过程中,受权欲的诱惑与制约,人们的生活也相应地发生改变。日常生活显得愈发残酷无情,人性的褶皱与黑暗也就变得更加清晰、亮堂,让人唏嘘感叹。

从文化学角度来看,中国五千年的封建君主专制建制,"王权"思想早已深入人心,宗亲宗族式的文化传承脉络使人们的文化心理结构也呈现出对抗性。而权力对反抗者往往施加严厉的惩处,或间接操控人的言行与人身自由,甚至通过公开处决人的性命以威慑民众。在不断实施专制与操纵的过程中,摧毁人内心的反抗意志,这就是权力存在于现实生活中的本来面目。也因此,文学史中关于权欲的书写多从文化批判视角来展开。鲁迅在对人性的剖析中,将"矛头"直指权欲,通过对封建宗法制的批判,揭露传统社会中以长者为中心的权欲结构对人性的戕害与"吃人"实质。一方面是对权力欲望本能的崇拜与追逐,另一方面是在"王权"影响下产生的畏权、惧权等奴性心理。人与权欲之间时刻存在的矛盾,权欲给人与世界带来的"噩梦"成为苏童重要的书写内容。苏童将权欲比喻成一个巨大的"黑洞",他以"制造噩梦,制造关于人、关于世界的噩梦"比拟权欲,以细腻、深刻的笔触描摹权欲,对现有秩序进行解构,对人性的深入剖析,试图帮助人们重新认识、理解权欲这个"黑洞",呈现人性心灵深处的褶皱与阴暗面。

现实生活中的人们,一旦享受权力带来的便利与快感,便容易忘了被权力控制、吞噬时的疼痛感与沉重代价。在权力欲望的诱惑下,人们趋之若鹜、欲拒还迎。将写作视作最真实的生活方式的苏童,不追名逐利、不赶超时尚、不沉迷于物质财富,也不刻意表现出与现实对抗的姿态,而是以精湛的叙事技艺自由穿行于写实与虚构之间,与现实一直保持着"若即若离"的关系,实现对现实理性、客观的观察与审视。[①]"红粉"系列、"新历史主义"小说与回忆视角中的"香椿树街"少年系列作品,着力表现现实人生的主题并不在少数。《红粉》中的小萼好吃懒做,解放后依旧恶习不改,最终逼老浦贪污公款而遭枪毙;端白少年为

[①] 苏童、王宏图:《南方的诗学:苏童、王宏图对谈录》,漓江出版社2014年版,第119—120页。

王的身份成了一把利剑,把他的灵魂与肉体彻底劈开、毁灭(《我的帝王生涯》)。

然而,现实往往是令人生厌的,很少有人会觉得自己当下生活的这个现实充满美感。相反,很多人更喜欢用"美好""幸福"这类褒义词形容过去。这种美感的发生事实,直接影响到作家写作现实的"难度"——关注现实其实意味着写作"风险"。如何"规避"这种风险?苏童选择在想象的世界里确立自己与现实的审美关系,比如对短篇小说的格外"青睐"。短篇小说具有其他体量的小说无法比拟的时代缩影的功能,在对当下现实的影射与寓言意义方面,短篇小说更能实现内容上以小见大、人物性格独特鲜明、情节结构紧凑精练、环境烘托最大程度地服务于主题以及细节描写的合理性与独特性等写作目标。苏童通过擅长且持续的短篇小说创作,以心灵化的、超越现实层面的想象与激情,尤其是对细节与人心的敏锐洞察,在现实的空间寻求精神的灵动,捕捉欲望现实中人的悲苦与衰亡。

苏童作品中的人物以"阁楼""桥洞""水塔"等类似的环境为屈身之所,逼仄、压抑的居家环境,也可理解为表现文本与现实之间"以小见大"的功能的有力例证。《妇女生活》中关于娴、芝、箫三代的故事全部发生在街角汇隆照相馆,小说中写还在娘家做女儿时的娴常被与母亲相好的理发师老王骚扰,而娴的女儿芝的婚后生活又常被母亲娴"偷窥",当外祖母娴、母亲芝、养女箫三代同堂同住一个屋檐下,箫半夜在房内直接受到养父的性骚扰……最终,其他人相继死亡,曾经拥挤的照相馆只剩箫一人独自居住;《飞鱼》里未婚先孕的大鱼儿,以草叶船为家,与娘相依为命,以至于香椿树街的居民们把河滩叫成"大鱼儿家的河滩";《饲养公鸡的人》里普山被人们说成是"从石头缝里蹦出来的",当传言"他有过七个女人"的真相被揭穿时,普山被起重机铲起的石头直接压死在铁皮船舱里。

狭小的空间、潮湿的空气、逼仄的环境,现实生活对人的压抑还体现在苏童写作的香椿树街故事中。当男女老少全拥挤在香椿树街第十八号,连猫都只能"屈身"房顶,《舒家兄弟》里复杂的乱伦关系,仿若一种道德沦丧的"噪声",让原本沉闷、狭窄的空间更显压抑。老舒与邱玉美的偷情、舒工与涵丽间复杂的情欲关系,老舒为满足自己的偷情欲对儿子进行"恐吓、利诱、毒打",甚至"用黑布蒙住眼睛用绳子绑住手脚用棉花团塞住耳朵",导致了儿子舒农的变态心理,舒农从小就"有仇必报",被称为"阴谋家",而且张嘴闭嘴都是充满淫秽与暴力色彩的语言……可以说,老舒的欲念既是导致舒农罪孽的主要因素,也是导致大儿子舒工与"人漂亮心也好"的楼下邻居涵丽选择沉河殉情的罪魁祸首。

在现实生活中,男性一直以强者的形象存在,他们强大、决绝,他们果敢、自私,他们是财富的持有者,似乎每个人都有一套独属于"强者"的追逐与占有财富的人生哲学。我们几乎很难在苏童的文本中见到闪着人性"亮点"的男性形象。男性高扬的欲望旗帜,在细腻而敏感且富于浪漫主义式抒情的苏童笔下,成为他们坠落覆灭的"祸端"。男性欲壑难填、对欲望的渴求明显超过女性,在笼罩着孱弱、无序甚至荒唐、无聊的叙述氛围中,违背人性的欲望使男性无法摆脱被嘲弄的命运,导致男性最终陷入可慨可叹的悲剧境地。

素有"金陵旧式才子"气质的苏童,在他四十年的文学创作中,为当代文学人物画廊贡献了许多与众不同的面孔。不仅有上述沉迷于肉欲与财富、贪恋权欲的男性形象塑造,也有或嗔或痴,或癫或狂的女性勾画。苏童从勘探女性生存的角度出发,重构传统文学中关于女人的故事。女性面对来自外界尤其是表征男性秩序的欲望压迫时的无力、女性对自我的轻视以及发生在女性之间的相互残杀,是造成女性悲剧命运的"三座大山"。《红粉》中称自己"天生就是个贱货"的小萼,《妻妾成群》中发出"女人算个什么东西"感叹的颂莲,《妇女生活》中"我瞧不起女人,我也瞧不起自己"的箫……苏童通过对人物生活的敏锐观察,深入女性人物内心,揭示她们的心性误区,揭露她们相互之间复杂而易变的关系,探究女性文化心理结构的深潜状态。这些作品通过女性视角以及意象、回环式情节结构等的运用,引领读者穿透女性生存的表象,呼唤女性对自身的审视,赋予传统女人故事新的意蕴。"红粉"系列小说中无所不在的欲望成为招致女性厄运的导火索,原本固若金汤的血缘亲情,也已荡然无存,冷漠疏离且充满敌意的家庭关系取代了人们对传统家族伦理的认知。

苏童把写作与现实的关系比喻成"鸡蛋与石头""海鸟与海洋",他认为作家应与现实保持一定距离,主张局部拥抱现实的创作姿态。世界并非简单的"二元"对立关系,人性也不是只有善与恶的这"两端",现实生活中的人们,都处于无力对抗现实的弱势状态。既然人"生而为欲求而欲求",不妨选择一种相对平衡的处理方式——从局部"拥抱现实"①。于是,"逃亡"成为苏童创作的一个重要主题。从苏童小说中逃亡者的结局来看,他们无一不是处于永远的漂泊与流浪状态,或死或伤成为他们必然的结局。因欲望的本质属性,当一个欲望获得满足,就会有对下一个欲望的追求,新的痛苦随之产生,欲望与痛苦相伴相生,欲求与绝望随时切换,人物的逃亡注定只能是无望的挣扎,痛苦与绝望成为人生常态。

孤苦无依、永远漂泊在路上、无家可归、无固定安身之所,不是囚禁于监狱被限制人身自由,就是"被驱逐"逃亡他乡,或者是主动求死……苏童除了将人物置身于相对静止、有限的空间做细致描述外,也通过男性角色的漂泊流浪来表现"父辈":《把你的脚捆起来》里的一鸣便是一个典型的一直"在途中"的漂泊者形象;《一个朋友在路上》中的力钧,从上小学时起就经常逃学,后来辗转西藏、陕西,浪游全中国,"几乎中国各个角落都遍布着朋友"。作者似乎刻意想让力钧这个角色变成小说标题中"在路上的朋友",以高度的"文题统一"实践着现实世界与人生愿景的背离。

人类的现实处境时刻影响着人们对彼岸世界的看法,文学作品中关于人与人性的书写也发生着相应改变。传统小说中受英雄崇拜观念的影响,对死亡多是轻视与鄙夷状态。社会时代的变化使人们对死亡的认知也变得不同,既有对死亡的畏惧、顾忌,也有对彼岸世界的探索与追问。文学中的死亡主题表现出不同的内涵:《告诉他们,我乘白鹤去了》中,老人害怕死后会因火葬变成一缕"烟",把小孙子小孙女挖的泥坑当成自己的栖身之所,并哄骗他们填土将自己"活埋"。曾经的死亡禁忌,在作者亦真亦幻、庄重而诙谐的叙事中,演变成一场爷孙"闹剧",这既是苏童从新的角度正视"死亡"的写作,也是一次勇敢的尝试,以唤起人们对彼岸世界的思考,重拾生的勇气与信心。

---

① 华中科技大学中国当代写作研究中心编:《边缘与颓废——2013 春讲·苏童 谢有顺卷》,长江文艺出版社 2013 年版,第 8 页。

以童年视角书写复杂人性，在对青春年少的回忆中感受真实人生，苏童变换新的角度再度"拥抱"现实，从而展开对现实的全新思考，重新审视人与人性。他的"枫杨树故乡"系列即属于此类：《一九三四年的逃亡》《祖母的季节》《飞越我的枫杨树故乡》《罂粟之家》等以想象表征现实的作品，成为苏童创作历程中不可忽视的佳作。有评论家对苏童过于专注"虚构"叙事的风格表示担忧，认为这种虚构与想象容易导致缺乏对现实精准的把握，对丰富人生缺少了纵深度的阐释。[①] 笔者以为，如何处理写作与现实的关系，如何面对作家自己的真实生活体验与作品中人物的生命、精神叙述之间的关系，对任何一个作家而言，都是需要重视且具有写作难度的重要挑战。结合苏童的创作经历，尤其是近年创作的《河岸》，也许我们对这个问题不用太过担忧。作家在虚构与现实中来去自如，行云流水式的诗意语言跃然纸上。小说既有对先锋技巧的娴熟运用，又不失对人性的深入剖析。可以说，《河岸》的创作，不仅承袭了苏童一贯的稳重与老练，也可视作苏童在不断寻求改变与突破的努力中，实现心灵自由、避免"写作匠气"的一次成功的写作尝试。

小说是与现实契合，还是对现实的背离？我们所认识的"现实"，通常来说是以社会学的标准来衡量的。究竟怎样的现实是真实的呢？现实的多变与脆弱特质，对于一个作家而言，意味着看待现实的态度与方式显得特别重要。多数作家出于表达的兴趣、为了满足表达的欲望而开始最初的写作实践，苏童也不例外。有学者跟苏童谈及小说的写作发生学问题，提到"为什么写作""最初的写作'内驱动力'"等疑惑，苏童说"我的写作目的难以一语中的。它始终是在成长中，或者说它总会发生革命"。[②] 写作对苏童生命的滋养，有如写作目标的"成长"，丰富着作家的生命质量。无论是上文中提到的关于《罂粟之家》《妻妾成群》《蛇为什么会飞》《河岸》等文本的先锋话语叙事，还是《红粉》中将强烈的个体意识转化为深邃细腻的历史书写，将平凡的女性角色融入鲜活生动的文化意蕴中，拒绝与现状妥协、与时代同步，这些都可视作苏童的写

[①] 吴义勤、季进：《追寻：历史的与现实的——苏童小说论之二》，《当代作家评论》1990年第1期。

[②] 苏童、张学昕：《回忆·想象·叙述·写作的发生》，《当代作家评论》2005年第6期。

作"内驱动力",也体现了作家苏童的一种先锋精神。《菩萨蛮》以死去的幽灵为视角,写现世的荒诞、人的异化与精神的扭曲,表达对存在的质疑和对时代的失望与反抗,这种直面绝望的写作实践,当然也是"先锋"气质的表现。苏童关注人的想象与感觉,重视人作为人本身的问题,不断探索潜藏人性深处的奥秘:《罂粟之家》中关于欲望、暴力以及家族衰败的主题,《米》中关于人性恶的极端呈现,《我的帝王生涯》中端白由一个帝王最后沦落为江湖杂耍艺人,《碧奴》以"眼泪"架构全篇,重述"孟姜女哭长城"的古老神话……所有这些,都是一如既往的"先锋"苏童。可以说,"先锋性"成为考察苏童小说的关键切入点。在消费时代与多元文化多重视阈下,笔者以为,所谓先锋性,即一种先锋品格,一种为追求自由不懈努力的精神,一种不为外界所扰、主动挑战写作难度、不断寻求突破的创作实践。苏童的写作不止于表现真实的人生与命运的无常,更意在表达人的现实处境与存在本身的矛盾关系与不确定性。正是这种复杂、多变的现状,道出了当下人类精神世界面临的严峻挑战。因而,回归生命本身、直抵人的内心与人性本来面目的写作,对人类现实生活倾注无限深情的写作,才是真正意义上的"先锋写作"。从这个意义上而言,苏童的写作无疑是对先锋精神最好的诠释。

第二章

苏童小说的欲望形态

康罗·洛伦兹在对人类行为与动物本能进行的对比研究中发现，"食、性、暴力与逃跑"作为人类与生俱来的四种动物性属性，与动物的需求一样，存在原始本能。[①]

"欲望"作为古今中外文学书写中永恒的主题，是苏童一直关注的话题，也是苏童在写作过程中不断阐释与剖析的对象。人的生命欲望、人的生存本能、人的动物性属性在苏童小说中都有着丰富的呈现与表达。早期以"香椿树街"作为写作根据地的少年叙事，回望家园的精神之旅——"枫杨树故乡"系列小说，着重突出人类精神现状与生存困境的《妻妾成群》《米》《我的帝王生涯》等新历史小说，以及近年来集多元风格于一体的长篇小说《河岸》《黄雀记》等，这些作品均体现了苏童对生命欲望充分且生动的书写。人们习惯从物质欲望与精神欲望两个基本层面谈论人的欲望，也有一些人认为，人的欲望分为权欲、情欲（性）、物欲（财富欲望）三种。综合上述观点，笔者以为，苏童作品中关于人的生命欲望的表达，即对人本能欲望的讲述，可以从"香椿树街"少年的青春回访、情欲的压抑与释放、"米"与食物记忆、死亡及其想象方式四种欲望形态展开论述。

第一节 "香椿树街"少年的青春回访

少年象征着纯洁、自由与美好。少年理想是对自我价值的追求与向

---

① [奥]康罗·洛伦兹：《攻击与人性》，王守珍、吴雪娇译，作家出版社1987年版，第59页。

往，关于少年的懵懂情感、青涩心态、成长困惑，在苏童小说中有着丰富的表述。本节从苏童的"香椿树街"少年系列作品出发，对小说中少年的身体本能、情感体验与青春理想进行分析，剖析少年成长的矛盾与困惑，从而发现苏童关于生命欲望书写的独特性所在，探讨苏童对人的生命存在与人类命运的思考。

一 痛感的认知

"我回顾从小到大的生活经历，发现对世界感触最强烈、最文学化的时期就是青少年时期。"[①] "香椿树街"少年系列小说算得上是苏童对青春年少岁月的追忆与缅怀之作。苏童的回忆叙事拒绝以道德审视与启蒙的姿态去进行，而是以尽可能客观、真实的记忆还原少年们真实的生活状貌，通过对少年的成长经历的再现、对少年心灵体验的细腻描摹，完成属于苏童的独特的"少年回访"。

记忆与事实存在差异，回忆与现实也总是不同，文学中的记忆叙事、作家的自传写作往往都存在"讲故事"的成分。有点类似于苏童的自传书写的"少年回访"系列小说，在真实与想象中自由穿梭，既有对儿时亲身经历的分享，也有回忆叙事中难以复制的情绪、心性的书写。"我从来不敢夸耀童年的幸福，事实上我的童年有点孤独，有点心事重重。"[②]在物质普遍匮乏的年代，少年苏童的生活也十分艰难。儿时的一场大病使性格内向的苏童挨过一段休学在家的苦日子。这些经历使苏童自年幼起便对病痛、恐惧与死亡有了极真实的体验与不一样的痛感认知。苏童的作品总弥漫着一种阴郁、孤独的气息，少年的敏感与孤僻、积聚的欲望与冲动的本能，加剧了少年生活的沉闷与痛苦，心智的不成熟与无处释放的少年激情等多重因素的共同刺激，让达生、小拐、陶等少年成为与现实世界格格不入的"外来者"或"边缘人"。

《桑园留念》里的少年"我"向往"街头霸王"的威风。在"我"看来，这种"威风"既满足了"我"对高高在上的权欲的渴望，也是主

[①] 苏童、王宏图：《南方的诗学——苏童王宏图对话录》，苏州大学出版社2003年版，第19页。

[②] 苏童、周新民：《苏童创作自序》，《小说评论》2004年第2期。

人公自尊的体现。这是欲望的诱惑，也是少年对欲望的理解。小说中写到澡堂间的小伙伴"突然对别人恨得要死，然后轻轻溜到你身边，给你一个大嘴巴"[①]。莫名、怪诞的场景在少年的"暴力"与躁动中随时出现。萌芽的少年自我意识，演变成可以肆意羞辱他人、动辄拳脚相加的"暴力游戏"。随着青春期身体的变化，主人公对"自我"与"存在感"急切需要得到认同，小说中也有关于青春心理与生活体验的"绝望"书写。在少年看来，跟漂亮的女孩子跳舞、约会，是对自我存在的确证；不允许漂亮的女孩子喜欢上别人或被别人喜欢，是自我占有欲的满足。见色起意、强奸少女、与有夫之妇鬼混，青春期懵懂的情感认知与畸形的"性"体验，"霸道""蛮狠""无知""躁动"成为苏童笔下少年的代名词。

青春发育期被压抑与抑制的欲望，少年的孤独、苦闷与挣扎，对欲望的反抗、释放欲望的渴望，在《桑园留念》中的少年身上表现得尤为明显。在"我"看来，肖弟拥有"威风"，受"我"崇拜，"我"总期待着自己快点变得强大，跟肖弟打架比试，并"一定要赢"。作者贴着少年的心性展开写作，描绘欲望"引导"下对少年成长的影响。"一定要赢"成为少年获得的激烈且刺激的一次欲望的"释放"与满足。

后来，曾经追逐的欲望如愿"实现"且"最大程度获得满足"，"我"真把肖弟打趴在地，"我"终成胜利者。得偿所愿的"我"从此内心发生变化，觉得看谁"都再用不着害怕"。欲望的"魔性"昭然若揭，欲望不仅可自我转化，还会像"蝴蝶效应"般主动转移。"我"成了曾经的"肖弟"，欲望对人的"异化"从此在"我"身上发生。苏童的独特在于，不仅反映少年"自我"的悲剧，还透过少年的心理，反映社会与他人的面貌。文中写道，伴随这种变化接踵而至的，是接二连三的"差错"事件：曾经懵懂喜欢的丹玉"意外"死亡，"我"对生活又感到沮丧而困惑——常年跟在肖弟身边的丹玉为何会和毛头死在一起？丹玉喜欢毛头？丹玉与毛头他俩究竟在害怕什么？为何一定要以死

[①] 苏童：《桑园留念：苏童短篇小说编年：1984—1989》，人民文学出版社2008年版，第1页。

来做了结……①成长过程中的错位与断裂，少年陷入欲望"牢笼"，被欲望无情吞噬，且无法避免。

苏童以第一人称叙事视角写作，"我"既是参与者，也是旁观者。在这种技巧的使用下，虚构的故事获得"真实"的力量，让读者在这种身临其境的阅读体验中感受少年的心、身与"欲"。作家将人世间诸多"差错"隐喻在这个看似简单而又平常的故事中。读者不仅被吸引进入"谜面"，思考"谜底"，还通过作家精彩的构思，凝练、简洁的语言的使用，在阅读过程中与人物命运产生共鸣，为生命的无常深感惋惜。

《城北地带》中少年李达生的无知与冷漠、对亲情的漠视，既受家庭暴力的影响，也是少年"无情""暴力"欲望得以发泄与满足后的必然结果。终日游手好闲、伺机偷走父亲自行车的李达生，间接造成了父亲李修业的车祸身亡。少年李达生对物欲极度渴求，对生命充满无知与蔑视，对父亲丧生"无动于衷"，甚至幸灾乐祸："他心里的另一半想法是秘而不宣的，父亲一去，再也没有人来以拳头或者工具教训他了。"② 施暴者同时也是暴力受害者，欲望对少年的"吞噬"，荒谬而悲凉。《舒家兄弟》中的舒农，终日活在父亲淫威与恫吓中，在一把火烧了房子后，面对父亲老舒的紧追不舍，最终选择坠楼而亡。成年人欲望世界的贻害，家庭暴力的施加，在极度压抑状态下，在一环套一环的欲望"指引"下，舒农不得不"死"。这是少年对成人世界的暴力报复，更是一曲欲望吞噬生命的少年成长"挽歌"。

"暴力"成为苏童小说中的欲望景观，在不同作品中有不一样的描写。"香椿树街"少年叙事中的暴力，更像是一场"回访记忆"；"少年血"记忆中的暴力因子与根植于人性深处的欲望交织缠绕，暴力阴影无处不在。在苏童笔下，暴力成为叙事的主要动力，推动着作品向前发展，也将故事中人物命运推向不可知的深渊。先锋作家格非一向以思想深刻性见长，他对"暴力"的思考重在一种形而上的考虑与表达。余华把人的存在推入似真似幻的情境，通过语言的相互辨析与碰撞，体验暴力的

---

① 苏童：《桑园留念：苏童短篇小说编年：1984—1989》，人民文学出版社2008年版，第1—8页。

② 苏童：《城北地带》，作家出版社1995年版，第2—4页。

无情与残忍。《世事如烟》《四月三日事件》中满是暴力的幻觉世界,人对不可知事物的莫名恐惧,令人沮丧也足以摧毁人和世界的一切。"暴力"成为余华"构造幻觉世界的一个元素,同时也是幻觉世界内部不断增长的、无法抑制的自我否定力量"[1]。而暴力书写之于苏童,则更像是一个以诗性品格书写"临界感觉"的艺术世界。"如果要比作品思想的深刻和尖锐性,苏童也许要弱于余华,但苏童的意义就在于他特有的温和与感性,他的小说总是以思想的含蓄——在故事中完全的溶解、不露痕迹而见长。"[2] "温和与感性"的气质,表现在艺术风格上,指的是苏童语言风格中的诗性气质;体现在文本内涵与思想等方面,则是指融入苏童小说字里行间的悲悯深情。

二 生活体验与生存困惑

本能欲望是造成少年性格病态、生命衰颓的根本原因。苏童短篇《回力牌球鞋》中对"陶"本能欲望进行了赤裸裸地表达,在与"许""秦"这群香椿树街少年莫名的友谊来往中,在与"猫头"争夺对"物"的拥有权中,人的"本我"得以充分体现。注重个人的快感享受与"唯乐是图"的欲望"游戏",是对这群少年的真实写照。小说以一九七四年为时间背景,故事在少年陶的一双新的"回力牌球鞋"吸引了"几乎每一个香椿树街少年"的目光中展开。在物资极度匮乏的年代,小街少年陶获得了一双"只能"在大城市生产的球鞋,他忍不住"炫耀"(宣泄)这种对稀有品占有的"满足感",迫不及待地想到处"显摆"以求"本我"的快意享受。在好朋友许、秦那儿未能如愿后,正沉醉于自我臆想的"快感"时又巧遇街霸王猫头的戏谑与挑衅。虽然受宣泄本能驱使,但是对"强权"的恐惧让陶不得不暂时压制内心的骄傲与张狂,不敢在猫头面前放肆、造次。于是,陶"再次跷起了他的脚",这个"自从穿上回力牌球鞋以来"被重复了无数次的动作。然而,与以往不同的是,陶

---

[1] 陈晓明:《无边的挑战——中国先锋文学的后现代性》,广西师范大学出版社2004年版,第351页。

[2] 张清华:《中国当代文学中的历史叙事》,北京大学出版社2012年版,第124页。

再次重复这个动作的心情是"屈辱的"①。人类与生俱来的占有欲与性恶本能在《回力牌球鞋》的人物身上有充分体现。夹杂着陶对强权的畏惧，面对球鞋莫名的"丢失"，许、秦对陶友谊式的"玩笑"与恶作剧式的"捉弄"，陶怀疑并疯狂跟踪昔日好友，最后反被"捉弄"，挨了霸王猫头的暴力报复。少年陶无法承受这系列"打击"，最终成了"一个古怪的少年"。

作者以对生活的敏锐观察，以极富叙事耐心的讲述深入少年的心灵世界，倾听他们心底的声音，探讨欲望影响下少年的成长困惑。《回力牌球鞋》里作家对陶得失球鞋时微表情做了细致观察，尤其是对眼神与瞬时感受进行了贴切的描写：小说主人公少年陶从拥有"球鞋"初得意忘形地"吹着口哨"，觉得一切原本讨厌不堪的事物都变得"美好而充满生气"，慢慢演变成"无从发泄莫名的火气""怒气冲冲"、爆粗口，待发现鞋丢了后，陶突然"脸色苍白"，对着墙不自觉地发出"凄厉的惨叫"，感觉头顶的天空都"哗啦啦地倾塌"；小说还写到怒火中烧的陶准备"施暴"时"眼睛里燃烧着阴郁的火焰"，茫然无措时陶"疲惫的眼睛里升起一种湿润的雾气"，连眼前的街角都变得"模糊而飘忽不定"；写"被报复"后身心受伤的陶"苍白的脸上"只有"抑郁和茫然"，面对恶作剧少年"疯狂而不加节制"的笑声，陶选择"掩面跟着大笑"，而这笑在陶自己看来"一定非常丑陋"②。在苏童冷静而细致入微的刻画中，施暴的快感、恶作剧式的欲望"玩笑"被淋漓尽致地展现出来，人物身处多重欲望的夹击与包围圈中，在环境、社会、人世与人的本能合理作用下，少年陶的畸形心理与被异化的命运在劫难逃。故事的荒诞与悲剧意味在作家从容平静的叙述中"合理且正常"地发生。

"小拐"是苏童笔下又一个典型的"悲剧"少年。他是《刺青时代》里的残疾少年"拐子"，也是"习武男孩"小拐。因为习武，小拐过了一段难得的"扬眉吐气的日子"，可好景不长，现实的压抑与愤懑使得少年小拐对社会实施疯狂的"报复"，自我欲望的满足、他人既得利益的霸占……昔日"旧"环境不断衍生出新"秩序"，新一轮对欲望的追逐

---

① 苏童：《回力牌球鞋》，《苏童作品精选》，长江文艺出版社2009年版，第200页。
② 苏童：《回力牌球鞋》，《苏童作品精选》，长江文艺出版社2009年版，第193—203页。

"大戏"轮番上演。小拐也只能是"昔日"香椿树街的"风云人物"而已,如今已成为一个终日"卧病在家的古怪的病人",重温最初的"钉铜游戏"。变异成"古怪的病人"是少年追逐欲望的结果,而重温"游戏"可视为作家对少年心理的揭露与剖析。失落与压抑的少年,只能依靠回忆与梦想勉强度日,但欲望的无情与决绝,他们终究无法摆脱被欲望吞噬的悲剧命运。

俗世生活与欲望之间的"爱恨纠葛",让人无法摆脱欲望对自身的控制。面对欲望,即便伤痕累累,依旧欲罢不能。苏童刻意选择少年与孩童作为故事主角,通过对懵懂、天真的少年形象的勾勒来呈现欲望真相。《回力牌球鞋》里巧妙设计的叙事主线,将具有象征与隐喻意味的"回力牌球鞋"作为叙事主体,选择从三个"少年朋友"的视角展开叙述。与塞林格《麦田的守望者》选择的叙事模式相类似。《麦田的守望者》描述的是一个主动选择离开象征现实秩序的"学堂",靠拢"边缘",甘愿做"悬崖"的守望者的孩子的故事。综合来看,孩童象征着更纯粹的人性,少年与现实的对抗,少年对固有观念与传统秩序的反叛,既表达了青春少年面对现实时的无力与悲哀,也揭示了无论身处人生的哪个阶段终究都会深陷欲望"泥淖"的生存真相。

逼仄压抑的成长环境,是导致青春生命早衰的另一重要原因。《园艺》里生性多疑又自私吝啬的孔太太,是造成孔家子女成长"病态"的主要因素,也是导致孔家家无宁日的直接导火索。孔太太的胡搅蛮缠,让一双儿女唯恐"惹祸"上身,一个个都离得远远的,完全一副事不关己的冷漠态度:"你们闹吧,我不管你们的事。"或者巧言令色,用一时的谎言欺骗暂时"圆场",子女无力反抗母亲的权威,不得不被逼加入"家庭大战",一向斯文优雅、如小家碧玉般的女儿令瑶,会往门上吐唾沫,骂脏话,还以一声声怨言"活见鬼,天晓得,怎么你们惹的事全落到我头上来了?"[①] 沉闷压抑的家庭氛围,为人父母者阴暗自私的小市民心理,隐藏于家人与家庭间的无形的权欲场域,面对如此种种,孔家儿女们最终选择"逃离""躲避"的方式打发余生。

---

① 苏童:《婚姻即景》,重庆大学出版社2011年版,第32页。

三 沉浮在"回访"之河中的真实

"'香椿树街'系列作为我创作的一个主要地理地标之一,是为了回头看自己的影子,向自己索取故事。"①"香椿树街"少年系列作品中的街景、人物、邻里故事与家长里短,都是作家青春的记忆,不自觉地被烙刻上作家成长经历的印记。从这个意义上来审视苏童先锋小说中的青春"记忆",更像是一场虚构意味浓厚的精神欲望"回乡"。"香椿树街"叙事中透出的反人性、充满戏谑与质疑的特质,末世颓废情绪飘逸的少年成长故事,都与先锋意义上的"暴力"内涵相吻合。麻木、冷漠、虚伪、离奇与荒诞的人性,是苏童对人类生存本来面貌的又一次去伪存真的写作尝试,也是一次试图以"回望"的方式还原真实人性的写作实践。

《刺青时代》《回力牌球鞋》等承载的是苏童对人与人性的思考与独特体验。在这类作品中,苏童极为在意语言间隐喻的人性与欲望感悟带给读者的切身体验。作家试图在一种远离"中心"、颠覆"传统"秩序的历史书写中,以潜藏心间的良善与悲悯叙述少年的暴力、恐惧与死亡。这种欲望话语的回访与表达,只为从一个独特的视角书写人生中最纯真的青春岁月,体现着作家对"纯粹"与"真实"的"怀念",也可视为作家挖掘潜藏人性的使命使然。海德格尔以"存在主义"哲学阐释了人类生活中种种荒谬情状,"意外"与"偶然性"时刻存在。苏童小说中也有对生命存在的"意外"与"错位"的书写。"香椿树街"记忆叙事中《刺青时代》里锦红的丧生、《城北地带》中美琪的投河自杀、《伞》中锦红的惨痛经历,每一次少男少女间的"性"与情欲本能的表达,尾随而至的无一例外都会是一场命运悲剧。作品中的主人公或因无力承受欲望而选择自我毁灭,或以冲动、简单、无知的青春生命对抗欲望的"洪流",结局只能是"锦红式""无以复加的惨痛经历"与"丧生"悲剧。

"性暴力实际上是社会等级关系的一种原始形态,为社会等级关系提供了内在逻辑——身体暴力是社会等级的基础,同时又是它的极端形

---

① 张学昕、苏童:《感受自己在小说世界里的目光——关于短篇小说的对话》,《当代作家评论》2008 年第 6 期。

态。"① 苏童在"香椿树街"少年叙事中承袭一贯的美学旨趣与写作品格，采用色彩意象的涂抹与线条式勾勒：《回力牌球鞋》中遭遇"性"场面时少年陶"蓝色"的阴郁，《舒农》中面对父亲与邻家妇女的"性"苟合，少年舒农多次看到、感受到的"蓝色"的光……小说中物质的"像"与人物的精神之"像"相联结，"伞""猫""鞋"等细节与日常的实证描写，《伞》《吹手向西》等作品中"指东画西"的小说思维、一个个"古怪"的人物与一组组"莫名"的人物关系、充满灵气的诗学阐述、迷恋且无比擅长的"讲故事"才能，均无法掩盖苏童创作中对本能欲望与"性恶论"的结构主义历史观的阐释意图。苏童"香椿树街"少年回访的虚构叙事体现了青春少年内心世界的躁动与不安、身体本能的压抑与冲动、性格的孤僻与阴郁、成长的脆弱与困惑，迷惘而冲动的少年急需他者与环境的释疑、引导与"怜悯"。然而，在特殊年代与嘈杂的社会大环境中，到处都是暴力喧嚣，人性"恶"的一面被无限放大、极端呈现，成长中的少年终究无法摆脱欲望对生活的"网罗"、对心理的"异化"、对生命的吞噬。脆弱的少年只能成为欲望"恶魔"的"祭品"，即便暂时得以"活命"，也被迫沦为欲望"幽灵"追逐下的"病态"人格与"畸变"体。成长于苏童笔下的少年而言，成为一生挥之不去的"噩梦"与"幽灵"。"香椿树街"少年的成长代价，在充斥着欲望的现实世界，显得格外沉重，欲望本体化表达在苏童的"回忆"叙事中达到极致。

第二节　情欲的压抑与释放

人的身体欲望可以分为性欲和情欲两种。情欲与性欲作为人的本能欲望，彼此之间相互关联，性欲可转化成情欲，情欲也包含性欲。刘伶《酒德颂》中"不觉寒暑之切肌，利欲之情感"里的"欲"又写作"慾"，表示"情欲"之意。福柯在《性史》一书中，将欲望解释为"爱欲"或"性欲"。性欲是纯粹的情欲，而情欲可理解为一种有强烈快感的

---

① 葛红兵、宋耕：《身体政治》，生活·读书·新知三联书店2005年版，第131页。

欲望。① 情欲属于精神世界范畴,深潜于人的内心深处。人的理性与情欲不断博弈与抗争,情欲无法满足或获得进而驱使人们将其转移到对物欲或其他欲望的占有与渴求上。从这个意义上而言,"情欲成为欲望的根本",人类所有的欲望行为"归根结底都与情欲有关"②。

一 "性"的压抑与情欲表达

在人类的生命历程中,最具冲击力且最能动摇我们内心世界的,莫过于爱情之欲。在人类众多本能中,对我们的生活最具威胁力且至关重要的,便是性本能。恋爱、性行为、结婚,这三大挑战,无疑是我们人类生活中无法回避的三个生死轮回般的重要问题。性,作为人类身体欲望中的一种,是人的自我本能欲望。本能是一种内在的、特定的心理倾向,它存在于同一物种的所有个体中,并具有共性和必然性。正是由于这种"共有"且"必然"的属性,人类两性之间的互动、亲密关系或性行为得到了科学的解释。性行为本身具有复杂性、先天性,同时涉及身心两方面,主要包括三个部分:认知、情感和行为。性压抑状态下,作为本能欲望之一的情欲可以相互转移,情欲转化为暴力欲望,更易造成对人与环境的破坏。同时,人自身也可能在欲望缺陷、欲望渴求等本能的驱使下,不断寻求情欲满足而导致更极端的"性"表达。

新时期以来,文学中关于"性"的书写,以张洁的《爱,是不能忘记的》为代表。张洁主张文学作品为弘扬精神恋爱服务,提倡纯洁、神圣的爱情观。这种观点可能对人体生理本能产生一定的约束和抑制效果。至 20 世纪 80 年代,以张贤亮的创作为例,文学作品中的"性"话题,包括情欲和爱情等,开始在特定社会背景和人群中展开解读与深入思考。在这一时期,文学中对"性"的描绘和情欲表达逐渐成为读者关注的焦点。进入 20 世纪 90 年代,文学界关于"性"的描绘进入了活跃期。张贤亮的《男人的一半是女人》、陈忠实的《白鹿原》、贾平凹的《废都》

---

① [法]米歇尔·福柯:《性史》,张廷琛等译,上海科学技术文献出版社 1989 年版,第 189—204 页。

② 陈晓明:《论〈罂粟之家〉——苏童创作中的历史感与美学意味》,《文艺争鸣》2007 年第 6 期。

等作品,皆因其中较为露骨的性描写,引发了广泛的社会反响。特别是《废都》,小说中以大量篇幅直接呈现"性"体验与过程,这种与传统审美原则相背离的写作风格,颠覆了人们的审美习惯,使得该书一度成为争议的焦点。也有作品将性描写作为揭示人物性格、命运和社会变迁的重要手段,陈忠实的《白鹿原》即属于此列。谈及小说的创作,陈忠实曾说:"我决定在这部长篇中把性撕开来写。这在我不单是一个勇气的问题,而是清醒地为此确定两条准则,一是作家自己必须摆脱对性的神秘感羞怯感和那种因不健全心理所产生的偷窥眼光,用一种理性的健全的心理来解析和叙述作品人物的性形态性文化心理和性心理结构。二是把握住一个分寸,即不以性作为诱饵诱惑读者。"[1] 通观《白鹿原》全书,陈忠实在这方面的处理手法确实较为成熟。性描写在小说中既有自然、真实的呈现,也有象征和隐喻的运用。通过对性的细腻刻画,陈忠实成功地揭示了人物的性格特点、心理状态和情感变化。例如,小说的主人公白嘉轩和鹿子霖,他们的性格特点和命运轨迹都在性描写中得到了深刻的反映。21 世纪以来,物质文化高度繁荣,在全球化、大众化趋势下,伴随着写作环境的改变,尤其是融媒体背景下网络写作的盛行,精神荒芜成为人们内心的真实反映。在此背景下,关于"性"的书写与表达呈现出近乎"白热化"的状态。这类书写往往过度关注个体私密的暴露和身体经验的展示,使得"性"表达逐渐沦为个体的表演,呈现出低级趣味、庸俗不堪等特征。

性是通体的现象,全面渗透在个体的各个方面。我们可以说,一个人的性素养是他整体素质不可或缺的一部分,二者紧密相连,无法分割。在此基础上,文学中的性的表达和书写也应当遵循一定规范,尽量以客观的态度对人与人类生活予以呈现。苏童作品中对人的"性"压抑与情欲表达,既有从欲望、环境对人的异化等角度重新审视人的性观念,也有"紧贴"人物的欲望怪癖与异质性特征进行的写作:"性欲狂"陈茂,"性畸变"陈文治,"性变态"五龙,"性无能"克渊,还有"同性恋"大少爷飞浦……在弥漫着神秘恐惧氛围的《垂杨柳》中,作家描写卡车司机身体内部的欲望膨胀又退却。《米》中主人公五龙以性欲的宣泄作为

---

[1] 陈忠实:《关于〈白鹿原〉的答问》,《小说评论》1993 年第 3 期。

复仇手段，但在纵欲和对女性的折磨中最终掏空了他自己。他对情欲和床笫之欢的痴迷，导致纵欲过度并患上性病。最终，五龙每天浸泡在盛满米醋的大浴盆里，成为性欲的囚徒，不仅伤害了他人，也丢掉了自己的性命。《香草营》中梁医生与女药剂师浪漫而诡秘的私情，与房东小马的种种误会，在作家溢满诗意的语言表达中最终以闹剧草草收场，小说弥漫着神秘的死亡与无尽的悲伤气息。

性欲与情欲的满足与占有，是两性关系中不容忽视的因素。心理学认为，个体的潜意识中存在对满足和占有的渴望。这种渴望源于婴儿时期对母体的依赖、童年时期对情感的需求。在两性关系中，这种欲望表现为对伴侣的占有和控制，从而确保情感需求的满足。然而，欲望的满足与占有之间往往存在冲突。伦理学观点强调，人类应当遵循道德规范，克制过于强烈的占有欲，尊重伴侣的独立性和个性。在这个过程中，个体需要学会以理性驾驭感性，实现理性和感性的和谐发展。因而，对情欲与性欲的探讨，也能在一定程度上反映出当时的社会文化。当人们过度沉溺于感性的情欲之中而无法自拔，甚至放纵性欲时，情欲便表现为恶。在这种情境下，情欲的负面影响占据了主导地位，导致道德沦丧和社会秩序的混乱。黑格尔在阐述性欲本质属性时，也承认人的欲望行为更像是一种"恶无限"的进展的过程，并强调，在一个欲望没有得到满足前，主体对自己匮乏状态的感觉是一个痛苦与空虚交替的过程。[①] 从性心理学角度来看，对《米》中那些夸张的性描写，是符合人物塑造逻辑的。五龙是一个强烈缺乏安全感的男性，他需要通过占有与征服"性"来证明自身的价值、自我的强大力量，满足他强烈的自尊。五龙的出身与他"寄人篱下"的现实，需要通过性欲的满足让他感觉到自己处于一种统治的地位。反之，当欲望得不到满足时，他极易产生不安与痛苦的紧张。因此，在文学创作过程中，作家对人物塑造、艺术构建等所需的"性丑陋"与"性恶状"的描绘，在一定程度上可以被视为"情有可原"。在苏童的作品中，对"性"的错位叙述不仅衔接了与中国传统小说的脉络，而且也延续了流行文化中关于"性"的观点与认知。《米》可视

[①] ［德］黑格尔：《精神现象学》（上卷），贺麟、王玖兴译，商务印书馆1997年版，第121页。

作这种表达的实例。苏童曾在《〈米〉自序》中写道:"《米》发表以后我听到了两种截然不同的意见,我至今仍然十分感激那些对其赞誉有加的朋友。而当初那些尖锐的由表及里的批评在我记忆中并无恶意,它帮助我反省我的作品内部甚至心灵深处的问题。"[1] 苏童在他的小说中,对性主题的描绘常常带有扭曲和异化的色彩,反映出社会现实中性与道德的复杂关系。这种写作风格既体现了作家对传统文学规范的突破,也展示了他对当代社会文化现象的关注。

总之,苏童作品中对性主题的错位叙述,既是对中国传统小说的继承,也是对非正统文化中性与道德观念的补充。这一写作特点凸显了作家在探讨人性、道德和社会问题时,对多元文化视角的关注与包容。

二 《什么是爱情》：想象的爱情"神话"

"性欲赋予爱情以巨大的内在力量。它是爱情愿望的潜意识动机。爱情愿望反过来则从规定目的和达到目的的角度指导着性冲动。它赋予人的行为以意识的坚定性,使性欲同人的审美、道德、社会本性的高级领域结成和谐的统一体。性欲以'被取消的方式',蕴含在爱情的愿望之中。"[2] 从文化心理结构来分析,性欲、性冲动作为人的本能欲望,是一种自然属性,是爱的附庸;爱情作为人类社会属性中的高级欲望,更多地从属于人性的范畴。当人的欲望得以满足,爱、爱情成为可能;反之,欲望的缺失或性压抑,极易造成爱的缺失或爱情破灭。爱情本身集人的自然属性与社会属性于一体,是人类社会永恒的话题,也是文学创作中永恒的书写。

文学作品中关于爱情的表达,可以帮助我们了解到不同时代、不同文化背景下人们对爱情的理解、期望和挣扎。爱的状态是指个体在情感和生理层面上对某个对象的强烈倾向,这种倾向使他们能够突破心理障碍,实现情感和行为的正常化。比较常见的一种是依赖型爱情,这种类型的爱通常表现为个体在情感上对另一个体的依赖,这种依赖可能源于

---

[1] 苏童:《米》,江苏文艺出版社1996年版,第1页。
[2] [保]基·瓦西列夫:《情爱论》,赵永穆、范国恩、陈行慧译,生活·读书·新知三联书店1997年版,第172页。

童年时期对关爱和陪伴的需求。当这种需求在成长过程中得到满足，个体可能会在成年后的爱情关系中寻求相似的情感满足。因此，在依赖型爱的状态下，人们可能会将性对象理想化，以复制童年时期所需的爱的条件。苏童作品中有关爱情与婚姻的欲望叙事，有些是带着作家孩提时的生活烙印与生命记忆的。因而，在这类依赖型爱情欲望的写作中，往往含有苏童儿时的孤独感与忧郁气质。其实，在社会文化中，无论是乌托邦式的爱情理想，还是爱而不得的悲苦，或者是不谈爱情、不谈陷入婚姻"围城"的爱情故事，都可以视为作家对人类生活中"爱情体验"的反映。这些作品是作家在期待与爱情对话、与历史交流的尝试中，对人性的一次书写。因此，我们也可以说，苏童作品中的爱情主题不仅仅是虚构的故事，更是对人类情感经验的深刻探讨。

　　受传统文化中礼教观念与当时社会文化语境的影响，中国古典文学中的爱情主题多哀婉、悲伤的基调，有关爱情的书写也多显现出隐晦、朦胧的风格。爱情总是和人伦、道义联系在一起被谈论：《诗经·郑风·将仲子》中因"畏我父母，畏我诸兄，畏人之多言"导致"岂敢爱之"；《孔雀东南飞》中相亲相爱的焦仲卿、刘兰芝被逼双双自杀最后幻化成孔雀的爱情"神话"；耳熟能详的《红楼梦》中"宝黛"的爱情悲剧……"爱情，在中国文化传统中与'责''情''性'等伦理要义互相沟通，是普泛性道德规约考察的主要范畴之一。爱情是人伦关系中富有情感动力和言说价值的伦理体系。"[①] 爱情作为人类情感体验的一部分，与人性的形成和发展密切相关。人性中的情感、欲望和需求在一定程度上推动了爱情的产生和发展。然而，人性也受到社会文化、伦理道德等因素的影响，这些因素在某种程度上限制了爱情的自由表达。爱情与伦理秩序之间的矛盾，使得人类现实生活中，通过在自我认知、情感沟通和社会责任等方面不断努力，以实现爱情的价值和意义。从古至今，爱情一直是文学作品中不可或缺的主题。作家们通过描绘爱情的各种面貌，如浪漫、悲剧、喜剧等，来反映人类情感的复杂性。在这个过程中，爱情不仅成为文学的灵魂，也使得文学作品具有了丰富的情感内涵。作者通过

[①] 张文红：《伦理叙事与叙事伦理——90年代小说的文本实践》，社会科学文献出版社2006年版，第59页。

探讨爱情，揭示了人性的弱点和挣扎，也揭示了人们在面对爱情时的抉择与成长。文学中关于爱情的永恒书写，有世俗生存对爱欲的消解、现代文学中爱的启蒙、革命文学中爱情的缺席以及新时期以来对爱情的追寻等丰富的主题。进入20世纪90年代，欲望的张扬、"消费爱情"、爱情描写世俗化现象等又成为新一轮的创作主流。直至当下，人们又开始重新思考性与爱、情与欲的复杂问题，作家也开始又一次充分表达他们对人类生活的独特感知，放飞自己的想象，通过书写性、爱情和婚姻之间的复杂关系，以期获得对人性的更深层次的认识与解读。

在某种程度上，男女两性关系的演变可以视作人类社会文明进步的一种"衡量标准"。爱情作为人类情感体验的核心组成部分，在文学中发挥着重要意义。两性关系不仅丰富了文学作品的主题和形式，传达了人类对美好情感生活的向往，同时也具有批判现实和促进跨文化交流的功能。在古典文学中，男性通常被视为家庭和社会的主导力量，而女性则处于从属地位。这种现象在许多作品中都有所体现：《水浒传》中的女性角色多为被动受害者，反映了当时社会对女性的歧视和压迫。当然，也有一些作品对女性地位进行了另类探讨：《镜花缘》中的"女儿国"，展现了女性在理想社会中的地位和作用；《妻妾成群》作为苏童先锋转型后的首次创作尝试，在人伦与爱情的传统文化语境中，展现了鲜明的主题。这部作品通过深入探讨人伦与爱情的关系，反映了社会伦理、道德观念和家庭观念对个体命运的影响。男人三妻四妾的婚恋现实和两性之间"一对多"的关系都让"爱而不得"成为作品中主要女性角色的"爱情"真相。于女人而言，爱情成为一种空谈与奢望。女学生颂莲嫁给陈佐千做妾，虽然不是嫁给爱情，但在与毓如、卓云、梅珊争夺"面包"的人生路上，爱情被欲望消解，爱情中自然属性的部分完全变成女人们欲望之争的"角斗场"。飞浦的偶然登场让读者原以为他可以散发出纯美爱情的芳香，殊不知他和顾少爷间的两情相悦彻底毁掉了爱情在陈家花园生存的泥土与空气，没有爱情原本的优美感伤、清婉柔美，只有欲望被压抑的痛苦和求而不得的恐惧。

爱情，作为一种人际交往中的亲密关系形式，不仅涵盖了生物学意义上的性和繁殖本能，还包含了更为丰富和复杂的心理、审美与道德层面。它体现了人类独特的情感体验和价值观念，构成了一种庞大的社会现象。在爱情关系中，双方不仅在生理层面上产生互动，还在心理、情感与道德层面上形成紧密的联系。因此，爱情不仅仅是简单的生物学行为，更是人类社会生活中不可或缺的一部分。对于是选择"面包"还是选择爱情的问题，作品中的大多数人物认为，爱情固然充满诱惑力、让人难以抗拒，但"一个缺少食物、自尊和爱的人会首先要求食物；只要这一需求还未得到满足，他就会无视或掩盖其他的需求。整个机体将被生理需求主宰，其人生观也呈变化的趋势"①。面对爱情这种最普遍但又最打动人心的情感，人其实根本无从选择。因而，有关爱情的浪漫想象仅能作为文学创作的灵感与源泉。苏童在《末代爱情》扉页上写道："这是一个充满了爱情的世界，我们无奈地生活在其中，玩味他人也被他人玩味。"② 爱情成了专供人们用来想象、幻想的"奢侈品"。然而，在苏童看来，爱情故事在反映人类内心世界、展现人性光辉与悲剧方面发挥着重要作用。通过对爱情故事的讲述，作家可以揭示人类在面对困境时的坚韧与勇敢以及在逆境中坚守信仰、追求美好的精神风貌。

在现实生活中，尽管人们普遍渴望爱情，但相较于物质和本能需求，爱情这一精神性欲望的满足更具挑战性。爱情是一种美好的精神需求，它触及人类内心的深处，体现了人性的复杂性和欲望的不满足特性。因此，爱情往往显得脆弱且短暂。《什么是爱情》中平原和杨珊的故事可能是爱情，是饮食男女们心心念念憧憬着的爱情理想，也是一则充满哀伤的男女之间欲爱不能、欲罢不能的爱情悲剧。"平原每次谈到杨珊时，眼睛里便射出一种被爱情炙烤的恍惚的光。"③ 爱情使恋爱中的男女眼中闪烁着光芒，他们的言语宛如诗篇，洋溢着爱意。即使自身的姿色和才情平凡，但在爱人眼中，他们也如同潘安和维纳斯般美丽。爱情是一种无尽的诗意，易使人们沉浸在美好的情感世界中。"性欲成为爱情，自然的关系成为人的关系，自然的感官成为审美的感官，人的情欲成为美的情感。"④ 爱情是一种建立在物欲与情欲之上的情感体验和审美理想，爱情

---

① ［美］马斯洛：《马斯洛人本哲学》，成明编译，九州出版社2003年版，第52页。
② 苏童：《苏童文集——末代爱情》，江苏文艺出版社1994年版，第1页。
③ 苏童：《狂奔：短篇小说编年：1990—1994》，人民文学出版社2007年版，第184页。
④ 李泽厚：《批判哲学的批判——康德述评》，人民出版社1979年版，第119页。

脆弱且易碎。平原深深爱恋着的杨珊"在细细的雨丝里为一件朦胧的心事独自垂泪"[①]。在爱情的故事里,"心有灵犀"常表现为人物美丽的幻想而已。爱情本身敏感、多疑,哪怕一点小小的误会都可让恋爱的双方发怒、伤心甚至放弃爱情。平原最终因为"不小心"而丢失了爱情。在苏童的作品中,人物的性格和命运往往与他们的爱情观念形成鲜明的对比。例如,《平原》中的杨珊和《离婚指南》中的方言,他们在面对爱情时,既有坚持理想的信念,又无法摆脱现实的束缚,这种矛盾使得爱情故事具有反讽意味。综合来看,苏童作品中对爱情的诠释主要表现在现实与理想的冲突、人物性格与命运的矛盾、语言与现实的脱节以及爱情观念的变迁等方面。这些因素使得苏童笔下的爱情故事呈现出一种独特的反讽艺术效果。

三 《离婚指南》:无法逃脱的婚姻"围城"

苏童笔下的爱情,在欲望这个"魔鬼"面前,可能是面目可怖的"恐惧",也可能是一场"闹剧"、一个"笑话"。然而,人的欲望本性、人对幸福与快乐的向往,推动着人们对爱情不断追逐的脚步,哪怕沦为欲望的奴隶、陷入万丈深渊,人们依旧刻骨铭心地去爱、小心翼翼地呵护爱、煞费苦心地守护爱,并期待在"婚姻"的沃土中,守候住这份珍贵的情感。《红粉》讲述了一个"不谈爱情"的爱情故事。在这部小说中,小萼与老浦以及秋仪与东街冯老五的婚姻,都是在生存压力下做出的无奈选择。女性人物的身份和孤独使她们面对残酷的现实时显得脆弱和无力,只能通过依附于男性,获得生存的权利。

钱锺书将婚姻比作一座围城,城内的人想出去,围城外的人想进来。这一观点揭示了婚姻生活中的矛盾与困境。一方面,婚姻为人们提供了一种安全感和稳定性;另一方面,婚姻生活中的平淡和琐碎可能使人们感到厌倦和压抑。苏童小说里的婚姻生活似一曲"挽歌",在日复一日的细碎日常中,徒留下一片暮霭沉沉之气。《已婚男人杨泊》中的主人公杨泊未曾想过清楚便走入婚姻,婚姻生活的琐碎与平淡,使他完全淹没在无聊与苦闷的情绪中。在杨泊看来,是妻子给他带来了无尽的麻烦,让他

---

① 苏童:《狂奔:短篇小说编年:1990—1994》,人民文学出版社2007年版,第186页。

心生厌倦，也是妻子让他深陷莫名的痛苦与烦闷中，甚至认定跟妻子朱敏结婚是他犯下的最大的一个错误。苏童用冷淡又略带忧郁的笔调，讲述着一个个"婚姻围城"的故事，勾勒出一张张挣扎、痛苦，最终又陷入无奈、绝望的面孔。《离婚指南》中为了和妻子朱敏离婚，为了摆脱空虚、苦闷的婚姻生活，杨泊使尽浑身解数离婚，受尽金钱与暴力的折磨，最后为求得心理安慰，奔向最崇拜的偶像哲学家"求助"，却得到"偶像"自家门上张贴的"此人已死，谢绝探讨哲学问题"的留字。搜寻通往"围城"外的道路只能是徒劳而返，向往精神自由、心灵自在的生活终归也是无疾而终，一切都消解在无意义之中。《妇女生活》中芝与邹杰的婚姻是相爱的自然结果，但生活中的摩擦与麻烦总是接连不断，婚后存在各种不愉快以及种种事端和诸多误会，人性微弱的光亮终究抵挡不住阴暗与压抑的侵袭，邹杰卧轨自杀，芝被送去了精神病院。

通常而言，人们在婚姻中不断寻求平衡，希望在平淡的日子里保留一丝激情和本能。苏童笔下的婚姻，总显得与众不同。《与哑巴结婚》中，苦于一直找不到人生答案的费渔在"我不知道我是怎么了""我不知道这是怎么回事"的一再追问与自我反思中，得到了"我谁也不爱""我不拒绝别人的爱，但我不爱任何一个人"的答案。爱是没有理由的，千百年来，爱与不爱的问题，在任何一种书写中，都是悬而未果的终极式谜团。费渔在试着约会、尝试恋爱未果后，主动找心理医生咨询，仍旧没能获得答案，最后竟出人意料地将他完美无缺的爱情理想"奉献"给了福利工厂的哑女珠珠，"没错，就是哑女珠珠，我也给她打分了，九十五分，已经超过了我的标准"[1]。这是费渔所希冀的爱情理想。在费渔看来，人无完人，珠珠身体上的残疾掩盖了女人在爱情中的缺陷，她的语言纯洁、她的美丽无从破坏，因而，听障女孩收获了美男子费渔的爱情，最终两人步入婚姻殿堂。

在苏童的小说中，他以独特的叙事技巧，呈现了一种看似"玩笑"的叙述风格。故事的推进看似在严密的逻辑下进行，作者在一次次出人意料的进程中给出了看似合理的解释，但我们无法忽视小说刻意安排的结局，这似乎是对苛求完美的爱情的一种嘲弄。小说结尾并没有给出

---

[1] 苏童：《狂奔：短篇小说编年：1990—1994》，人民文学出版社2007年版，第202页。

"什么是爱情"的明确答案,"爱情神话""爱情理想"终归只能存在于"神话"与"理想"的美好想象中。这是苏童面对人性本能欲望时给出的客观呈现,也是作家保持"公正"写作立场的体现。苏童作品中对情欲的描绘,体现了他对人"精神向度"的关注与探究。他立足于人类生活的日常与细微之处,以此为切入点,深入挖掘并展现了人性全貌。这种书写方式,不仅揭示了人性的复杂性与多元性、人在面对欲望与现实时的挣扎与抉择,也为读者提供了一个思考人性的视角,从而对自身的精神世界进行反思。

第三节 "米"与食物记忆

米作为食物来源,满足了人类的基本生存需求。人们对米的需求和心理依赖,决定了米在人类生活中的重要地位。苏童于1991年发表的第一部长篇小说《米》写了一个关于"米"的故事,"米"不仅表征了食物记忆,还隐藏了作者对人性与欲望的探讨,这些是本节论述的重点。

一 "米"的内涵阐释

食物是人类最基本的需求之一,而米作为食物的主要类型,能够提供稳定的能量支持。在这个基础上,人们对米的喜爱和依赖逐渐演变成一种心理需求,进一步激发了食欲。从心理层面来看,人们对米的欲望实际上源于对安全感的需求。从社会文化角度而言,米的象征意义使人们对之产生特殊的情感依赖。在我国传统文化中,米象征着丰收、吉祥和团圆。每逢节日庆典和重要场合,人们会准备丰盛的米食,以表达对美好生活的向往和对来年的祝愿。此外,米还与其他食物共同构成了丰富的饮食文化,腊八粥、元宵、粽子等传统美食,都包含米的元素。因而,也可以说,米的象征意义进一步激发了人们对食物的欲望。

人类对食欲的追求可以追溯到远古时期,寻找和获取食物是决定存亡的关键。随着人类社会的发展和文明进步,人们对食欲的追求也从单纯的营养摄取转变为情感、文化、审美等多方面的诉求。文学作品中的食物往往被用来表达人物的生活经历、地域特色和民族风情。在《红楼梦》中,曹雪芹通过对各种美食的详细描绘,展示了贾府的繁华与衰落,同时也反映了18世纪中国社会的风俗习惯;《百年孤独》中,加西亚·马尔克斯通过描写布恩迪亚家族成员在经历爱情、战争和家族兴衰时的食欲变化,展现了人物的情感世界;陈忠实的《白鹿原》通过描述陕西关中地区的乡村饮食,展现了当地的风土人情和传统习俗。由此可见,"食"与社会文化、文学审美之间也有着紧密联系。

在莫言的作品中,有关"吃"的话题也不胜枚举。《酒国》中有奇特的"食婴"记忆,《透明的红萝卜》中有"窝窝头"与"红萝卜"的意象,作为写"吃"的高手,莫言将神话、传说、戏曲等民间文化元素融入作品中,以极富想象力与幽默感的语言对饮食文化做出了独特的理解。作品中不仅有关于"吃"的惊人场面的描写,富有个性的"吃"的语言,关于"吃"的隐喻意义也具有很强的艺术感染力。莫言曾撰写过两篇关于"吃"的专门文章,分别是《吃相凶恶》和《吃的耻辱》。在《吃的耻辱》一文中,莫言对"吃"的内涵进行了深入探讨。他认为,"吃"字拆开后,即为"口"和"乞"。这个字构造得非常巧妙。他进一步分析道:"一个'吃'字,馋的意思有了,饿的意思也有了,下贱的意思也有了。"这样的解析,揭示了"吃"这个汉字所承载的文化内涵。然而,莫言并不满足于此,他还推测:"想这造'吃'的人,必是个既穷又饿的。"[1] 从莫言的文章中,我们可以看到他对饮食文化的独特见解。这也反映出他关注社会现象,善于从字源、字义层面挖掘文化内涵的学者素养。此外,莫言的作品中常见对食物与食文化的描绘,这与他家乡的地理环境、民间风情密切相关。通过食物描写,他塑造了一幅丰富多彩的民间生活画卷,展示了人类对食物的追求与热爱。莫言通过"酒""肉孩""婴儿宴"这样一系列文化符号,表达了人们生理机能的缺失、人格精神的创伤,揭示了现实中人们道德观念的普遍迷失与无所适从的生存现实。从莫言对饮食文化的"幽默"解析与深刻反思,联想到文风辛辣且文字极富"战斗力"的"文学巨匠"鲁迅。鲁迅善用白描手法刻画人物,以"入木三分"的批判精神挖掘人性,剖析人的恶与弱等性格缺陷。

正因为"吃"与人性的深刻关联,鲁迅关于"吃人"主题有很多经典的论述,至今依旧不失其力量与光芒:在鲁迅的小说《药》中,小栓

---

[1] 莫言:《莫言散文》,浙江文艺出版社2000年版,第99页。

所患的"病"象征着社会病态的现象,而他所吃的"药"——用夏瑜的血制作的"人血馒头",则代表着当时社会中普遍存在的盲目跟风和道德沦丧。这种现象加剧了社会矛盾,导致了像夏瑜这样革命者的无辜牺牲。在《狂人日记》中,主人公的自述:"有了四千年吃人履历的我,当初虽然不知道,现在明白,难见真的人!"[①] 揭示了长期以来封建礼教对人性的束缚,使得人们逐渐丧失了真实性。作者借此批判了封建社会体制对人的精神压迫。在文末,作家发出了"没有吃过人的孩子,或许还有?"的疑问以及"救救孩子"的呼吁,表达了对未来一代的担忧和对改革的渴望。这两部作品都反映了鲁迅先生对当时中国社会现实的深刻关注和痛苦反思。他指出,要实现真正的改革,必须从改变人心、摒弃陈旧观念入手,关注人性,追求真实。

"吃人"的隐喻与象征意义,揭示了封建社会中人性沉沦、道德败坏的现状。作家通过此类隐喻,将锋芒指向了当时社会的种种弊病,呼吁人们关注人性,追求真实与善良,摒弃陈旧观念和欲望的束缚。余华在《虚伪的作品》中说:"我更关心的是人物欲望,欲望比性格更能代表一个人的存在价值。"[②] 余华一语中的,表明了欲望之于人存在的重要性。同时,余华也创作了大量描写人的欲望的作品,比如他小说中的"暴力"美学、"死亡"景观。苏童曾在一次创作谈中表达道:"我首先关注的是人的问题,人性的问题,人的生存处境。其他问题都是次要的。"[③] 人的生存本能一直都是先锋作家主要思考的问题,也是苏童写作生命中持续关注与探讨的核心命题。《米》即是苏童对人的生存本能与本性探索的一个主要文本。同时也是苏童以虚构的故事、娴熟而出色的语言能力、精湛的叙事策略精心打造的"米雕"。

二 与"米"有关的食物记忆

《米》堪称苏童对人性底线的一次勇敢探索和挑战,其深刻揭示了人

[①] 鲁迅:《鲁迅全集》(第一卷),北京日报出版社2014年版,第164页。
[②] 余华:《虚伪的作品》,《上海文论》1989年第5期。
[③] 苏童、王宏图:《南方的诗学——苏童王宏图对话录》,苏州大学出版社2003年版,第64页。

性中的贪欲、背叛与道德沦丧等内涵。这种勇敢的挑战和直面人性的态度，使《米》成为一部具有极高艺术价值和思想深度的文学作品。评论家张清华毫不掩饰对《米》的喜爱。在他看来，中国传统观念中代表"食"欲的"米"可谓寄寓着这个农业民族对情感、观念与欲望的最基本也是最真实的情感。"米乃根之所在"，是"永恒的生存之梦与生存之谜"。苏童的《米》将五龙生存的背景、内涵和价值全都维系在"米"上，与"米"紧紧相联，构成了一幅丰富生动、意蕴无穷的生存图景。因而，《米》是苏童"将历史分解为生存、文化和人性内容的一部杰作"，是苏童"对全部生存内涵的追根刨底的思绪和表现"[①]。

《米》是一个关于"生存与毁灭""欲望与痛苦"的人性宿命的故事。"米"是故事的主题，也是故事主人公五龙的全部生命，是五龙人生与性格中鲜活且深刻的写照。故事开篇就写五龙"多日积聚的饥饿感现在到达了极顶，他觉得腹中空得要流出血来，他已经三天没吃饭了"[②]。五龙生存本能的缺陷，使得他对"米"的渴求极为强烈，也为作家讲述五龙与米之间的种种埋下伏笔。这是苏童想象中的"枫杨树故乡"，人物因为天灾逼迫以及强烈的本能需求，不得不逃离家乡。从这个意义上来看，也可将《米》理解为苏童的一次"精神还乡"。故事开端就表现出浓郁的颓废、灾难、罪恶气息。五龙的"逃离"，是为了生存，获得本能的满足，他唯一带离家乡的是一把"米"。米承载着五龙的家乡记忆，在叙事中又赋予"寓言"意味，预示着五龙日后的"归乡"结局。

《米》作为苏童20世纪90年代初的一部家族史佳作，承载了其以往创作的优质基因，讲述了一个意味深长的故事。故事中的主人公五龙为米而生，因米生爱、着魔、生恨、作恶，最后也真如"寓言"所"寓"，五龙死于一列载满"新打的白米"的闷罐子火车厢内，"米——他的头向米堆上仰去，清晰地吐出最后一个字"[③]。这部作品不仅丰富了我国当代文学的家族叙事传统，还为研究者提供了关于人性、伦理和道德的深入考量。米是衣食之源，是人类生存之本，也是构成物质世界的基础。对

[①] 张清华：《十年新历史主义文学思潮回顾》，《钟山》1998年第4期。
[②] 苏童：《米》，作家出版社2013年版，第1页。
[③] 苏童：《米》，作家出版社2013年版，第185页。

五龙而言，米不仅代表着生存资源，更是被幻化成精神支柱与诱惑的源头，驱使五龙追逐欲望的满足，又不断滋生出更多的其他欲望。欲望之于五龙，如同米对于五龙的生命意义。苏童以入木三分的笔力刻画出主人公五龙对米的极端迷恋：

> 奇怪的是他不想离开仓房，倚靠着米就像倚靠着一只巨型摇篮，他觉得唯有米是世界上最具催眠作用的东西，它比女人的肉体更加可靠，更加接近真实。后来五龙把米盖在身上，就像盖着一条梦幻的锦被，在米香中他沉沉睡去。[1]

米于五龙是依靠、是实实在在的安全感、是信任，也是强于本能与情欲而焕发出的气息香甜、可触可感的踏实的"美梦"。拥有米、占有米店，是五龙梦寐以求的愿望。而米于苏童是意象，是隐喻，是叙事的主题与线索，是情节发展的推动力。苏童用极富象征意蕴的"米"讲述了主人公五龙的传奇人生经历与疯狂人生遭遇，也让人触摸到了其中蕴含的对生命存在的哲思。"他想起他曾经为了半包卤猪肉叫了他们爹，心里就有一种疯狂的痛苦。"[2] 当生活处于衣不蔽体、食不果腹的状态，纵有十足的意志、万般的努力，面对饥饿的折磨，求生本能与"疯狂的痛苦"像同系在同一根绳上的蚂蚱，为了一粒米、一块肉，人的尊严成为可以被任意践踏的"虚无"。但欲望本身就有永不满足的特性，五龙用极端恶进行的报复，人在获得本能生存欲望的满足后，转而进入下一轮对欲望的追逐中。作家书写报复的暴力、性格的残酷、人格的丧失，也有对故乡、对"根"执着而坚定的守护。五龙最终死于归乡途中的结局让人唏嘘，也可理解为是作家有意为残暴的五龙唯一残存的"人性"的安排。"恶魔"形象的五龙在寻获欲望满足的过程中，终陷入欲望"魔网"。

苏童以其精湛的叙事技巧和丰富的想象力诉说的五龙的苦难史，其实也是一部家族苦难史，是人的生存困境与人性的衰颓史。通过这部作品，苏童成功地挖掘了家族故事背后的悲剧性内涵，揭示了人性的复杂

---

[1] 苏童：《米》，作家出版社2013年版，第56页。
[2] 苏童：《米》，作家出版社2013年版，第119页。

与纷繁,作品中蕴含了作家对家族历史和人性的独特见解。"米"是作家为人物塑造的"米雕",是五龙全部生命价值与理念的化身,"我尝试写一种强硬的人生态度,它对抗贫穷、自卑、奴役、暴戾、孤独,在对抗中,人物的命运也随之沉浮"。"我想这是我第一次在作品中思考和面对人及人的命运中黑暗的一面。"[①] 人的悲喜欢乐、生死荣辱,激励着苏童以"强硬"的态度尝试创作的转型。尽管苏童在其作品中精心构建了关于生存欲望的故事外壳,但这并未改变五龙痛苦、悲惨的命运。在现实世界中,梦想的强烈追求仍然无法摆脱"人生无常,总有黑暗的一面"的悲剧命运。在这种背景下,五龙的命运呈现出一种无法抗拒的悲剧性。

作为有着四十年创作经历的作家,苏童始终关注生命个体,特别是"小人物"的生活状态。在他的作品中,无论是充满童年回忆的"香椿树街"故事,还是虚构的"枫杨树故乡"叙事,都有关于"米""食"的生动描绘。这体现了苏童对人在日常生活中吃喝拉撒等基本需求的关注,揭示了这些需求在人的生活中的重要地位。《米》《花生牛轧糖》《桥边茶馆》《两个厨子》《天使的粮食》《白雪猪头》《人民的鱼》《点心》《私宴》,"米""猪头""鱼"等都是人们日常生活中的食物,单从这些小说的题名看,以为苏童意在成就一顿饕餮盛宴,以满足读者的口腹之欲、对食物的渴求。弗洛伊德认为人的饥饿和力比多都是"一种本能和力量",并强调"饥饿是营养方面的本能"[②]。《罂粟之家》中的演义是一个天生有着"饥饿怪癖"、被饥饿感纠缠满身的傻子,每一次出场、说的每一句话几乎都与"饥饿""吃"有关,"放我出去,我不偷馍馍吃了""放我出去。我要吃馍""我饿,我杀了你""(演义)头顶很疼,饥饿从头顶上缠下来缠满他的身体"[③]……这是关于"枫杨树故乡""颓败史"的另一个"本能欲望"模本。

除了上述以"勾兑"的历史想象书写人物命运的作品,苏童也善于从人物之间直接建构故事,在人与人关系的推进与变化中表现人的生存

[①] 苏童:《寻找灯绳》,江苏文艺出版社1995年版,第153页。
[②] [奥]弗洛伊德:《精神分析学引论彩图馆》,崔雪娇编译,中国华侨出版社2016年版,第291页。
[③] 苏童:《罂粟之家》,重庆大学出版社2015年版,第3页。

困境,《两个厨子》便是其中具有典型意义的一例。故事直接以具有诱惑人的"食"欲意义的语词命题,发生在两个厨子身上与人物的"吃"相关的故事,实际上是一个厨子与一个真"难民"的故事。小说虽未点明故事发生的年代,但从叙事内容推测,大致发生在清末民初年间,因县城富户设宴,围绕白厨子和黑厨子在陈家厨房发生的对话、交流、冲突展开叙事。黑厨子父子俩为生计,而白厨子也是为生计,导致黑厨子儿子被罚,黑厨子父子俩以为的"计"在强大的他乡他者面前,只会得不偿失、受尽屈辱。小说最独特之处在于,作家通过狭小空间里的几句简短的对话,运用高超的叙事能力,勾勒出一个贫寒、困苦、无助的人物形象,在看似一切正常的"日常"中,通过对比与冲突,加剧了弱者的"困"与"苦",人性在基本的生存本能面前表现出各种丑陋、扭曲,人物形象的悲剧性也更突出而刺眼。

可见,在苏童的作品中,食物往往象征着生活的希望和困境,米的出现则进一步强调了生存的重要性。通过对这些生活细节的刻画,苏童展现了小人物们在生活中挣扎求生的决心和勇气。这也反映出他对人类生存状态的深入思考以及对社会底层人民生活命运的关注。

三 "米"所表征的人性

《米》中的五龙,一个因逃荒进入城市的乡下农民,对"饥饿是本能"有着深刻的体会。他在生存的压力下,不断寻找满足基本需求的途径。《两个厨子》里的"黑厨子",为解决儿子一顿饭的问题而混入富户人家,对"欲望能吞噬人与人心"的真理有着痛切的感知。这两位角色分别代表了在社会底层挣扎求生的小人物,他们在面对生活困境时,都对饮食需求有着极强烈的渴求。五龙的行为动机是为了满足生存的基本需求,而黑厨子则希望通过满足富户人家的饮食需求来实现自己的欲望。然而,这两种行为均无法摆脱人性的贪婪和复杂,最终导致悲剧的发生。

围绕"生存欲望"这一核心主题,苏童在他的创作中,以欲望隐喻人生。个体的卑微与人生的无情导致即便是基本的生存需求,在欲望与人性面前,依旧难以得到满足。苏童以其敏锐的洞察力关注个体生命的存在,通过探讨本能与人性之间的相互关系,隐喻欲望与人生的"浮沉",揭示了生存的残酷和人类生活的真相。他的作品向我们展示了欲望如何主宰人物的命运以及人物在现实面前的种种困境和矛盾,如"本能而不能""欲求终不得"。

在苏童的小说中,人物的生存处境多灾多难,他们面临着不可预知且无法逃脱的悲剧命运。通过这种独特的写作,苏童表达了对人类生存状况的关切、对人生艰难的悲悯和宽容。如果说《米》给我们展示的是人性在欲望面前的堕落、道德尊严在本能面前的无力与沦丧,《两个厨子》要表达的是困境、悲剧与人生之间的必然联系,那么,在《白雪猪头》和《人民的鱼》等小说中,苏童就是以生存本能与人类日常的叙事,为世俗生活增添了一抹亮色。在这些作品中,作家在丑陋、变异的人心与悲苦、恐惧的人生道路上,让人从冗长的家长里短、人情世故中感受到疲惫与失意后的"温情"。虽然这些叙事琐碎,但它们却展现出人与人之间朴实的真诚与善意。而《白雪猪头》《人民的鱼》这两个作品的篇名,初看时给人一种直观的"阳春白雪,下里巴人"式的印象。苏童刻意选择这些词语,意在说明白色作为一种亮色,象征着纯洁、朴实无华,也是"纯真"人性的象征。而"人民"一词,给人一种踏实、安稳的感觉。这样的标题吸引了读者的注意力,让读者忍不住想要了解作者的真实用意。苏童通过这些作品,巧妙地运用了世俗生活中的元素,展现了人性的光辉与温暖。这种温暖与现实生活中的困境形成鲜明对比,引人深思。

"人们明明看见肉联厂的小货车运来了八只猪头······"[1]《白雪猪头》中描述了这样一幅场景:肉联厂的小货车运送来了八只猪头,然而,这些猪头并不能满足那些渴望为家中孩子补充营养的母亲们。她们在凌晨时分就赶到肉铺排队,希望能买到猪头肉,但大多最终空手而归。她们对此表示抗议,坚称自己数过,一共来了八只猪头,要求商家拿出剩余的猪头。这一场景揭示了在物质贫乏的时代,人们对生存本能的渴求。面对生存的压力,人们为了家人而不得不采取的各种手段。这些手段可能包括排队争取有限的资源,甚至通过走后门、拉关系等方式来获取食物。如此种种都是人们在生存压力下的无奈选择,展现了他们在恶劣环境中求生的决心和毅力。在此情境下,猪头成为象征,代表着生存的希

---

[1] 苏童:《短篇小说编年》(卷五),人民文学出版社2008年版,第50页。

望和家庭的期待。而母亲们为了家庭和孩子，不得不忍受现实的不公和无奈，她们的诉求和抗议反映出社会现实对人们生活的影响。"我数过的，一共来了八只。""还有四只，还有四只拿出来！"[1] 苏童通过精湛的构思、明快且富有色彩的语言以及绘色传神的叙事能力，讲述这个世俗场景的故事。故事情节曲折，人物岗位的调换使得人情关系也发生了改变。表面上看，这部作品是一部并不雅致且无多少意外的"双赢喜剧"，然而背后却反映出苏童对人性深层内涵的探讨和对社会文化的揭示。在这个关于欲望的故事中，苏童巧妙地将欲望与社会文化语境相结合。通过作者对欲望的讲述与文化构建，欲望完成了一次富有意义的叙事。这种叙事不仅揭示了人性的复杂性，也反映了社会文化的多样性。

欲望叙事"既要调动人的欲望，使人与社会具有活力，又要最大限度地防止欲望的破坏力；它要使人与社会在保持活力的状态下，使人的心灵有一个高境界的栖息地，使社会有一个稳定的发展环境。一句话，欲望的叙述要达到两个目的：给人以家园，给社会以秩序"[2]。《白雪猪头》里生存在社会最底层的小人物面临着物资匮乏的生存现状，尽管他们会因一只猪头而争执不休，甚至损害人情与人际关系，但他们本质上仍然是善良、勤俭、朴实、充满爱心的，这些品质已经内化为他们生活的一部分。苏童运用了一贯擅长的食材元素，为读者展现了一幅生动且别具一格的饮食风味画卷。在这一作品中，苏童将食物作为载体，巧妙地反映了社会现象和人性百态，揭示了"猪头"争夺背后所隐含的人间真情，也表达了美好人性在艰苦环境中的温情回归。通过这一欲望叙事，苏童以敏锐的观察力和独特的叙事手法，展现了社会底层人们在生存压力下所展现出的善良与爱心。这种情感的表现，为读者提供了一个深入探讨人性的窗口，同时也揭示了社会底层人民的真实生活状态。

第四节　死亡及其想象方式

生老病死作为人类生命历程中不可避免的过程，构成了人类生活的

---

[1] 苏童：《短篇小说编年》（卷五），人民文学出版社2008年版，第51页。
[2] 程文超等：《欲望的重新叙述——20世纪中国的文学叙事与文艺精神》，广西师范大学出版社2005年版，第4页。

重要组成部分，也是文学叙事主要关注点之一。就一般意义上来理解，死亡意味着肉体的终结，人的生命走向终点。受中西方文化共同影响，文学作品中关于死亡的解读往往呈现出多样性和复杂性。在这种背景下，苏童小说中的死亡叙事呈现出多元特征，既包含传统中国人对死亡的普遍认知，也体现出西方现代主义对死亡的理性审视。文学作品中关于死亡的类型有很多种，有天灾人祸导致的死亡，表现为自然状态下人类生命的无常和脆弱；有生老病死带来的无奈，强调人生必然面临的命运，无论贫富、强弱，都无法逃脱死亡的降临；也有关于权力与欲望逼迫下的死亡书写，揭示的是人性中的自私和残忍，权力斗争对个体生命的摧残；还有的是寻求救赎的主动赴死，表现为主人公在面对困境时，选择赴死以实现自我救赎或追求心灵的解脱。

一 死亡作为生命的终结

传统意义上的死亡书写，作为一种非本体论话语，指向的是"绝望"，表示生命的消亡与终结。这些书写基本具有人物死亡的逻辑架构，将死亡视为生命存在的本质之一来呈现，认为死亡是人生的必然结局。因而，对死亡这个忌讳话题的叙述，引发了人们对死亡的恐惧和疏离感。在传统文化中，关于死亡的认知和思考可以追溯到上古神话传说，那时的死亡被赋予了神秘和神性的特质。随后，儒家经典对死亡进行了超验意识的书写，"杀身成仁""舍生取义"均强调为"仁义礼智信"而毅然赴死。此外，佛教对死亡也做了深入阐释，提出了"前世今生"和"生死轮回"的概念，认为死亡只是生命的一个阶段，人们可能会受到报应，也可能进入极乐世界。总的来说，传统文化中对死亡的认知与传统文化的根源和主流话语、意识形态密切相关。这一演变过程反映了我国古代哲学思想的丰富多样特质，也是对生命、死亡等终极问题的深刻探索。

苏童作品中对死亡这一生命存在属性有着独特的阐述，死亡不再是单一的终结，而是具有丰富内涵和多重意义的人生阶段。生命本身的脆弱性和人类本质属性使得死亡成为人类生活中不可避免的一部分。面对"天灾人祸"，人类生命的脆弱特质和求生本能使得死亡成为一种无奈的选择。这种现象凸显了生命在面对外部压力和不可抗力时的无奈和局限性:《伤心的舞蹈》中"我"的"贵人"段老师在舞蹈排练时因脑血栓导致的陡然"病故",《米》与《飞越我的枫杨树故乡》等作品中遭受天灾后大批相继死去的村民与乡亲……在意外与天灾面前,人更像无力的"浮萍",结局注定是悲苦无依,因而,生命凋零、败亡也在所难免。

苏童以虚构的故事,想象着人物生命的结束,描述着死亡的结局。《一九三四年的逃亡》中,枫杨树乡的民众在1934年这个灾年里纷纷离家出走,寻找生计。乡里的男人们都渴望进城谋生,其中包括所有的竹匠,他们纷纷涌向陌生的城市。然而,陈玉金的女人不甘心接受"无法留住男人共度生死"的命运,结果被狂暴的丈夫挥刀砍杀,她那年轻美丽的身体倒在了黄泥大道上。面对严峻的生存环境,即使曾经恩爱的夫妻,作为家庭主心骨的男人均纷纷选择离开生养他的家乡。那么,作为依附于男性的妻子,她们的命运又该如何呢?在天灾面前,生命珍贵而无价的观念被颠覆,人们甚至认为"有不如无"。面对生存的压力,有些人会选择挥刀相向,以求自我解脱。在这种情况下,活着成为一种追求,自己得利得益、个人欲望的满足被视为最重要的事情。《一九三四年的逃亡》通过描述陈玉金女人的悲剧命运以及乡民们逃离家乡的现象,反映了灾荒年份人们面对生存压力时的无奈和抉择。在这种情况下,生命的价值和意义被重新审视,家庭观念和社会秩序也发生了严重扭曲。这种现象值得我们深入探讨和反思。

《妻妾成群》中"背叛"男主人权威的梅珊,最终被秘密投井。在既得利益者眼中,他人的生命犹如草芥,他们只在意自己的欲望是否得到满足,对他人的生死存亡毫不在意。"陈家老爷"这类人将自己的欲望凌驾于他人生命之上,他们追求的是自身的舒适和快乐,无论以何种手段,只要能满足自己的欲望,他们都愿意为之。在这种环境下,人性中的自私与卑劣、人性的扭曲和道德的沦丧变得愈发明显。在《米》这部作品中,妹妹因"童言无忌"的一句话,竟然被亲哥哥残忍地杀害。这种复仇心理的强烈与扭曲,无疑是家庭环境和成长经历在哥哥身上的直接反映。五龙这个角色,心思缜密,冷血无情,对待自己的妻子和儿女更是残忍至极。五龙的一生都在为仇恨而活,为满足自己的欲望而杀人如麻。我国的传统文化一直将家庭人伦视为至上原则,然而在《米》中,亲情却在仇恨和欲望的驱使下被彻底颠覆。五龙对六爷和阿保等外人的迫害,表面上看是仇恨和报复的心理驱动，深层次的原因还是为了满足他的一己私欲。《米》中的人物均生活在欲望的枷锁中，逃脱不了也无法解脱。作家对人性欲望的揭示，对家庭人伦的反思，使得《米》成为一部值得深入研究的文学作品。

二 命运无常与"虚无"体验

不同于传统意义中的死亡书写，苏童正视死亡的本质，书写死亡这一动态的生命过程，赋予死亡"本体论"意义的生命意识。在苏童笔下，死亡如同先锋小说中的死亡策略书写，它是为叙事需要的一种虚构想象，是存在的一个叙事符码。同时，死亡还伴随着神秘与诡异过程，而失踪、逃亡、杳无音信等广义的死亡状态，加深了人们对死亡的未知。苏童作品中有不少死亡是在偶然状态下发生的，死成为人生常态。

人与社会、历史等的复杂关系，人本身的气质尤其是欲望本能以及力比多冲动在人性中的重要地位，注定了"死亡"是人的宿命。不可否认，人类生活中处处潜藏着"危机"，可能因一句不妥当的言语，"祸从口出"。轻则"情义不再""恩断义绝"，重则"伤天害理""取人性命"。生活中也常常见到因一时大意而造成难以挽回的代价。纵使人们常说"小心驶得万年船"，然而"小心谨慎"与"无欲无求"终不能成为人类生活的常态，毕竟，"暴力与权欲"作为推动社会进步与历史前进的"动力"，与人的"冲动""本能欲望"是一对关系多元、情感复杂的"姐妹花"。苏童小说中也有很多有关"虚无"的死亡叙事，这类作品中人物的死亡，多充满不确定与偶然因素，人的性命在一瞬间意外丢失，不仅疑点与矛盾重重，也溢满荒诞与闹剧色彩。作品中角色的荒诞与戏剧性，更多地表现为人物的突然死去，如同一幕闹剧，草草登场也匆匆落幕。《桑园留念》中毛头与丹玉的死，不知其因，一切都像一个"差错"，一场意外；《门》中的毛头女人上吊自杀，原因众说纷纭，"稀奇古怪"，荒诞离奇；《乘滑轮车远去》里一向玩滑轮车技术无人可敌的毛头竟然死于"技术意外"，自己乘滑轮车"钻到了车肚子里"，死因让人唏嘘。

因为鸡毛蒜皮的琐事，"横祸"像"蝴蝶效应"般开启了人的死亡密码。《一个礼拜天的早晨》里李先生为跟肉贩纠缠两毛钱的"公道"，骑自行车追赶中丧生于"飞来横祸"；《肉联厂的春天》里金桥最后一次回厂上班，被困冷冻车库，被"无意他杀"；《灰呢绒鸭舌帽》中坐在卡车里下意识去抓被风吹跑的"爱帽"的老柯，最终以一种"飞身"的姿势跌倒而亡。小说中，生命有如一场"虚无"的"游戏"，这种"空空如也"的生命历程，展现给世人的更多是一种悲凉与不觉而栗的寒意。似乎人活着更像是一个没有任何意义的"符码"，空洞的躯壳终归化作一抔泥土，俗世生活间的悲欢离合也终究成为"虚无"。

当小说中人物面对了无生趣的人生，觉得"生"的一切均毫无意义，死亡也变得不那么令人畏惧。《已婚男人杨泊》中的主人公杨泊在"赴"死过程中感觉到的是"随风而去"的轻松；《告诉他们我乘白鹤去了》中爷爷最后站在孙子们挖好的坑内对铲土填坑的孙子露出了"满意而欣慰的笑容"；《逃》中"我"婶子发现"我"叔叔陈三麦弥留之际发生的奇特变化，变得"清澈而年轻"的面容，垂死时"黑光四射"的眼睛，"富于强盛的生命力"；《祖母的季节》中祖母最后沉睡过去时认真而神秘的微笑；《民丰里》中花匠面对一生挚爱的六小姐将死前与他最后一次相聚，布满花斑的脸露出的是"少年般的腼腆"，不知六小姐已经咽气依旧重复着为她"轻柔而娴熟"地敲脚……

以往的文学叙事多以"旁观者"的视角对世俗社会做注解。苏童将笔触对准市井生活、小人物与世俗社会中人们内心世界与精神图景，通过"讲故事"的方式来表现他所特意选择的"世俗生活"。因现实的逼迫、生存的压力等种种活着的痛苦，苏童作品中的人物无法承受生活之"重"，仿佛死亡才是解脱，死变成唯一可被选择的"退路"。作者在《河岸》中描绘了一幅社会与人情冷漠的画面，这种冷漠成为父亲库文轩一次次自杀的"凶手"。在这一过程中，工作组的"调研"、妻子将革命性视作一切、岸上的"强权"等多重"化合剂"共同"作用"在他身上，导致他从一个自我阉割的困境走向喝农药的决绝，最后甚至不得不选择绑着纪念碑一起投河。这种悲剧性的命运，可以理解为在社会转型时期，个体在强大的社会力量和人情的压迫下，无法承受生命之重，从而走向自我毁灭的道路。《河岸》中库文轩的自杀行为可以看作是对这种压迫的反抗，也是对生命价值的坚守。父亲库文轩的形象生动地展现了普通人在特殊时期所经历的痛苦与挣扎、对生命的无奈与绝望。

作为展现了外部环境对个体生命的压迫、社会中人们对生命价值的忽视的作品,《黄雀记》的故事令人唏嘘不已。驯马师瞿鹰的割腕行为,既是他对生活重负无法承受的"自我了断",也是爱情欺骗、家破人亡以及被迫一无所有等外部因素的"合力迫害"所致。此外,《雅典娜女性关爱中心》中,手持香奈儿包割腕自杀的女孩,则是作者通过人物的"自愿抉择",表达对死亡的轻视与讽刺。无论是代表"爱神"的雅典娜,还是以爱之名行骗的各式人和物,他们拥有名贵奢侈品,有着令人艳羡的美貌与青春,但这一切似乎都不能成为作品中人物"珍惜生命"的理由。在他们眼中,生命的存在犹如薄纸,即便轻轻一碰,也可能使其瞬间破裂。生存本身,已然成为吞噬一切原本充满活力的生灵的最大"恶势力"。这种对生命的轻视和讽刺,揭示了人物的生命困境,使读者重新思考生命的意义,如何正确对待生存与死亡。

在苏童的作品中,我们可以看到不同年龄层的人物在面对生活压力和困境时,对死亡的不同态度。《河岸》中库文轩的自杀带有毅然决绝的意味,他选择主动赴死,以证明自身的清白,不愿苟活于世;而在《城北地带》中,少年达生同样选择了勇敢面对死亡,他的"单刀赴会"表现出一种无畏的悲壮气息。与这两部作品相比,"香椿树街"中少年们的死亡更显得无奈和悲凉。他们在面对充满不公、纷争和恶毒誓言的现实生活时,脆弱的身心承受着恐惧与绝望。他们对未知的命运充满恐惧,也对无处不在的"人祸"感到害怕。在这种情况下,死亡成了一个令人恐惧和惊悚的字眼,如同现实生活中长辈和亲邻们的禁忌。这种对死亡的恐惧和避讳,反映了现实生活中人们对生命脆弱性的认知,也凸显了面对困境时,个体生命的无奈与绝望。

三 悲悯语境中的死亡关怀

在苏童笔下,悲悯语境中的死亡关怀首先表现在对家族衰落、家庭破裂、生存环境破坏等因素导致的死亡的探讨;表现在对生命价值、人与社会、自然关系等的反思。这种死亡关怀既关注个体生命,也关注家族及整个社会的历史变迁。《一九三四年的逃亡》中描绘了乡亲们在灾难和瘟疫面前的逃亡,以及孩子们接二连三夭折的悲剧;《十九间房》提到整个村庄被日本人焚毁,村民几近全部丧生;《罂粟之家》中工作队对整个家庭的"剿灭",沉草被击毙意味着"枫杨树最大的地主家庭在工作组长路放的枪声中灭亡";《我的棉花,我的家园》里洪水侵袭下"流离失所"的异乡人。这种关怀不仅体现了对个体生命的悼念,也关注社会、历史和人性等诸多因素导致的死亡。在悲悯语境中,苏童通过讲述死亡背后的故事,引发读者对生命、生存和人性的反思。此外,对神秘死亡和离奇逝世的描绘占据了苏童小说死亡书写的重要地位。《樱桃》中充满诡异色彩的神秘死亡令人不寒而栗;《仪式的完成》中,恐怖又离奇的命运降临在民俗学家身上;《园艺》中的孔先生竟然被埋葬在自己家的"花垒"之中,这一可怕的事实令人深思。这类死亡描绘,既充满了神秘色彩,又揭示了人性深处的恐惧和无奈。苏童通过独特的叙事手法,将死亡这一主题赋予丰富的文化内涵和深刻的哲学意义。死亡的神秘和离奇,不仅凸显了生命的脆弱,也反映了人类面对未知世界的恐惧和无助。

其次,苏童作品中的死亡关怀还表现为对生命意识的消逝、人物命运与生命的注解以及对死亡美学符号的探讨。通过直面死亡和人性,苏童引导读者思考生命、命运和时间等多重层面的问题。相较于余华在"生存与死亡"之间构建的紧张氛围,苏童更倾向于通过逃亡与回归的动态过程来描绘和表达人物欲望。一是苏童将死亡阐释为人物命运与生命的注脚,使死亡成为人物精神或某种归宿的"感受"与"感慨",甚至是一种解脱与放逐的状态。从这个角度而言,"死"在苏童的小说中成为一种美学符号。二是苏童将人物对死亡的终极恐惧与威胁转化为死亡对人内心世界的终极诱惑。《妻妾成群》中"井"对颂莲的呼唤,使死亡成为无数偶然累加的必然结果。在这种背景下,苏童作品中的"死亡"不再是生与死、此岸与彼岸对立的概念,而是对生命与命运的注解,也可理解为对死亡状态的表达、对消亡或时间上的暂时中断状态的描述。又如在《板墟》《白沙》和《告诉他们,我乘白鹤去了》中,作家关于死亡的讲述也体现了相似的特点。在上述这些作品中,死亡不再是简单的生与死的对立,而是生命与命运的交织,展现了作家对人生、命运和时间的深刻思考。

此外,苏童通过独特的历史叙事,表达对人生无常的关注以及对不确定的人的身份与处境的悲悯之情。《十九间房》的女主角六娥面对生活的种种苦难与伤害,始终保持坚定的生命意识,勇敢地面对生活的悲苦。在丈夫的无能与恶意砍伤、土匪的强暴与陷害、亲邻的冷眼与恶言中,她始终坚守对家人和亲情的呵护与守候。尽管她遭受误解与中伤，但她从未放弃，始终坚持着自己的信念。小说展现了女性在面对生活苦难时所散发出的坚定信念和顽强生命力。通过讲述六娥的故事，苏童揭示了人类在面对困境时的挣扎与反抗，在绝境中寻求精神重生的过程。在"古老家族历史"寻根系列作品中，当原始的祖先崇拜在溯源过程中遭遇颓败、凋落和腐朽时，苏童笔下的死亡呈现出丑陋、肮脏、罪孽和黑暗的图景。面对现实困境，精神追溯的美好理想显得惊慌失措。从这个意义上讲，对困境的呈现代表了一种反抗，对绝境的书写是对精神重生的追寻。精神永生的理想正是苏童对死亡书写的超越与升华。

综合来看，苏童作品中的死亡叙事呈现出多样性与丰富内涵的特质。既有象征生命的轮回与延续、精神得以传承的死亡表述；也有如《碧奴》中，主人公的死亡对她所承受的痛苦和压迫起到了解脱的作用，使她在另一个世界里得到安宁的历史故事的"改写"；还有如《离婚指南》中，主人公因道德沦丧而走向死亡，反映出死亡在道德层面上的评判与警示意义；也不乏将死亡作为人生抉择的现实表达。在中西方文化双重影响下，苏童通过将死亡作为欲望的驱动力，或者把死亡作为欲望的解脱等多元叙事，展现出丰富的层次和内涵，既反映了作者对人性、命运和价值的深刻思考，也为我们提供了理解和探讨死亡问题的有益启示。

苏童对死亡关怀的书写，是潜藏在字里行间的悲悯情感，也是伦理亲情中展现的强韧生存意志。悲悯是人类生存绝境中开出的花朵，是人类生活的希望与未来所在。笔者认为，苏童的死亡书写凸显了他对人性、命运和价值的深入探讨。正如威廉·福克纳所言："人之所以不朽，不仅因为在所有生物中只有他才能发出难以忍受的声音，而且因为他有灵魂，富于同情心、自我牺牲和忍耐的精神。"[1] 苏童以对写作永恒的热忱和对人与人性执着的观照，用悲悯之情投身于他为之奋斗一生的写作事业。

---

[1] 刘保瑞等译：《美国作家论文学》，生活·读书·新知三联书店1984年版，第368页。

第 三 章

叙事者与叙事角度

欲望不是感到需要什么东西，不是感到自己的客体缺乏。① 通常而言，我们可以将"需求"理解为对某种物质或精神的渴望与需要，而"缺乏"则是指主体在某一方面的不足或短缺。也就是说，欲望的本质并非来自主体对特定事物的需求，而是来自主体对自身在某些方面的不足的感知，即主体对客体缺乏的认知。知晓这一前提，有助于我们更深入地探讨人类欲望的本质及其诱发因素。

在苏童的小说中，作家通过对欲望本体的建构与独特阐释，运用多元的叙事视角、多重选择下的叙事方法、多样的叙事风格，揭示了人类欲望的多样性和复杂性。又通过对欲望对象和欲望形式的独到选择，从欲望的产生、发展到满足的过程进行细致且深入分析，为我们提供了一幅丰富、立体的欲望画卷，使我们能够更全面地理解人类欲望的根源和动力。苏童以丰富灵动的想象，保持着他对欲望话语持续关注的热情：以"虚构"的"枫杨树故乡""回望"古老的家族传说，以历史与现实交织的叙述角度表达权欲影响下的自我审视与建构，以童年经验书写"少年血"记忆，以"异类"视角进入对人物逃亡的命运与人生境遇的讲述中。

第一节 "枫杨树故乡"与颓败的家族

"枫杨树故乡"之于苏童，犹如"鲁镇"之于鲁迅、"湘西"之于沈

---

① 转引自陈晓明《无边的挑战——中国先锋文学的后现代性》，广西师范大学出版社2004年版，第313页。

从文、"高密东北乡"之于莫言有着同样重要的地位与意义，是作家们通过文学创作实现对祖辈历史与生命根源的探寻与想象的精神"故乡"。沈从文以对原乡故土"湘西"的动情书写，在田园牧歌、人性淳然的笔触间，给读者呈现了一个纯净、美好的湘西世界，也寄寓了远走他乡的沈从文对家园的深情追忆与无限思念。苏童的"枫杨树故乡"作为他创作中的重要元素，既是他对家族历史和乡土文化的关注与思考，也是他还乡情结的重要体现。在苏童的作品中，"枫杨树故乡"不仅是一个地理空间概念，更是一种情感寄托、一种文化象征。这个虚构的"枫杨树故乡"承载着作家对故乡的回忆、乡愁以及对乡土文化的反思。《飞越我的枫杨树故乡》《罂粟之家》《外乡人父子》《一九三四年的逃亡》等小说都属于苏童笔下"枫杨树故乡"系列的重要作品。

通读这些作品，我们不难发现，一股晦暗、颓唐、衰败的气息始终萦绕其间。这源于苏童对祖辈文化的深思与探寻，投射出的是他对故乡的复杂情感。在这种颓败景象的背后，苏童对这个虚构的故乡世界进行了独特书写。"我虚构了一个叫枫杨树的乡村，许多朋友认为这是一种'回乡'和'还乡'情绪的流露。枫杨树也许有我祖辈居住的影子，但对于我那是飘忽不定难以再现的影子。我用我的方法拾起已成碎片的历史，缝补缀合，这是一种很好的小说创作过程。在这个过程中我触摸了祖先和故乡的脉搏，我看见自己的来处，也将看见自己的归宿。正如一些评论所说，创作这些小说是我的一次精神的'还乡'。"[1]

苏童出生于苏州齐门外大街，17岁离家赴京求学，20岁毕业后定居南京。在他的作品中，关于齐门外大街的描绘多为以童年视角进行青春"回访"，景象类似于他笔下的"城北地带"和"香椿树街"。然而，他对祖籍地杨中县小岛的印象仅限于幼年时的一次随舅舅返乡的经历。在这场复杂的"寻根"旅程中，苏童以散文《八百米故乡》的写作表达了内心对故乡的疑惑与浅浅印记："每个人都有故乡，而我最强烈的感受是，我的故乡一直在藏匿、躲闪甚至融化。"[2] 关于血脉溯源，苏童相较他人而言面临更大的困难与复杂处境。在他看来，自己始终未能找到心

---

[1] 苏童：《苏童文集：世界两侧》，江苏文艺出版社1993年版，第1页。
[2] 苏童：《八百米故乡》，《初中生世界》2020年第39期。

目中的那个"故乡"。因而，面对杨中县小岛这个传统意义上的"血脉之所"，苏童凭借独特的想象和真实情感，构建了他笔下的"枫杨树故乡"系列作品。在《飞越我的枫杨树故乡》中，苏童写道："多少次我在梦中飞越遥远的枫杨树故乡。我看见自己每天在迫近一条横贯东西的浊黄色的河流。我涉过河流到左岸去。左岸红波荡漾的罂粟花地卷起龙首大风，挟起我闯入模糊的枫杨树故乡。"[1] 于苏童而言，故乡缥缈、朦胧，流水弥漫，原本模糊的儿时记忆在岁月、流水的冲刷下显得更加"遥不可及"，只能在"梦中"与故乡相遇。"如果你和我一样，从小便会做古怪的梦，你会梦见你的故土、你的家族和亲属。有一条河与生俱来，你仿佛坐在一只竹筏上顺流而下，回首遥望远远的故乡。"[2] 每个人内心都潜藏着对家乡、故土与生俱来的依恋与血脉因缘，这种情感驱使作家以想象与写作的方式来实现精神回归。具体而言，苏童的"回归"既有对故乡人文风情的细腻刻画，也表现在对故乡自然环境的深情描绘中。如《罂粟之家》中所述："第二天起了雾，丘陵地带被一片白蒙蒙的水汽所湿润，植物庄稼的茎叶散发着温熏的气息。这是枫杨树乡村特有的湿润的早晨，五十里乡土美丽而悲伤。"[3] "枫杨树故乡"狭小、孤寂、阴湿，这种特殊的地理环境，被赋予独特的颓唐与哀愁意蕴。作家以童年生活为背景，通过对家乡的风土人情、家族故事以及成长经历的书写，表达了对过往的回忆和对故乡的眷恋之情。又如作家在《米》中的描绘："黎明时分五龙梦见了枫杨树乡村，茫茫的大水淹没了五百里稻田和村庄，水流从各方涌来，摧毁每一所灰泥房舍和树木。"[4] 所有这些景象都是苏童在创作过程中对故乡的"视觉"回访，他运用丰富的象征手法，以寓言的方式传递出他对生活、命运、人性等方面的思考。因而，"枫杨树故乡"既是故乡的象征，也是作家对人类现实生活困境的寓言。

文学创作极为考验作家的想象力与审美理想。苏童，这位充满灵气

---

[1] 苏童:《飞越我的枫杨树故乡》,《桑园留念：苏童短篇小说编年：1984—1989》,人民文学出版社2007年版,第176页。
[2] 苏童:《飞越我的枫杨树故乡》,《桑园留念：苏童短篇小说编年：1984—1989》,人民文学出版社2007年版,第185页。
[3] 苏童:《罂粟之家》,《枫杨树山歌》,重庆大学出版社2015年版,第9页。
[4] 苏童:《米》,作家出版社2013年版,第5页。

且极度渴望内心自由的作家，在虚构的小说世界中找到了放飞想象的空间。可以说，"枫杨树故乡"系列的创作满足了他对虚构的热爱和向往。这一虚构世界不仅展示了他对现实生活的独特见解，也体现出了他在文学创作中卓越的想象才能和对审美理想的追求。"虚构在成为写作技术的同时又成为血液，它为个人有限的思想提供了新的增长点，它为个人有限的视野和目光提供了更广阔的空间，它使文字涉及的历史同时也成为个人心灵的历史。"① 融化入里的诗意与古典艺术才情，在交织着失落、漂泊与孤寂的身世和命运感怀中，先锋意味浓厚的"颓废"风格，在苏童的"枫杨树故乡"系列中"大显身手"。对现世的感伤、对英雄崇拜的失意情绪，夹杂着叙事中人物对欲望的迷恋与无力以及家族氛围中无法排遣而又绵延不绝的腐朽气息，苏童以完全不同于现实生活经验的恣意"想象"，虚构了一个游离而又载满颓废情绪的"枫杨树故乡"。在这一系列作品的创作过程中，苏童着重强调人物感受与意绪的感性体验，运用丰富而意蕴无穷的"意象化"色彩进行精致细腻的艺术表达，与充满疯狂、荒诞意味的奇异感受的传递，共同承载起作家强烈的"还乡"情感。以《飞越我的枫杨树故乡》为例，苏童以"先锋"意味浓厚的美学姿态，进入对如同"我"老家枫杨树的记忆书写：遍地的罂粟花，猩红色的原野，层层叠叠，气韵非凡……这成片的醒目的"红波浪"与偏僻的乡村形成鲜明对照，如同一群凶猛的怪兽，在"大肆入侵"读者阅读幻觉世界的同时，也成为"鼓荡""我"的乡亲们搁置生死于不顾的吸血"恶灵"，使得"我"的故乡布满血腥气息。"我"这个漂泊而执拗的灵魂只能永远游走在寻"根"的"梦境"中。

在享受虚构带来的愉悦与满足感的同时，作家开始反思内心。故乡的缺失使他感受到精神上的"缺憾"与"荒芜"。为了弥补这种心灵上的缺失，苏童开始进行一场精神寻根之旅。也正是在"寻根"过程中，他对祖先父辈的模糊印象逐渐变得清晰明朗。然而，个人内心对祖辈原始的"憧憬"与崇拜心理，或者英雄般神圣的情结与初衷，在对家族历史的回溯与追问中，发生了一定程度的改变、动摇，甚至坍塌。随之而来的是难以抹去的失落感与失意情绪。苏童通过巧妙地运用精神意义上血

---

① 苏童：《虚构的热情》，作家出版社2009年版，第220页。

脉与身体的分离、乡村与城市的阻隔、独特的生活经历等元素，构建了这个颇富魔幻现实主义色彩的"枫杨树故乡"。综合来看，这个承载着作家个人心灵史的"枫杨树故乡"的精神内涵的构建主要取决于以下几个关键因素：首先，是精神意义上血脉与身体的分离，这是一种对个体身份认同和乡愁情感的深刻表达。其次，乡村与城市的阻隔代表了传统与现代的冲突，反映了我国社会转型时期人们的生活状态和心理变化。再次，独特的生活经历为作家的创作提供了丰富的素材，使作品具有鲜明的个性特征。最后，是作家为满足自身的文学创作灵感和养分需求的结果。从这个意义上来理解，苏童所建构的"枫杨树故乡"历史既是作家个人史、心灵史与思想史的投射，也可将"枫杨树故乡"系列作品视作苏童创作的"精神原乡"。这一虚构故乡不仅表达了作家对现实生活的独特见解，也反映了他对人性与精神世界永恒的探索。

作品展现了水域丰富的江南水乡，农耕、捕鱼、婚丧嫁娶等种种风土人情夹杂在苏童对"枫杨树故乡"的描绘中，展现了南方地域文化的魅力，同时也表达了对故乡文化的热爱和尊重，充满了对故乡的眷恋与乡愁忧思。这种情感源于苏童对故乡历史、文化和生活的深刻理解，也寄寓了作家对故乡、故土变迁的感慨。又通过讲述乡民们的命运和生活，作者展现了"枫杨树故乡"丰富的历史记忆。这些记忆涵盖战争、革命、建设等各个时期，是作家对历史的关注和对故乡的精神传承的重要体现。幺叔、翠花花、老冬爷、祖母蒋氏……这一系列生动的人物形象是苏童心灵史和"精神原乡"的载体，他们的命运沉浮展现了作家对故乡精神内涵的探究。这些都成为苏童心灵史和"精神原乡"的重要组成部分。

江南独特的地域文化特色、历史与现实的交织、人物形象塑造以及叙事风格与审美价值等因素共同构成了"枫杨树故乡"这一独特的叙事空间，为苏童的小说创作赋予了丰富的内涵和独特的艺术魅力。在全面剖析了苏童选择"枫杨树故乡"作为叙事视角的主要原因后，我们仍不难发现，这系列作品通篇弥漫着颓败气息，给读者以虚实交织、意象群生、久远而缥缈的感觉。细读文本，苏童在作品中通过对父亲形象的缺失、家族矛盾冲突和子孙后代的畸变等独特书写，展现了一种独属于自己的颓废气质。这种颓废气质背后蕴含着对传统家族制度和人性的反思以及对生命意义的探讨。

精神分析学中关于"弑父"的研究，多与"欲望"有着重要的关联。传统观念中，父亲作为家庭的主宰，在社会文化中象征着权威，意味着力量、威严与控制和占有。可以说，父亲的言行直接影响着子一辈的成长。而父亲的缺席、父爱的缺失，更是导致家庭、家族走向衰败的重要因素。因而，文学作品中关于父辈形象的书写，多倾向于对象征着力量的男性人物的塑造，在一定程度上反映出特定时代背景下作品的精神内涵与价值观念。苏童小说中被欲望"异化"、人格极度扭曲的男性形象，成为"枫杨树故乡"故事中被颠覆的"父权"秩序的表现之一。具体而言，苏童主要通过如下两种叙事策略来表达"父辈"或父亲角色的缺席：一种是父亲这一角色在叙事场域中直接隐没或呈失声状态，话语是权力的反映，话语权的丧失，也就意味着权力与中心地位的沦丧；另一种是父亲这个角色游离在叙述现场之外，处于异乡或死去或在逃亡的路上。

《飞越我的枫杨树故乡》中没有出现与"我"父亲相关的只言片语，除了垂垂老矣的祖父与疯疯癫癫的幺叔；《祖母的季节》中的"祖父"新婚五天后就离家出走，至死也没再回来。"你让他吃饭他也逃，让他洗澡他也逃，你抓着鞋底揍他他更要逃，三麦长大了给他娶媳妇他还是逃。你就不知道三麦除了想逃还要干什么……"[①]《逃》这部小说中对原本处于家庭核心地位的男性"失语"角色的塑造更为彻底且直接，"逃"是小说中主要人物陈三麦唯一的生命理想，逃出家园、逃离家人成为陈三麦生命价值的"永恒"追求。小说中不停变换"我"与"我"婶子两个不同的叙述视角，讲述了"我"叔叔陈三麦为逃离"我"婶子几度离家出走，其间因害怕死在战场当了"逃兵"，最终又逃，命丧伊春，留下一句"你还是追来了，我逃到天边也逃不掉了"的宿命"传奇"。故事本身充满了荒诞色彩，无法用常人的逻辑理解人物所有的言行，作家刻意运用这种离奇荒诞的虚构技巧，在主人公一个个荒谬怪异的关于"逃"的故事的讲述中，不仅道出了逃亡者陈三麦的荒谬与懦弱，也写出了人物为逃着迷、沉溺而欲极力摆脱的苦闷与压抑愁绪，在这种"你逃我追"的紧张对峙中，将人物内心那种从希望到失望到最终绝望的痛苦历程表现得淋漓尽致。

[①] 苏童：《苏童文集》，江苏文艺出版社1993年版，第16页。

传统的家庭伦理强调子孝母贤、家人和乐融洽。"枫杨树故乡"系列小说中，苏童描绘的是一幅颠覆传统伦理的家族内部关系图谱。有别于传统文学叙事中的父子关系的描绘，苏童写出了另一类紧张、沉闷的家庭关系。《飞越我的枫杨树故乡》中的"幺叔""神色怪异"，终日混迹于"女人"与"野狗"间"疯疯癫癫"，是乡亲们眼里的"丑闻"，也是祖父心心念念的"畜生"。也正因幺叔的离经叛道，不成器的他成为祖父一生的缺憾与伤痛，祖父终生都被这种痛苦的思绪困扰，竟致"欲罢不能"。即便已入弥留之际，也依旧不忘嘱托"我""把幺叔带回家"。"幺叔"的弃失与逃亡，导致"我"不得不飞越枫杨树故乡，踏遍人间、地狱，寻访深夜逃亡的幽灵，完成"把幺叔带回家"这个家族三代人的重要使命。"我"最终成为逃遁者与离乡的"幽灵"。当然，《一九三四年的逃亡》中那个终日躺在草堆上，只会高声咒骂瘦小母亲的父亲形象也实在无法让人忘记。还有《罂粟之家》中丧生于沉草刀下的哥哥演义、《米》中被亲哥直接闷死的小碗，兄弟反目、亲情沦丧、伦理的溃败，极端压抑的关系，似一张紧绷的弦，随时可能断裂。这种对处于仇恨、对立状态的家族伦常的描述，还表现在《米》中五龙与绮云、与儿女之间。作者将五龙塑造成一个极端"恶"的病态形象，更让人难以承受的是五龙的恶行与罪孽，竟如因果循环的报应般转移到了他的血亲——子女身上。五岁的女儿小碗被五龙残暴毒打的大儿子米生当作报复的工具，直接被其闷死在米垛下，惨剧似乎还没结束，米生遭到五龙暴力惩罚，被打断一条腿骨，直接致残；二儿子柴生成为无视伦常家规、不念夫妻亲情，只会偷鸡摸狗、敲诈勒索、得过且过的"畜生"，他没有亲情观念，也不懂何谓家族伦常，一心只有自我私欲的宣泄，占尽嫂子"便宜"，设计将嫂子逼走，留下残废的兄长米生孤身一人。在随父返乡的途中，柴生的罪孽形象有更极致的刻画，柴生良知丧尽，在其父奄奄一息之际在意的只是父亲留下的"财产"，当得知被骗的事实后，父亲冰凉的唇齿内的"两排金牙"成为让柴生唯一留恋的"强大的刺激和诱惑"。

苏童小说中的家庭伦理关系发生了颠覆性的变化，呈现出一种让人惋惜、痛恨甚至绝望的冰冷关系。这种关系的恶化主要表现为家庭成员内部力量的分裂与颓败。一方面，父子关系中的权威与话语权失衡。父亲作为家庭的核心，代表着权威和既得利益者地位。然而，他们往往因为分裂的人格和阴暗的内心，导致家庭破碎、家族走向颓败。另一方面，其他家庭成员之间的亲情关系恶化。在苏童的作品中，母女、夫妻、兄弟、姊妹间的传统形象被颠覆，取而代之的是充满矛盾和冲突的关系。这种关系的恶化进一步加剧了家庭的分裂，使家族命运愈发颓败。在这种家庭伦理关系背景下，柔弱、无力者的生命权利与尊严受到践踏进而被剥夺。他们成为家庭内部权力斗争的牺牲品，使家庭关系的颓败愈发触目惊心。这种欲望的叙述方式不仅颠覆了传统家庭伦理观念，也暗示了家族命运的悲哀和个体生命的无奈。

"父辈"的病态与人格缺陷，直接造成子女的逃遁甚至死亡，导致生命延续的断裂与终止。《南方的堕落》中红菱姑娘逃亡的目的是躲避亲生父亲的玷污与祸害。人物的逃离行为反映了他们对现实环境的极度不满和寻求解脱的渴望，然而，逃离行为可能带来暂时的解脱，但终究无法摆脱家族命运的束缚。《飞越我的枫杨树故乡》《罂粟之家》等小说中，人物生殖能力的丧失使得血脉延续变得遥不可及，家族血脉传承的断裂进一步加剧了家族的颓败和个体的困境。这两种现象在苏童作品中相互交织，共同展现了人物在家族历史长河中的挣扎与无奈。在这种背景下，人们对家族血脉延续的渴望和对个体生存状态的关注变得愈加突出。

在苏童的小说中，我们可以看到另一类颠覆传统的"父亲"形象，即被"阉割"的父亲。以《罂粟之家》中的陈茂为例，沉草对亲生父亲陈茂的枪杀，沉草故意对陈茂的裤裆开枪（断根）。这一"阉割"行为不再只是生理层面的阉割，更是一种心理层面的阉割。沉草对陈茂的憎恶和蔑视，反映出他对父亲角色的否定和排斥。这种排斥不仅是陈茂的个人行为所致，更深层次上是沉草对传统家庭伦理关系的挑战和颠覆。在这种挑战和颠覆中，父亲角色不再是绝对的权威，而是充满了矛盾和冲突的复杂角色。这种复杂性不仅体现在陈茂身上，也体现在其他父亲角色身上。《舒家兄弟》中的舒农与老舒之间的关系也属此类。

精神分析学中的乱伦、弑父等主题在苏童作品中不断上演，欲望的诱惑、权力的压制与父辈们粗暴的"教育"方式，不仅无法解决家庭矛盾，反而会激起子女们对父辈的反抗与仇恨，为个体的悲剧命运埋下了祸根。此外，苏童的独特性还表现在对处于家族主宰地位的"族长"或成年男性的颠覆性叙述上。这种颠覆"父亲"形象的叙事，从某种程度上揭示了传统家族观念在面对现代社会变革时的脆弱和困境。在现代社会进程中,家族的权威地位和传统价值观受到冲击,导致家族成员在面对生活挑战时产生迷茫、抗拒和反叛。这种现象不仅反映了个体命运的无奈,也暗示了家族乃至整个社会体系的变革。同时,在这一叙事中,苏童还表现了传统家庭伦理观念在现代社会中的困境和挑战。这种困境和挑战不仅体现在家族延续问题上,还表现在家族成员之间的情感纠葛、价值观念的冲突等方面。《南方的堕落》中金文恺直接抛弃自家的姓氏,世人都认为他是"爱财如命"的"精神病患者",对他改换门庭之举种种猜测与议论。殊不知,金文恺只是厌倦自己的身份,急于摆脱身份对他的束缚与桎梏。就如《罂粟之家》里的刘沉草,他恨自己,恨别人喊他"老爷",恨他的身份,当刘老侠意欲沉草承接家族重任,沉草不仅"心烦意乱",且无奈而生出抗拒之心。《一九三四年的逃亡》中祖母蒋氏的七个子女相继死去,唯一存活下来的"父亲"在环子离家时被掳走,小说中重要的人物——祖父陈宝年,离家后在城里发迹却无视家族伦常,对家人不闻不问、不管不顾,终日流连于花街柳巷间,终遭人暗算最后死于"暗病"。可以说,苏童作品中的人物在家族历史长河中的挣扎与无奈、对家族血脉延续的渴望和家族断裂的现实生活困境,是他对家族命运和个体生存状态的深刻反思,引发了人们对生命意义和家族传承的重新思考。

苏童的精神寻"根"小说,以上述种种刻意而独到的叙事策略,表达着作家对现存文化与社会秩序、对欲望之于人类生活现实的深刻反思。"对家族小说而言,人的问题要更加突出,因为,家族的解组,政治经济文化的原因当然重要,但'个人'的形成并散逸出家族,使得家族发展的伦理链条中断,无疑是家族颓败的结构性因素。"[①] 个体生理的残疾、精神的萎顿、生命的消逝,直接导致家庭或家族的衰落与颓败。苏童对家族史的叙述聚焦于血缘的混乱、生殖能力的丧失、病态或残缺的子孙后辈等的书写。《罂粟之家》中枫杨树老地主家族刘家最后的"寄托"沉草,也是由错乱的性关系孕育的生命,唯一的"香火"刘沉草被击毙成了刘氏族谱中最后一笔,注定了刘氏家族的灭亡;《妻妾成群》中陈家大

---

① 周保欣:《伦理视野中的中国当代文学》,人民文学出版社2012年版,第14页。

院不仅埋葬了一个又一个年轻的"梅珊",还吞噬了昔日鲜活青春、充满生机的四太太颂莲,也吞噬了陈家少爷飞浦和年老体衰的陈家老爷。面对颓败的必然结局,人物的垂死挣扎只会将网罗命运的大网越收越紧,陡然加速衰颓进程;《南方的堕落》中,当众人沉溺于欲望与罪恶不能自拔,唯一清醒的"我"和金文恺,一个死,一个终日往返于"逃遁"与"沉沦"间,诚如终日飞越老家枫杨树故乡中那个"我",面对无力摆脱的命运,裹挟于现实与"使命"间,却依旧只能在无奈中去完成那个承续家族几代人的未竟的"事业",最终走向更虚无缥缈的命运"深渊"。

笔者以为,"枫杨树故乡"系列的家族颓败"寓言",一方面是苏童"精神还乡"愿望中的一个想象的缩影,另一方面也是人物本身不可逃脱、无处安身的生存宿命写照。无论是《一九三四年的逃亡》中弥漫的凄美动听的末世挽歌,还是《罂粟之家》中神秘忧伤的悲剧气息,家族无法挽回的颓废与衰亡已成必然之势。因而,家族破败又构成苏童的末世颓废美学的重要内容,其美学特点"与其说是表现暴力、血腥、颓败等,不如说这是一种淡化这类字眼本义的、反讽意味浓烈的叙事美学追求"[1]。正是在反讽、隐喻、象征、意象等多种修辞的灵活运用中,"忧伤、颓败的情调和气息"时常从苏童作品的字里行间流露出来[2]。

苏童在对叙事美学的极致追求中,成功营造了腐朽、颓废的末世氛围,但同时也在一定程度上消解了文本的终极意义,削弱了以往小说对历史话语那种不可抑制的激烈、震撼式的对话力量。因而,"枫杨树故乡"系列小说,在文本内涵上也容易使读者产生疑惑,陷入某种"宿命论"或"神秘主义"渊薮。在苏童"对旧时代有着古怪的激情"的历史故事书写中,对"颓败"症结的追溯成为表达载体。一方面,苏童以冷静、沉稳的笔调进行客观叙述的《妻妾成群》等历史小说,以对历史背景下的人物与叙事进行了不着痕迹的解构,实现着对历史的改写与重新阐释。同时,平静如水的话语情境的营造,仿若人物与历史的对白、作家自己在与历史对话,淡淡的情感与抒情语言完全隐含其中,直至对话

---

[1] 华中科技大学中国当代写作研究中心:《边缘与颓废——2013春讲·苏童 谢有顺卷》,长江文艺出版社2013年版,第310页。

[2] 洪子诚:《中国当代文学史》,北京大学出版社1999年版,第65页。

结束，历史的颓败尾声也随之浮现。另一方面，苏童以想象的历史作为叙事上无限的时空，任意施展其丰富的想象力与突出的写作才华，在对主流意识形态的远离中，对传统伦理道德、社会秩序的拒绝与反抗中，人世生活的悲欢离合，人人难逃一死的悲剧命运，颓废、消亡成为历史叙事的必然结局，"旧时代的'死亡'生活形式，被苏童赋予了纯粹的诗意和典雅性质。往事平静如水，对颓败的历史情景记忆"成为他写作的冲动与审美所在。[1] 苏童选择"枫杨树故乡"这一独特视角，在对人性黑暗与历史颓败的独特叙事中，完成了对"历史的漫漶，人物意义、重心的倾颓这一脉作者念兹在兹的主题"的表达与书写[2]。

第二节 自我的审视与建构

苏童通过作品中人物心灵世界的"独白"与细腻传神的描绘、人物真实生活体验的表达，完成对"自我"的审视与反思；又通过人物与欲望间动态过程的描述与把握，实现了作家与欲望世界建构沟通与联系的目标，表明了作家对人性的敏锐与灵性的风格，揭示了作家创作的悲悯情怀，形成了多维的自我审视与审美气质。

苏童以人物情欲的真实体验、心理世界的刻画、对权欲的追逐与权欲的满足等生命动态展开书写，完成了对"自我"的多维审视。"自我"可理解为一个美学上的概念，一般指审美角度。同时，"自我"也是原始生命力的彰显。《青石与河流》中，苏童运用第一人称叙事视角来叙述进行，"我"的身份随着故事的讲述几度发生改变：讲述以前的历史时，"我"是欢女的儿子；回顾与补充祖母欢女和父亲的故事中，"我"从全知型叙事视角转为欢女孙辈的叙述视角。这个作品充满了元小说叙事策略的运用、诗意语言的表达，围绕欢女、八爷、老五、老三等人物展开故事的讲述，作家以马刀峪为叙事空间，表达了"远近闻名的奇特"人物欢女对生命的真实体验。欢女直面苦难、笑对痛苦的顽强生命力，更是作家对一种乐观的生命意识的礼赞。而故事讲述完后"历史外"相应

---

[1] 费振钟：《江南仕风与江苏文学》，湖南教育出版社1995年版，第77页。
[2] 王德威：《南方的堕落与诱惑》，《读书》1998年第4期。

内容的补充，可视作作家与外界的"沟通"方式，是自我实现的最大满足。在作家看来，世界是充满欲望的人生，小说中欢女在得知儿子"报仇"不成的消息后，脸上唯一一次呈现出鲜明的哀伤与悲意。而"画外音"中对"我"父亲"意外"死亡、祖母最终埋于"石棺"等内容的补充，其实道出了另一种"自我"与世界的联系——欲望无法满足所致的无奈与悲凉。由此可见，在苏童关于权力欲望的叙事中，对自我的审视与建构是有着更深层次的表述的。

福柯说："在任何一个社会里，人体都受到极其严厉的权力的控制，权力对话语的渗透、规定与遮蔽营构着叙事的基本风貌。"[①] 小说《河岸》即是一个关于深陷权欲牢笼的挣扎与解脱、放逐与救赎的故事。权力对人的规范与控制，在库文轩烈士遗孤的身份被剥夺后，成为决定人物命运的唯一要素。"我以前都是借用一个少年人的眼睛看人生，这一次我同样借用一个少年人的眼睛，除了看人生，还看社会，看世界。"[②] 与以往的少年记忆与青春回访故事不同的是，苏童在《河岸》的叙事中加入了"历史"这一元素。小说以"文化大革命"这一时期为历史背景，以库文轩与库东亮这一对父子的关系为主线，围绕库文轩的身份与生存变化等问题，展开了一个关于个体命运与历史境遇之间的多重悖论叙事。

又不同于以往"枫杨树故乡"系列的家族历史小说，在《河岸》这部作品中，"历史"与人物命运呈交叉相融的状态，也就是说，人物的塑造与刻画是在历史叙述中完成的，二者之间既相互影响又互相渗透。苏童通过对"人与主流意识""权力与日常生活""人性与时代"这三组关系的梳理与阐述，构建起《河岸》这部小说创作的脉络。小说中，"身份即政治"的观念渗入字里行间，在虚实穿插、真假混淆的讲述技巧中，故事荒诞的结局、人物无根的命运顿显无遗。而在人物不断对身份进行确证、寻找的过程中，权力以不可对抗的强劲势头赫然"耸立"，将人物命运逼入随时坍塌、飘零的窘境。苏童通过人物命运的描绘引申出对历史的思考。面对人物生存的迷惘、存在的虚无、身份的焦虑，作家提出

---

① [法]米歇尔·福柯：《规训与惩罚》，刘北成、杨远婴译，生活·读书·新知三联书店1999年版，第155页。

② 苏童：《重返先锋：文学与记忆》，《名作欣赏》2011年第7期。

了自己的疑惑："河"与"岸"，何处是归途？人与历史，究竟谁才是命运的主宰者？苏童以写作之笔直指人的现实困境，拷问人的灵魂，探寻人类的救赎之道。《河岸》中的"河"与"岸"是作家刻意赋予深意的一组意象，这一点，单从题名便可瞧见端倪。从一般意义上来理解，"河"与"岸"是同时存在、相互依存的关系。而在23万字篇幅的小说中，这组关系更多地体现为"岸"对"河"的影响与控制，尤其是两者之间相互对抗的关系。苏童借这两者之间的关系来隐射权力、身份甚至生命的内涵。小说中的"河"变成弱势群体的象征，而"岸"代表着强权意志与绝对地位，对河流施加着影响，也控制着生活在"河"里（船上）的人及发生在他们身上的事。主流意识与权力，便这样消融在"岸"与"船"上人们的日常中。人物（船上）命运（上"岸"）好比历史"谜团"，越"追寻""挣扎"，越是缠绕得更紧、终究无法解开。因而，故事结尾，关于投河自尽的父亲库文轩究竟是不是烈士遗孤的"谜底"仍未揭晓。"连续几天，我都在金雀河里寻找父亲"，原文中类似这样的表达均象征着人物不确定的身份与未知的命运，父亲库文轩、儿子库东亮均是如此。虽然库东亮没有像他父亲那般被明令强制管控，但身份血统的犹疑与"父亲下去了，我还在船上"的现状，令他不得不像"空屁"一样，永远只能羡慕"能在河里自由穿梭的鱼"，只能遁入历史的虚无与不确定中[①]。

不遵循主流道德历史叙事的模式，刻意摆脱社会意识形态和宏大叙事的规范，《河岸》是苏童关注"边缘化"与"边缘人"的一次独特书写。在苏童看来，人的欲望是历史的主导因素，欲望驱动历史的发展，历史叙事最终成为欲望书写的历史，"欲望"不仅成为苏童创作的主要母题，更是占据苏童故事讲述的主要地位，如《河岸》所述。个人记忆与历史现实之间充斥着荒诞的人生体验，人类生活正式成为别处的风景，而人与强权的斗争也转变为记忆与遗忘的斗争。《河岸》中有很多关于父子关系的描绘，自库文轩身份成为问题以来，他们从在岸上生活被驱赶到船上漂流，无论在库文轩"得势"时还是"失势"后，于儿子而言，他一直扮演的"父权"的角色，象征着权威与力量。库文轩对儿子处处

---

① 苏童：《河岸》，人民文学出版社2009年版，第220—260页。

严加管教，甚至不惜现身说法，强行压抑儿子本能的"性"意识。父子间的冲突、抱怨和周遭环境（人与物）的造势导致在紧张、激烈的氛围中，父亲库文轩最终不得不自我阉割、投河自尽，"空屁"儿子库东亮更是前途未卜，不知所踪。故事结尾，傻子扁金找"我""秋后算账"，这一举动让人产生"恍然大悟"之感——代表着日常生活中最弱势、无力的"傻子"，竟成为贯穿"我"一生命运的"线索"，扁金的出场无疑极具讽刺意味。作品直至最后也并未对库东亮做出"处置"，但傻子扁金举出的"六号公告"的告示，宣告的正是库东亮被代表权力的"岸"强行限制自由、被迫接受监控的权力示威。至此，库东亮的结局已然"明朗"。苏童通过《河岸》中一条流放船在河上与岸上的故事的讲述，展现了库文轩、库东亮父子的荒诞一生，书写着特定历史时期人的生存境遇，表达着作家对权力影响下的欲望人生的深刻思考。

　　学者程文超在论述文化与欲望的关联时曾说："欲望叙述如同文化发展的链条，人们在讲述关于欲望的故事中，通过各种叙事策略与技巧的使用，意在凸显出欲望本身的张力，从而构筑出一套新的文化意义与社会秩序。因而，每个社会、每个时代都有当时的欲望表现。"[①] 文学史中欲望叙事受特定时代中社会文化与意识形态的影响，往往反映着一个时代文学的发生、发展过程，因而，文学中的欲望叙述与权力叙事之间从来都是密不可分的关系。受中国几千年来"官本位"思想的影响，传统的权力建构给人们的文化心理留下了深刻烙印，以往的文学叙事一般采用宏大叙事策略，将对主流意识形态的关注与人的生存境遇相结合，把人的生命意志消解在对权力叙事的迷恋中。当代文学中的历史叙事"独树一帜"，不同于传统的历史书写，在"反宏大叙事"的过程中，试图从权力与欲望建构的内部着力，发掘作为主体的"人"的反抗与颠覆潜能，并在对历史主体持续的探究与追问下，实现对主体精神的反映与超越。当代作家们以自己的文化自觉主动介入历史、发现历史并对历史予以重新阐释与解读，所有这些尝试与改变，都是值得肯定的叙事努力与写作实践。

[①] 程文超等：《欲望的重新叙述——20世纪中国的文学叙事与文艺精神》，广西师范大学出版社2005年版，第20页。

刘震云在《故乡天下黄花》中以人物间延续三代的恩怨情仇直接批判了人对权力的迷恋与追逐；余华在《鲜血梅花》中以对传统史书一类的"戏仿"叙事，将历史寄寓于人类宿命的生命哲学中；一向以思想深刻性见长的格非在《敌人》里将历史嵌入传统文化心理结构，从一个国家与民族的压缩版——家族的兴衰史中，揭示族群、种族文化与心理对人与人性的影响与控制……同余华、格非这些当代作家的写作主旨一致，苏童无意对历史作"宏大"且"公共价值"式的叙述，他将目光与笔触聚焦于平凡卑微的小人物身上——《一九三四年的逃亡》可视作苏童权欲叙事中的具有代表意义的一个作品。作者在《一九三四年的逃亡》中将权力、历史幻化成叙事氛围与背景的营造者，既是枫杨树老家的"黑砖楼"，又是"沉默的象征"和"一块布景"，同时也是"诱发我的瑰丽的想象力"的来源①。在凝聚着历史的想象中，祖母蒋氏这个原本瘦弱的女长工被塑造成家族的"顶梁柱"，在1934年这个饥饿与瘟疫的灾荒年，成了双腿终日浸泡在水田里的孕妇。蒋氏不仅要独自在田埂的干草垛中分娩，还要忍痛面对五个儿女三天之内一个个夭折的残忍现实。象征着柔弱、无力的女性，在小说中被异化为"神"一般的存在，不仅拥有着强劲的生育能力，还有着坚韧的生命力与执着的生存意志。祖母蒋氏的"生"与"命"也是维系家族血脉的传承的重要因素。小说中这种对女性重要性的刻意"凸显"、对祖父陈宝年的"失声"与其家族地位的刻意弱化，其实也是对传统夫妻关系的颠覆。为维护权力的平衡，家族中的男性被占据主导的女性力量所影响。祖父陈宝年在作品中成为欲望的化身，贪恋永不满足的欲望，他在生活中无所谓是非、善恶与美丑之分，更谈不上对家族、家庭与家人的责任与担当，是道德沦丧的象征。陈宝年刚结婚一个礼拜就去往城里，自此，弃祖母与子孙于不顾。陈宝年在城里混得风生水起，且小有财产，却成日流连于花街柳巷，无视祖母的灾祸与苦难。代表权力既得者的男性对家庭地位的无视与主动放弃，也可视作苏童对传统意义上的权力结构的嘲讽与改写。

《一九三四年的逃亡》对"我"的祖父陈宝年、祖母蒋氏的角色进行了颠覆性的塑造。代表反叛力量的祖母蒋氏成为苦难中唯一的精神寄托，

---

① 苏童：《苏童文集》，江苏文艺出版社1993年版，第26页。

而象征欲望的祖父陈宝年则最终遭人算计,死于非命。在这个充满想象与荒诞的历史叙事中,失望、忧伤乃至怨恨的血缘情感贯穿始终。苏童以多元的叙事视角与代表阴郁、深沉的蓝色色彩意象的运用,营造出凄美、感伤的故事氛围。在此基础上,苏童突破传统历史小说单一的线性叙事方式,叙事者在时空中自由穿梭,让祖母蒋氏成为与传统秩序和男性权威抗衡的强大反抗力量。苏童以现代性手法和意识重新审视历史,在"过去"与"现在"之间展开对话,并试图颠覆传统、重组历史。这种不断转换叙事视角、故意疏忽故事完整性讲述的小说创作方式,不仅深入剖析了复杂的人性、展现了沉重的精神内涵,而且使得叙事哲理远超越叙事本身,给人以深刻、震撼的体验。

将历史作为叙事元素来讲述故事,在苏童早期的《桑园留念》《罂粟之家》等"枫杨树故乡"系列小说中比较常见,历史并非旨在还原往昔岁月的客观真实,而是借来传达作者对个体卑微、人性脆弱与文化缺失的深刻感悟。

《武则天》(又名《紫檀木球》)代表另一类讲述权欲的历史小说。小说深刻地展现了权欲对人性迷失与异化的极致影响。主人公媚娘为博取"天子的恩宠",竟然以"铁鞭、铁锤与短剑"残酷驯马,以极端手段无情伤害他人。揭示了生存竞争的惨烈现实。一代女皇武则天在男性世界中,为满足自己对权力的欲望,用心计狡黠地对抗和斗争,同时也对命运的无奈与不甘发出强烈的反抗。苏童在叙述过程中延续了一贯的细腻严谨风格,运用绵密针脚式的手法,精心描绘了人物心理的变化。然而,受限于历史框架,苏童本人对这次"命题作文"式的创作并不满意,认为是一次失败的尝试。评论界对这部作品也反响平平。有批评家指出:"这回苏童似乎失了准头。就像书中武则天所震慑、压抑、诛杀的无数男性一样,我们的男作家也臣服在女皇的天威之下,无从捉摸她的风采与残酷。"[①]

人类深受欲望的驱使,周围环境则悄然无声地诱发着欲望。罪恶与恶行在人们之间毫无顾忌地蔓延,暴力与权力几乎渗透于日常生活的每一个角落。只要有人的地方,就有权力的争夺与占据,也会有对权力的

---

① 王德威:《南方的堕落与诱惑》,花城出版社2014年版,第163页。

反抗，进而引发暴力行为。如汉娜·阿伦特所言："权力的终极就是暴力"①，在《武则天》中，女皇武则天对权力的渴求建立在无数残忍行径之上。而在《我的帝王生涯》里，燮国的灾难无处不在，端白在位时发出的"杀"字，已成为他习以为常的声音。小说中写端白对施加"过于残酷无情"的极刑产生的是"好奇"，而"王冕之战"则是建立在无数"血肉横飞"的牺牲之上，那些在权位的你争我夺中无辜牺牲的生命"堵塞了池河的河道，形成无数活动的浮桥"②。历史进程与人类社会发展在"权力"与"人生"这对矛盾与悖论的关系中不断向前。

同时，苏童以存在主义的视角，深入探讨人与人性、人类生活与权欲之间的关系。他通过描绘人们对权力欲望的痴迷与追求、通过对身体暴力的展现和揭示，发掘出隐藏在人类世界角落的阴暗面和复杂性。在此基础上，苏童发现了人性的无尽可能性。在这样的剖析和发现中，苏童从文学角度实现了对自我多维度的审视。"尽管我们可能是权力关系产生作用的结果，我们并不是任由权力塑造和摆布的无助对象，而是被政府的权力和规范性实践建构为主体的人，我们可以选择回应或抵制这些实践。"③ 在《十九间房》中，春麦展现出的无可救药的"懦弱与屈从"，极端地暴露了人性的脆弱和恶劣。面对土匪金豹对妻子六娥的恶行，春麦的第一反应并非捍卫家人，而是继续服从，为施暴者服务。经过一番思考，他竟然举刀砍向早已伤痕累累的妻子。在这个故事中，恶行并未得到应有的惩罚，普通人"人不犯我我不犯人"的生存法则也失效了。更令人讽刺的是，"人若犯我我必犯人"的处世哲学在春麦身上成了笑柄。他敢于举刀伤害的，只有弱小的孩子（如亲生儿子书来）、手无缚鸡之力的妇人（如被土匪强占的妻子六娥）和丧夫的嫂子。在春麦的潜意识里，他对强者退缩，对家人却蛮横无理。这一连串的行为不禁让人产生疑惑：人性本恶与性本弱的真相，是否只是作家刻意营造的"历史假象"？通过这种极端人性的揭示与剖析，苏童将"真相"和"本质"描

---

① ［德］汉娜·阿伦特：《关于暴力的思考》，高宏等译，中央编译出版社2000年版，第24页。
② 苏童：《我的帝王生涯》，作家出版社2009年版，第104页。
③ ［澳］J. 丹纳赫、T. 斯奇拉托、J. 韦伯：《理解福柯》，刘瑾译，百花文艺出版社2002年版，第146页。

绘得淋漓尽致。生存与暴力、人的本能与欲望,成为他笔下历史叙事的起点,也构成了苏童"勾兑"的历史的基本元素。暴力成为历史叙事的驱动力,推动着历史向前发展。

从拉康的欲望理论视角出发,我们可以看到,"欲望主体"即欲求者"自我"已不再是通过理性掌握世界的统一自足体,反而深陷于文化之中,成为被文化所构造和颠覆的分裂欠缺的主体。换言之,自我的建构离不开他者或社会环境的影响。因此,考察自我与他者的关系以及社会环境对自我建构的影响,显得尤为重要。苏童作品中关于"自我""个体"与"他者"的互动以及三者与环境的关系,可以见出他对"自我"的审视。原本理性的建构在苏童笔下演变成了人与欲望、文化之间的无法调和的矛盾与冲突,人物的生存困境成为致使人们走向自我伤害或毁灭的结局的重要因素。

"反抗是另一面,是权力关系不可消除的对立面。"[①] 反抗与权力本身相依相存,苏童作品中对"反抗"的诠释有着自己独到的理解,正如他所塑造的形形色色的反抗角色:自杀、作茧自缚的男性,轻贱、自我否定的女性,被阉割的父亲,投河自尽的少女,幽禁的少年……不同的人物形象,共同的人生悲剧。《城北地带》中得知父子与同一个女性的"骈头"关系后的父亲沈庭方直接剪掉了让自己恨透了的"腹部以下";《刺青时代》里王德基家的阁楼成了"孬种"小拐的另一半青春的"幽居"地;《舒家兄弟》中受尽父亲极端的抑制与暴力的舒农,以一把火"毁了"那个充满罪孽的"家",也让自己走向了"毁灭";《河岸》中身份地位"失势"的父亲库文轩对自己身体进行了"去势"处理,当库文轩作为革命烈士后代的权力与尊严都被剥夺,当苛刻的规训与严厉惩罚在库文轩身上烙上深深的印记,库文轩经历了从最初的愤怒到奋起抗争到后来无奈的妥协与容忍,最终选择自残的方式作为控诉手段……故事最后,库文轩心心念念的"身份"以他抱着纪念碑投河的方式"同归于尽",这可视作代表河与船的弱势群体对以岸为权力规训的强权与身份规约的反抗与抵制。

---

① [法]米歇尔·福柯:《性意识史》(第一卷),尚恒译,上海远东出版社2002年版,第347页。

《城北地带》中有关反抗与权欲关系的刻画则更详尽：李修业的死可理解成妻子滕凤在经受李修业一次次虐待与暴打后对他的诅咒；沈庭方、沈叙德父子与金兰之间错综复杂的情感纠葛，反而让作为妻子和母亲的素梅遭受了家人的误解、猜忌与不满；王德基，一个因妻子早逝而独自抚养儿女的中年男子，他的残疾儿子小拐和渴望摆脱命运的女儿锦红，成为街坊邻居闲言碎语的焦点，锦红在一次约会后回家，却因家人的冷漠而不得不在外过夜，却不幸遭遇意外身亡；美琪曾遭受邻家少年的侵犯，其母亲郑月清不仅未能给予及时安慰，反而对女儿横加指责，加剧了美琪的心理创伤——不可回忆的过往、无以复加的痛苦、不堪忍受的羞辱……母亲郑月清冷酷无情的举动，成为逼迫美琪走向绝路的帮凶，美琪最终在痛苦与绝望中离开了人世。

深入人心的阶层和等级观念，对历史的"边缘化"的解读，揭示的是传统历史叙事中温情脉脉的"假象"。在苏童的作品中，历史真相远比那些掩盖在道德、伦理、善意和温情表象之下的真相更为重要。苏童通过描绘人类真实的生活体验，揭示人的真实面目，探索真实的人性，从而还原历史"真实"和现实人类生活状况。苏童的写作，揭示了欲望世界的荒诞性和"虚无"的生存状态，进而展现了生命意识建构的"自我"主体。

第三节　童年经验与"少年血"记忆

童年是每个人都难以绕离的人生阶段，于诗人与作家而言，其童年经验与少年记忆不仅在他们心中留下了深刻的心理烙印，更是他们取之不尽、用之不竭的创作源泉。可以说，一个作家的写作终归都要回到自己的童年。这笔宝贵的创作财富，转化成作家们对社会文化与人类生活所做的"诗意"注解。出生于 20 世纪 60 年代的苏童，以童年视角回望年少的经历，并在颇具传统审美格调的语言质地中，融入诗情画意的艺术风格，书写他对那个特殊年代的记忆以及对那段历史的深刻反思。

在苏童长达四十年的创作生涯中，无论是"香椿树街"系列作品，还是虚构的"枫杨树故乡"系列小说，乃至"新历史小说"和"新写实"等类型的作品，大多体现了他童年或少年的创作视角。笔者在研究过程中发现，苏童小说中丰富多样的少年叙事视角策略主要可分为两种类型：其一，将少年或孩子作为第三人称的叙事者；其二，通过"我"与故事的不同关系来展开叙事，让身为少年或孩子的"我"直接参与故事，成为旁观者与见证人，既作为叙事者，又融入故事之中。而在第二种类型中，"我"仅作为自由讲述故事的"叙事者"，故事本身与"我"并无直接关系，"我"既不是故事的参与者，也不是旁观者与见证者。

　　童年经历在苏童的创作中占据了重要地位，尤其是那些孤独、忧郁的少年形象，成了他笔下的主要角色。在苏童的作品中，他经常表达出对童年生活的感慨，描绘出孤独、艰辛、贫穷甚至略显阴郁的情感世界。"我从不敢夸耀童年的幸福，事实上我的童年有点孤独，有点心事重重。"[①] 这些潜藏的"心事"在与昔日邻居朋友的闲聊中，化作"轻轻拂过记忆"的往事回忆，构成了苏童笔下生动鲜活的"南方少年故事"。

　　"暴力记忆"在苏童的童年叙事中占据着核心地位。苏童回想起自己青少年时期的生活场景，"一条狭窄的南方老街，一群处于青春发育期的少年，不安定的情感因素，突然降临于黑暗街头的血腥气息，一些在潮湿的空气中发芽溃烂的年轻生命，一些徘徊在青石板路上的扭曲的灵魂"[②]。这些记忆深刻的画面，不经意间融入了他的创作之中，成为他源源不断的灵感来源和写作素材。尽管他对那个充满潮湿、阴暗以及邻居们争吵声的童年生活环境心生厌恶，但这并未影响到他长期关注和回味这段经历。

　　童年时期，苏童目睹了"姐姐"们躲在门后哭泣的悲伤景象。因此，他的创作以童年视角为主，描绘了许多命运多舛、充满无奈和绝望的女性角色。她们在生活中饱受无助和恐惧的困扰，成为社会和家庭的牺牲品。在苏童的作品中，这些女性无一幸免地躲在暗处，默默承受着世间的苦难与悲痛。"童年是人一生中最重要的发展阶段，这不仅仅是因为人的知识积累中有很大一部分来自童年，更因为童年经验是一个人心理发展中不可逾越的开端，对一个人的个性、气质、思维方式等的形成和发

---

① 苏童：《河流的秘密》，作家出版社2009年版，第76页。
② 苏童：《苏童散文》，浙江文艺出版社2000年版，第246页。

展起着决定性作用。"① 在对苏童创作的近 300 篇作品进行粗略分析后，笔者发现，以童年经验为叙事角度的小说占比超过一半。因此，研究苏童时，选择从他的童年生活实际和所处社会大环境这两个背景出发，通过挖掘作品字里行间隐藏的作家童年经验和少年记忆的"影子"，对作品主题以及作者的创作主旨和风格特征进行深入阐述，显得必要且至关重要。

从 1963 年至 1979 年，苏童的童年岁月正值中国历史中的"文化大革命"时期。但对当时的苏童而言，这个时代充满了"地狱"与"天堂"的混合气息。与苏童同龄的评论家张清华回忆道，这个时代代表着"破败、荒凉、空旷、沉寂，弥漫着死亡般的寂静与狂欢般的喧嚣"，它既如"紧箍咒般沉重却又似真空般虚无和自由"，因涌现出无数"政治神话"和"红色故事"成为"最亲近大自然的时代——孩子们的天堂"。张清华还特别指出，在这个特殊年代，机会主义与各种复杂力量的"你来我往"，整个时代不失时机地充塞了各种新奇变幻的巨型红色幻想，掺杂了愚忠和狂妄的自由主义倾向②。

独特的时代特质，蕴含着丰富的欲望，展现出难以抗拒的诱惑。童年时期的纯真表现本应充满迷茫、懵懂和冲动，然而这些特质却在当时社会中被赋予了更多的复杂含义。在人们清澈无瑕、诚挚渴望的眼神中，这些特质逐渐演变成了一种矛盾的结合体。在欲望的诱惑与压迫下，人物总是陷入慌乱与无措状态。人性中的暴力本能往往在不断征服、追逐与满足的过程中，使人不知不觉陷入片面生存的"牢笼"。与此同时，美好与温柔的事物皆被视为"杂质"。《稻草人》中的玩笑式暴力、《古巴刀》里罕见的砍人奇观、《犯罪现场》中对人畜的施暴、《那种人》中的冷暴力以及《私宴》中真实反映的"丑陋人性"，都成了当时生活片段的缩影和生命状态的真实写照。在现实主义文学盛行的背景下，苏童特别呈现了人物在现实中的精神状态和真实体验。在他的小说世界里，人生充满了无数的不确定性，猝不及防的"意外"和"偶然"总是降临在人的现实生活中。值得注意的是，苏童并未试图通过作品向读者灌输特定

---

① 童庆炳、程正民主编：《文艺心理学教程》，高等教育出版社 2001 年版，第 92 页。
② 张清华：《天堂的哀歌》，山东文艺出版社 2005 年版，第 16 页。

的人生真理，也没有直接阐述通向真理的途径。相反，苏童致力于揭示生活的本貌，以客观、全面的写作展现人类生命的真实状态，这正是他始终秉持的创作目标之一。笔者以为，苏童的独特之处不仅体现在他对少年时期自由、尊严以及自我价值的维护与认可，还表现在他作品中的少年角色对成人世界的挑战与颠覆。

在苏童的小说《游泳池》中，主人公达生专注于展示自己优美的泳姿，全然不顾秩序、环境的要求，甚至做出危及他人生命安全的举动。带着愤怒与绝望的情绪，达生冷笑着突然用力，导致游泳池管理员溺水身亡。外部世界的狂妄与不安，孩子内心的躁动与幻想，使整个香椿树街成为少年们任意挥霍无知、冲动与荒谬的"游乐园"。在这里，打架斗殴是常态，强奸乱伦的丑闻时有发生，打击报复更是这群"小恶魔们"心灵的主导。无论何时何地，都充满着暴力的"祸端"，人人都有可能成为受害者，甚至深夜和梦境也都弥漫着惊恐的气息。在苏童的刻画下，这是一个充满狂躁色彩的时代记忆，孩子们对这个时代和世界的认知体验，充满了裹挟着欲望的冲动、孤独和荫翳。逻辑力与是非判断力的缺失让直觉和本能成了孩子们言行的重要依据。与其他多数文学作品中为孩子描绘出的充满天真、稚嫩、好奇且纯洁的"明快色调"相比，苏童笔下的少年和孩童更多地展现出了"冲动与欲望迸发"的特点。他们的世界充满了孤单、荫翳和身心受挫的"灰冷色"。在苏童的文学世界里，青春的"天堂"往往充满着"阴暗晦涩"，而孩子们的成长之路则总表现为"未完待续"的状态。

苏童的童年记忆中，充满了对人情世故的诸多不解，这些记忆构成了他的"童年迷宫"。在苏童的作品中，孤独和怪异的少年形象频繁出现：《沿铁路行走一公里》中的剑，他在人群中显得孤独不合群；《西窗》里的红朵，总是漠然地坐在别人家的窗前；《来自草原》的男主角布和，他的言行举止与众不同，身上总是环绕着奇闻逸事；《我的棉花我的家园》中的书来，对人生充满了疑问，时常感到眩晕和恐惧，永远活在别人的世界，又总是在逃离状态中；《河岸》里的库东亮，选择河与船作为归宿，一生漂泊孤苦；《黄雀记》中的保润，沉闷而阴郁；还有《城北地带》里的一群少年，他们以暴力为乐……这些形象共同构成了苏童笔下少年的真实"底色"。

或是源于苏童幼时独自在家煎药、喝药的特殊经历，苏童的作品中，医生角色频繁出现，他们的言行举止神秘诡异，且结局往往悲凉。在苏童的小说《小莫》中，主人公小莫从小行为荒唐，从未有过令人称道的表现。故事的主线围绕小莫治病求医的过程展开，结尾部分则因骗子儿子假冒父亲医生行骗而导致命案发生，整部作品呈现出一种荒诞的医患关系；《犯罪现场》中的小孩启东因被莫医生无意间锁在家中，竟将偷来的针头用于家禽和小孩，造成无法挽回的悲剧；在《木壳收音机》中，莫医生对不听劝诫的孩子母亲生出怨气，出乎意料的是，一个十岁的孩子无意间说出的"你才会死"，竟一语成谶，莫医生随后离奇死去；在《黄雀记》中，井庭医院的医生们面对病患困境表现出的无力与消极应对、院长乔某以金钱地位来区分患者等荒唐举动，让人唏嘘不已。苏童的细腻笔触和独特视角，在这些描述中得以显现。

在年少时期的生活体验和阅读积累的基础上，苏童在大学阶段广泛涉猎西方现代小说，并进行创作实践。他深受西方文学，特别是美国作家塞林格的影响，这也激发他连续创作了《午后故事》《乘滑轮车远去》《井中男孩》等近十部短篇小说。苏童曾表达过，这些作品中的叙事视角、艺术形式以及关于少年成长困惑的描绘，都深受塞林格启发。尽管这些小说存在生涩与稚嫩之处，但苏童对这组作品充满独特的情结。他曾说："这组小说以一个少年视角观望和参与生活，背景是我从小长大的苏州城北的一条老街。小说中的情绪随意而略显童稚化，但它们对于我却异常重要。"[①] 在塞林格的影响下，苏童以少年视角创作了《桑园留念》这部他十分珍视的作品。尽管学界对此系列作品关注有限，但在苏童心中，这是他回望故乡、追忆青春的重要一步。大约三十年后，苏童以愈发沉稳、老练的叙事，又推出了另一部描述香椿树街少年生命历程的"成长史"《黄雀记》——一个由"欲"及"狱"的欲望故事。有评论认为，《黄雀记》将"青春的躁动，欲望的骚动，时代的惶惑和人性的黑洞缠绕在一起"[②]，小说中所展现的少年印记，呈现出另一番别开生面的景象。

[①] 苏童：《寻找灯绳》，江苏文艺出版社1995年版，第116页。
[②] 谢有顺、陈劲松：《论苏童〈黄雀记〉》，《小说评论》2016年第3期。

《黄雀记》中的女主角仙女一次又一次地逃避成长过程中的困扰，实则陷入了更深的困境，为满足欲望而付出更为沉重的代价。仙女原本是个遭受欺凌的未成年少女，因翡翠手镯的诱惑，不惜陷害保润，使他历经十年牢狱之灾。此后，仙女为了逃脱养育她的井亭医院，选择离开。为满足物质和金钱欲望，她不惜出卖灵魂，成为暴发户的"公关小姐"，重回曾发誓不再踏入的井亭医院。十年后，受生存本能和强烈物欲的驱使，她甚至不惜出卖色相，在霓虹灯下（如酒吧、歌厅）谋生，出卖肉体只求攀附"台商"。然而，她意外怀孕，迫使她再次回到井亭医院。最后，仙女成为杀人凶手的代名词，被迫产下"怒婴"后，又一次重返井亭医院。小说以仙女将孩子托付给精神病人祖父后消失无踪为结局。

《黄雀记》中仙女与井亭医院之间错综复杂的关联，仙女屡次逃离又重返井亭医院的经历，宛如一个欲望驱动的循环，其中充满了错误、纠正错误与最终陷入困境的无奈。仿佛仙女的每次成长，都伴随着罪孽的累积。面对是否诞下腹中胎儿，仙女迟疑不决，一次又一次地走向手术台，又逃离医院。最后，她生下了被世人视为"耻婴"的红脸婴儿。这个"耻婴"的诞生，象征着仙女错误与欲望的延续。红脸婴儿身上不时显露的"胎记"，不仅是生理上的悲怆哭诉，更是暴躁与绝望欲念的代际传承，这份深深刻印在身心上的痕迹，无法抹去，也无法治愈。此外，小说中关于庞太太与《圣经》的描绘，展现了仙女生下"怒婴"后重回水塔的场景。仙女原以为，回到罪恶的起点，有金身"菩萨"的庇佑，便能洗净罪孽，虔诚赎罪，但她最终仍选择了逃离"井亭医院"和水塔。这一情节展示了作者在探寻悲剧结局的补救之策，为角色的罪孽寻求救赎途径。然而，在欲望的诱惑与驱使下，即便仙女曾虔诚地怀恋过去，但其仍无法抗拒诱惑，终究选择离开。无论作者如何深情地描绘悲伤氛围，巧妙地勾勒救赎之路，都无法抵挡欲望的强大吞噬力量。

"欲望在本质上是人的一种非理性的存在，它在策动人类在为满足自身而不断进取的同时，又常常不自觉引发人类走向破坏、反抗与毁灭的道路。"[①]《黄雀记》中仙女最终的结局似乎成了一个谜，作者并没给出明确答案。然而，结合上下文，我们有理由相信，读者对这个"谜底"

[①] 洪治纲、凤群：《欲望的舞蹈——晚生代作家之论三》，《文艺评论》1996 年第 12 期。

其实早已了然于胸。而小说中另一重要角色柳生也因仙女一句无心之语，最终被保润杀死。"螳螂捕蝉，黄雀在后"的典故在小说中反复出现，引人深思。究竟是谁成了这场博弈中的"螳螂"和"黄雀"？是阴郁的少年保润、自以为聪明的柳生，还是看似超脱实则空白的仙女？而谁又是这个罪魁祸首的"蝉"呢？《黄雀记》这部作品的故事内涵远超冤冤相报的简单总结，人物命运时刻受制于暴力和冲动编织的欲望之网，每当其挣扎欲逃离这张网时，却发现越陷越深，身体痛苦加剧，无处可逃，只能随网收紧，不断下坠。或许一时侥幸，得以苟延残喘，但终究难逃一死。可见，《黄雀记》中关于欲望的描绘可谓独具匠心，"由欲而狱"的书写手法既揭示了现实和精神层面的困境，同时，也映射出时代和个体在巨大转型期所面临的窘境。在物欲横流的社会背景下，人们难以满足无尽的欲望，生命如草芥般脆弱。无论个体如何挣扎，皆难以摆脱悲剧命运的束缚，仿佛一切皆被欲望操控。因此，《黄雀记》中人物的命运无疑是对这个时代个人宿命的深刻反映。保润、仙女和柳生这三位角色构成了一组独特的"食物链"，他们之间的关系紧张，冲突激烈，氛围压抑密闭。这组"食物链"中的"食"象征着"欲"，而"杀""仇恨""报复"和"死"等词语则代表了各种立场，这些角色最终都陷入了无尽的欲望循环之中，无法自拔。欲望与欲望的满足作为人类维持生命的最基本模式，自然是无穷无尽的。当欲望未能得到满足，人们会感到一种难以自觉的痛苦；而当欲望得到满足，又会产生空虚与无聊的感觉，迫不及待地等待下一个欲望的到来。这种无限生成的感性状态使人总是处于痛苦与满足交替出现的循环过程中。的确，这是一个由"欲"而"狱"、无限循环的故事。

童年记忆中的"回忆"，并非仅限于人们心中模糊或深刻的儿时记忆，它还可被视为一种刻意的"遗忘"，甚至成为作家们虚构叙事的重要技巧。与苏童在"回忆"中呈现的老城旧景类似，"香椿树街"的街景弥漫着种种恶劣气息，如"龌龊、阴暗、邪恶、低沉、压抑、怪异、死灰、丑陋"等。在作者基于童年经验的超验想象中，一个个寓言与隐喻塑造出一幅幅富有画面感的"意象"艺术。在这幅艺术画卷中，"暴力"成为街角少年们释放欲望与本能冲动的主要方式，他们为追求欲望满足而表现出近乎狂热的本能冲动，也揭示了满足"欲望实现"本身的荒诞性。

在《碧奴》中，人物通过身体各部位独特的"哭泣"和"泪水"来抵制暴力；《黄雀记》里的"红脸婴儿"以各种姿态不停地"哭泣"；《刺青时代》中的小拐因其"孬种"绰号和寓意深刻的"刺青"而引人注目；在《河岸》中，工作组引发的"胎记热"现象颇受关注；而《城北地带》里的达生则以"孤胆英雄"的悲壮豪情令人感慨。这些作品中令人"触目惊心"的"流血"场面，均展现了生命力的冲动与绽放、暴力斗争的角力。然而，少女们无可奈何地面临着"花落去"的感伤情境和凄美命运，让人深感惋惜。

"苏童之所以会成为一个作家，我以为迄今为止最大的驱动力来源于他的童年，来源于他那相当于'香椿树街'的、充满欢乐和感伤的童年生活阅历。"① 在评论家张清华看来，苏童正是以童年视角的运用，在一种近乎痴迷和愚执的独特叙事中，复活了整个"60年代人"特有的记忆。面对整条湿漉漉的街道，"60年代人"或许都如苏童般曾经历过父母的争吵、无尽的辩论和不停的唠叨，或是目睹过姐姐们在门后静静流泪的情景；或是曾经历过九岁时的一场生死较量；或是体会过休学在家的孤独、沉闷与恐惧。在这些难以忘怀的记忆中，困惑、不满和对世界的无知汇聚成了愤怒与抱怨，随着作家个人生活经验的积累和人生阅历的丰富，这些情感逐渐融入其内心，成为其作品中回望生命最初状态的素材，也是苏童"精神自传"的缩影和投射。正因为立足于童年经历进行创作，苏童小说世界中的人物总是心事重重，反映出童年苏童的忧郁气质，而苏童作品中的环境和场景，甚至那些日常中被人们忽视的草木虫鱼，都弥漫着暗淡和阴郁的气息，这些元素共同构成了苏童作品的特点。

当然，这类作品中除了暴力与死亡之外，还弥漫着一股淡淡的忧郁与怅然气息，呈现出苏童式的古典、凄美风格。这正是苏童在"少年血"记忆中独特的审美注解以及他一贯追求的美学理想。在《河岸》《桑园留念》和《舒家兄弟》等类似作品中，苏童运用少年记忆作为叙事技巧，以"童年经验"书写"文化大革命"故事：他描绘了在动荡不安的年代里，少年血液流淌过的痕迹，充满了浓厚的文学意味；在"文化大革命"这一独特背景下，他生动地描绘了成长的痛苦、暴力和压抑；他记录下

---

① 张清华：《天堂的哀歌》，山东文艺出版社2005年版，第17页。

记忆中的苦涩预言、深沉叹息以及那神秘的"黑洞"。苏童的写作揭示了特殊时代对儿童心灵造成的创伤印记,阐述了政治遮蔽下的审美化暴力叙事在文学创作中的表现。尤其在《河岸》中,苏童以少年的回忆结构历史,描绘象征权威的"岸",呈现出晦涩、苦闷与压抑的景象。他对"父"与"子"、"河"与"岸"、历史与现实等一组组对立关系进行的深入探讨,生动地揭示了暴力如何侵蚀权力、欲望如何实现"颠覆一切、摧毁人心"的目标等欲望真相。此外,苏童还在《河岸》中戏谑式地呈现了"胎记热""青春"与"伦理亲情"等细腻情感……所有这些无一不是他以悲悯之笔书写"文化大革命"记忆的独特方式。

"童年的诗篇来自作家们饱经沧桑的喉咙"[①],苏童以记忆对抗遗忘、以对童年的悲悯书写淡化意识形态对写作的影响,这既是作家在文学世界中对抗权力欲望的叙事策略,也可理解为作家通过文学创作来为历史提供注解。因而,我们也应关注其可持续性和发展空间:这一"策略"究竟前景如何?如何检验其"实效"?是否能让读者产生强烈的共鸣、引起足够警醒?并能在这种认同与理解之后不断自省、鞭策自身?这实乃苏童与当代作家亟须面对的"写作"现实。

第四节 "傻子"与逃离者的书写

"傻子"因其异于常人的病体与异质性特征,在传统文学观念中一直被作为文化传承中"病变"或"畸形"的元素进行阐述,或赋予其历史"寓言"之义,隐射当今社会文化。中国文化素有"大智若愚"的传统,相较于世俗庸众对"傻子"的躯体缺陷、语言与思维混乱等非正常表征的放大与异样眼光投射,文学史中关于"傻子"的书写往往表现出悲悯情感与独特的敬意。当代文学中也塑造了许多鲜活灵动、形象各异的"傻子""傻瓜"等异类形象,诸如莫言的《透明的红萝卜》中的黑孩,韩少功《爸爸爸》中的丙崽,王安忆《小鲍庄》中的捞渣,还有阿来笔下的"二少爷",余华《我没有自己的名字》中的"傻子"……这些异

---

① [美]洛兰·格伦农等编:《20世纪人类全纪录》,余吉孝等译,中国友谊出版社2008年版,第84页。

于常人的角色与"异质性"形象,给读者留下了深刻的印象。

"我的文学记忆中,捞渣、黑孩、丙崽、土司的儿子、狗屎苔这些人物形象鲜明,意义模糊。在'鲜明'与'模糊'这二者的反差间,反而构成了一组意味深长的对比。一方面,由于这些人物举止异常,相貌怪诞,让人过目不忘;另一方面,人们也不难发现,这些人物的形象意义总是涵盖了多种含混而模糊的观念。"① 苏童的作品中对这类举止异常的"傻子"形象赋予独特的美学意义,《河岸》中的"扁金"、《罂粟之家》里的"演义"、《南方的堕落》中的"金文恺"、《黄雀记》里的"祖父"、《飞越我的枫杨树故乡》里的"幺叔"……解读这些人物形象,阐释诸如"祖父"这类富有深刻内涵的文学符号,进而深入理解作品的主题与作家的创作思想及审美品质,探讨文学想象书写中关于欲望、人性与社会之间的内在关联,是研究苏童小说的欲望叙事、了解苏童的重要角度之一。

经典文学中关于"傻子""疯子"和"精神病"等人物的塑造基本充满了"志人志怪"与"人神交织"的神秘和荒诞色彩。比如在先锋文学中,"傻子"通常被视为"实验性"角色。从叙事策略和审美需求出发,这类角色往往被赋予寓言性内涵:一方面,作家根据其观念中的人物形象"类型"进行模仿处理;另一方面,为了叙事需要,将这些人物作为一种叙事的符号,为整个叙事文本服务。关于苏童小说中的"傻子"形象与逃亡者书写的论述,笔者先做两点说明:一是关于"傻子"形象的界定,笔者以为,苏童小说世界中的"傻子"可理解为包括"傻子""逃亡者""疯子"等言行举止异于常人在内的角色统称;二是鉴于苏童小说中这类人物形象的丰富性与"傻子"视角的叙事策略选择的独特性,本节主要将"傻子"形象与"逃亡"主题结合在一起进行综合论述。

"从叙事上说,傻子的眼光通常具备一定的可信度,更重要的是,由于智力低下,傻子可以轻松地解除常人的防范的心理,使得各种幽暗的人性得以随意地表演,这也使他拥有某种独特的合法性视角。"② 因而,"傻子"往往成为社会和人性的见证者,也是苏童作品中窥视人性与社会

---

① 南帆:《论当代小说中的"傻瓜"形象》,《中国现代文学研究丛刊》2014 年第 8 期。
② 洪治纲:《有关傻子形象的"傻想"》,《文艺争鸣》2015 年第 7 期。

的一个有利视角。苏童的短篇小说《三盏灯》以"傻子"扁金为叙事视角，描绘了战争背景下，扁金从拒绝逃离到主动选择逃离的心理变化过程，展现了一段关于社会、人性与命运的故事。"异类""异举"与"异化"是这部作品的三个关键词，"异类"主要指小说主角"傻子"扁金；"异举"关乎"逃亡"的动作和行为选择，因战争所致，人们被迫逃离以避灾祸，而在人与人之间的"无硝烟"战场上，主人公主动选择远离和逃离；"异化"则指人性在欲望和历史推动下的扭曲。在苏童的叙述中，当战争犹如火球滚动至村庄，村民们纷纷逃离家乡。然而，"傻子"扁金成为唯一的留守者。苏童通过对"异类"的"异举"的描绘，实则讲述了一个"拒绝"逃离的故事。扁金拒绝逃离的原因是要寻找他的鸭子，战争来临后，他对小女孩小碗的保护，源于他内心对"善良"与"美好"的坚守。战争结束后，村民们回到村庄，扁金却选择远离，带领鸭子离去。小说独特之处在于，它不仅强调了战争等重大事件（如天灾人祸）对人类生活的严重影响，更精彩的是通过"傻子"视角展现了人物的"众生相"：一方面，扁金前后截然不同的"逃亡"姿态，凸显了村民及其人性中的冷漠与自私；另一方面，"异类"与"异举"在困境面前的坚韧，愈发显得凄惨与悲壮。小碗的离世、三盏灯熄灭后恢复的黑暗，形成强烈反差。在一切恢复平静之后，扁金的最终离去，看似"异举"，实则为失望的决绝之举。他想要逃离冷漠、晦暗的雀庄，寻找一条"点有三盏灯"的渔船，远离被欲望吞噬的人性与生活。扁金的逃离，象征着人性中善良与美好的消逝，讽刺了现实生活的残酷与人性的虚伪。

  在小说《南方的堕落》中，孤独内向的"精神病患者"金文恺被视为"我"心目中的"时代哲人"。他最后发出的那句"小孩，快跑！"的警示，让"我"心生恐慌，却又不由自主地加速逃离。在这段描述中，"我"同样成了他人眼中的异类。作为叙事者，"我"见证了金文恺主动摒弃家族传统与社会束缚，试图凭借一己之力打破沉闷、压抑的生活，寻求心灵的解脱与救赎。然而，金文恺最终患病离世，家产也被他人掌控，他所谓的"自我救赎"变得遥不可及，这恰恰是人类最大的恐惧与悲哀。《犯罪现场》里"爱撒谎"的启东，拿着治病救人的医疗用具，表演的却是残害生灵的"游戏"，知情后的莫医生由古道热肠的好心人，也被逼成了"异类"，对男孩启东实施了"疯狂"举动，致其耳朵失聪，而莫医生自己最终死得让人"不忍心谈论"。在一场场荒诞闹剧的叙述中，环境对人的异化，人与人之间以"恶"相向，成为人们默认的"日常"。

综合来看，苏童小说中的"傻子"视角主要分为三种类型：一是"傻子"作为全知型叙事视角，构架故事；二是在文本中不直接表明，而是随着故事的推进，在叙事中逐渐浮现的"傻子"视角，引出"异类""异举"的叙事事实；三是作家主观心理已有"傻子"的模型，但并未在文中做任何说明与表露，而是通过故事的讲述，描写环境与社会对人的异化，让正常人成为"傻子"。因此，上文中无论是扁金、金文恺，还是莫医生，结局不是"逃离"，就是"死亡"。

逃亡作为苏童叙事的基本元素，也是重要的小说主题之一。苏童作品中有许多关于逃离、逃遁的叙述。"陈宝年""五龙"的逃亡与逃离是一种策略，也是人物为求得生存活路的一个"缓兵之计"或"谋划之举"；陈三麦、书来的逃亡是人物寻获新生的向往，也是人物的命定归宿。

"逃"与"归"是生活本身的不同表现侧面，中国人习惯把家国、故土视作生命象征，甚至高于生命。古人的"落叶归根"便是此理。因而，无论因何种缘故，逃亡无一例外都被视作"异举"。从逃亡的结局来看，终究无处可逃。于是，逃亡又更像是与生命的决绝，是一场徒劳的挣扎。也正因如此，文学中关于逃亡的书写日渐成为残酷美学的代名词。作家笔下的人物的逃亡不是因为生活的逼迫不得不逃，便是选择对抗命运主动逃亡。于苏童而言，逃亡是为了找寻真正的自我、追溯本我的源头，人物在"梦幻"般的逃亡过程中，连同叙事者自己一起，都陷入逃亡的虚幻中，辨不清方向，也无法完成对自我的救赎。如同苏童儿时记忆中缥缈的扬中小岛，梦里依稀的故乡影像，苏童小说中的人物总是陷入"逃亡—追逐—逃亡"这一永不停歇的循环"陷阱"中。

《丧失的桂花树之歌》中的父亲放弃家族使命，在欲望的诱惑下，选择主动弃逃、追寻，最终再也没有回到故乡；《逃》中结尾对逃亡者陈三麦临死时的相貌特意做了细腻的描述，那是仿若回到青春年少时般的"回光返照"，自由而纯粹、热烈而强劲的生命力是作者故意设计的讽刺艺术策略。在这种反逻辑的叙述中，"逃"被赋予多重含义。不仅让小说中人物的"逃"的动作有了合理解释，而且，"逃"代表着新的希望，

"亡"是生活在混沌、困苦中的人们唯一的救赎之道,"逃亡"成为不需要背负任何意义的永不停止的姿态。因而,对"逃"几近痴迷的陈三麦,每一次逃亡便有了"合理的借口":因为性格缘故,无意承受家庭的牵绊、无力化解与妻子间的嫌隙,所以"离家";因为贪生怕死,所以当了逃兵;因为无法平衡现实与理想,又找尽借口再次逃离家门。传统的夫妻关系、家庭责任、国族使命等纲常被陈三麦不断地以"逃"这一行为解构、颠覆。在《逃》中作者还刻意借陈三麦与黑狗的对话,暗示迷恋"逃"的陈三麦实则是一个"傻子"形象。如此,陈三麦所有的"异举"便有了一个看似合乎逻辑的解释。当然,作者此举也可理解为人物或角色内心真实的声音的表达——反叛现世或自我毁灭。无论从哪个意义上来看,作家都在写作过程中为人物的命运走向提供了合理的心理逻辑支撑,让读者认为是可信的。也因此,《逃》中陈三麦的逃离与逃亡这一看似稀松平常的举动,成为颇具勇气与抉择意味的生命"壮举"。

"逃"是为了寻求新生,为了满足内心不同或不断滋长的欲望,不同于《逃》中主动"逃亡""逃离"的姿势,苏童还创作了一系列被逼无奈、不得不"逃"的作品。诸如《米》中五龙最初的逃离是因为洪水淹没了家乡、他不得不"外逃"找活路,逃离六爷麾下,是强烈的报复心理驱使,也是为成为像"六爷"一般有权有势的人的欲望驱使下的必然结果;《我的帝王生涯》中端白的逃亡生涯是源于他权欲被剥夺,沦为"走索王"是他唯一的生存途径;《舒家兄弟》中同住香椿树街十八号的涵丽选择与舒工投河殉情的逃亡"异举",是因现实无情的捉弄,是为情欲的追逐而主动"献身";《杂货店》里长玉的不告而别是屈从于三霸的凌威与恶意报复的"果";《飞越我的枫杨树故乡》里那些和"我"一样疲于深夜逃亡的逃亡者们,通过作者对叙事视角的转换、空间的调度等多种技巧的运用,其逃亡成为一幕永远徘徊、陷入"思家、寻家、归家"循环"怪圈"的充满怜悯与无奈的悲剧。

"枫杨树故乡"系列中奔走在逃亡路上的"乡民"终日"逃亡"、流离失所、无家可归的景象让人无法释怀。"流亡者存在于一种中间状态,既非完全与新环境合一,也未完全与旧环境分离,而是处于若即若离的困境，一方面怀乡而感伤，一方面又是巧妙的模仿者或秘密的流浪人。"①流亡是人类最悲惨的命运之一，流亡既是一个真实的情境，也是个隐喻的象征，即意味着将永远沦为边缘人、处于边缘境地，也暗指人物性格的边缘性、不被驯化、不同寻常。诸如《河岸》里的"库文轩父子"则是这类流亡者形象的典型。小说中提到儿子库东亮"脑子里忽然想起'流亡'这个词"，在被岸上的人驱逐、被母亲厌恶、唯一烙印着身份象征的父亲主动投河自尽后，库东亮对欲望与社会生活下判断、做出解释——"或许我已经开始流亡了"。因为，这艘曾经属于被驱逐的父亲的船，只是"我"曾经停留过的"驿站"，而今已剩"我"一人徒留在空荡荡的船上，终日为搜寻父亲的尸体随河流浪。② 小说中提到库东亮有个绰号——"空屁"，既为"空"，则表示没有任何意义，只是一个"无"。也许，于流亡者库东亮而言，"空屁"便是他人生的全部。至此，若将库东亮的人生与一直自由自在、无拘无束生活在岸上的扁金的命运作比较，"逃亡者——傻子"，谁更可悲？读者心中自有答案。

又如《金鱼之乱》中像疯子、又说不清楚是不是真疯的阿福；《乘滑轮车远去》中总是溺水的小孟家的疯女人；《黄雀记》里总是刨土挖树、被关在精神病院的祖父……他们"发疯"的原因不详、似乎都疯得莫名其妙，他们的结局也基本不明朗，只是依据故事讲述的逻辑走向做出推测，其悲剧后果却都那般显而易见。苏童的作品中还有一类介于"疯、傻、痴和正常人"之间的角色，这类人物言行出格又略有些许神秘色彩。他们大多有某种"怪癖"，诸如《伤心的舞蹈》中一紧张就患"失尿症"的漂亮女孩赵文燕；《U形铁》中仿若纺织娘幽魂、终日纺织的锁锁的女人；《水鬼》中夜里经常从水里爬出来，胸前捧着一朵红色大莲花的邓家的傻丫头。苏童在对这类角色进行描述的过程中总是充满了怜悯、哀叹的情绪。尤其是《三盏灯》和《河岸》中都被称为傻子扁金的这类人物形象，与莎士比亚笔下的"傻瓜"似乎没什么区别，"傻瓜"们其实心里什么都明白，甚至有"众人皆醉我独醒"的"大智"。在文学描绘中，

---

① [美] 爱德华·W. 萨义德：《知识分子论》，单德兴译，生活·读书·新知三联书店2013年版，第45页。

② 苏童：《河岸》，人民文学出版社2009年版，第56页。

"傻气"更像是他们人生的烟幕弹,是他们的"异质"禀赋的藏身之所,在"傻气"的荫蔽下,他们往往拥有独有的、难得的"机智"。因而,"傻子"的傻不是真傻,而是莎翁所说的"伪装"或"神授"①。又如辛格《傻瓜吉姆佩尔》中的吉姆佩尔这一经典人物形象,苏童曾说:"辛格的令人尊敬之处在于他的朴拙的小说观,他总是在'人物'上不惜力气,固执己见地种植老式犹太人的人物丛林,刻画人物有一种累死拉倒的农夫思想,因此,辛格的人物通常是饱满得能让你闻到他们的体臭,《傻瓜吉姆佩尔》就是他最具标志性的人物文本。"②在苏童看来,吉姆佩尔的"傻"代表着善良、是真诚,更是对与人相处时毫无保留的本真的"代名词"。在这类人眼中,世界与生活都十分简单,透过或丑陋或阴郁或扭曲的现实,他们看到的只有人性中最原始的善和真。可以说,这类"傻子"形象在一定程度上保留了人类与生俱来的简单、纯净的生命意识,不矫饰、不遮掩的思维特性以及看待人世时永葆的清澈的目光;他们比常人更敏锐、心性更简单、心灵更纯洁;他们的"朴质""愚拙"反而衬托出世人纠缠于利益与欲望的庸俗、可悲。被异化的人与正在异化中的现实世界,成为人类社会、欲望与历史共同造成的悲剧结果。

总体而言,苏童小说中人物的"逃亡"影射着两种不同的心理:一种是对故乡的遥望与怀想,另一种是为表达对归乡无望的无奈。现代社会中,物欲与其他欲望充斥着世人的生活,城市的繁华与花团锦簇、乡村社会的凋敝与寂静,家园、故土成为越来越多的人越来越怀念的"乡愁"、一个遥不可及的梦,无家可归、错把异乡当故乡成为大多数人的生存现状。可以说,当今时代下人们最大的生存现实不再是经济贫穷导致的无法"立家"的苦难,而是"无以为家"的精神困苦。苏童在自己的小说世界中,以娴熟的叙事技巧、精妙的意象群使用以及丰富的想象力,描述了早已将欲望融入日常与人心的现实真相与欲望驱使下一个个曾经鲜活的生命如何无奈踏上逃亡之路的悲剧形象。逃离内心压抑的精神情绪、逃离当下生活沉重的负荷与压力,已经成为当今人们内心的共同呼

---

① [英]莎士比亚:《莎士比亚全集4》(纪念版),朱生豪译,人民文学出版社2014年版,第14页。
② 苏童:《河流的秘密》,作家出版社2009年版,第225页。

唤与急切渴望。

　　福柯将"疯人""傻子""愚人"比作"捍卫真理的卫士",指出这类人"是对故事或讽刺作品中疯癫角色的补充或颠倒"①。"傻子"的逃亡作为"异类"的"异举"表现之一,相较于传统审美理想而言,往往具有颠覆传统后的审"丑"与"怪诞"效果。这种怪诞往往依附于畸形或非正常的身体,即"异举"是只有作为"异类"才能产生的动作。这种叙事策略往往在文学表达效果上产生一种神奇的"化学反应"——于广大读者而言容易理解为"灰色喜剧",而于批评家而言,则是蕴含着无尽想象、联想之后的丰富的批判与评论资源。如汤姆森所言,"滑稽与恐怖妙不可言地结合在一起,从而产生一种奇异的、常常令人不快和不安的、情绪上的骚动"②。比如苏童在小说《西窗》中呈现的真实情境:红朵说邻居老邱撒谎,红朵也到处散布说祖母撒谎,而祖母、老邱又都说红朵撒谎,人人都在说谎,人人都互相指责、无端猜忌,反而,傻子扁金成为那个在"我"看来说了大实话的老实人。又如苏童在《罂粟之家》中描绘了重要角色之一——演义疯狂的饥饿感,即便被关押锁住,他仍然能通过简单而形象的语言表达出对欲望的渴求。而"我要杀了你"的呼喊,在滑稽荒诞中加入了恐怖的元素,人物自身命运的走向以及读者的阅读感受,在这种贴切的叙述中,直指作家叙事的主旨。

　　现实生活中,人们普遍容易表现出焦虑、失落,尤其是内心的空虚与困惑成为多数现代人的真实心理。对此般现实与真实人性的关注,成为作家在作品世界中的主要描绘对象。同时,人与欲望之间的"纠葛"体现在个体选择中,更像是一场"闹剧"。人物一旦做出选择,所有的结局都只能理所当然地承担。而完成自我拯救的办法只有一个,那就是做好自己的选择,选择自己的生存和生活方式。苏童将笔触聚焦于"傻子"与"逃亡者"这类人物,既展现他们自身的生存状态与心理情状,也将他们作为"旁观者","客观"呈现占据更多数的他者的真实人生。小说中的人物一旦"选择"了逃亡,那么等待他的结局只能是无家可归,或

---

① [法]米歇尔·福柯:《疯癫与文明:理性明代的疯癫》,刘北成、杨远婴译,生活·读书·新知三联书店2003年版,第10页。

② [英]菲利普·汤姆森:《论怪诞》,孙乃修译,昆仑出版社1992年版,第20页。

永远在路上、处于逃亡的途中。事实上,苏童作品中"傻子""逃亡者"这种迥异于常人,急欲摆脱困境、脱离恐惧状态的角色的塑造,既是人物生理、身体或心理与精神世界使然,也是作家对无序混乱的日常生活与人性的真实写照。

逃离或者身亡,是苏童小说中一类人物的选择。尽管逃亡的直接原因千奇百怪,逃亡的方式也五花八门,但消融于人们日常的权欲对人与人性的影响并不只是人性的病态或异化,更多的是对生命的毁灭。不管怎么逃,逃到哪儿,终归是做无望的挣扎,注定是场绝望的逃亡之旅。"五龙"倔强的挣扎与强劲的生命力,在导演了一幕幕布满欲望与复仇雪恨的人性"恶"的人生舞台上,最终也亲自导演了自己的死——在逃回故乡的火车上孤独地死去、怀恨而终。逃亡者暂时逃离,前往另一个地方,看似迎来了新生与希望,然而,悲剧总是重复上演,在获得某种欲望满足的快感之后,接二连三的"不如意"与"麻烦"让人不自觉地又陷入另一个困境中。即便回到终点,也再无福享受,最终或病或亡。死亡,成为逃亡者不可逃脱的宿命。"这么多的人,满怀着迷惘和仇恨的情绪,离乡背井,他们到底要去哪里……许多人都死于途中,他们回家或者离家,一般都是死于途中。"① 乡村的残败与凋零,人们无法生存,都市到处充斥着欲望与罪恶,让人无所适从,逃亡成为一种无力且无望的反抗,结局只能是凄凉、悲惨地"死于途中"。

此外,有一个事实不容忽视:环境对人的身体与心灵的异化,人们或反抗或逃亡,环境对反抗还以惩戒与处罚,或以更严格的束缚摧毁人内心的反抗意志甚至剥夺生存的权利,这就是欲望之于人类生活的实质。"不存在单一的大拒绝,不存在反叛的灵魂,不存在反叛的单一源泉,也不存在革命的纯粹法则。相反,反抗种类繁多。"② 在福柯看来,反抗本身往往意味着对现存秩序的反叛与抗拒,它与反动或反弹不同,反抗者最终只能被动地屈从于统治之下,因而结局也只能以失败收场。苏童小

---

① 苏童:《狂奔:苏童短篇小说编年:1990—1994》,人民文学出版社2008年版,第36—40页。
② [法] 米歇尔·福柯:《性史》,张廷琛等译,上海科学技术文献出版社1989年版,第95—96页。

说中对异样的人与异化的场景有着细腻描绘：人与人之间关系的疏离、人性的脆弱，在作者讲述的欲望故事中时有流露。亲戚朋友、街坊邻居间相互引起不快、莫名翻脸，日常生活中到处充斥着争吵与恶毒的诅咒。人们往往为蝇头小利不惜损害他者的利益，甚至出卖、断送他人性命。滋生人心的、难以察觉的欲念的重重围困，让人窒息。如同《线袜》中的袜子奶奶和邻居美仙是一对"冤家"，互相看不惯，有机会就相互冷嘲热讽，成为彼此眼中"最讨厌"的人。又如《一个礼拜天的早晨》中的原本和睦的家庭生活因妻子的唠叨和过分抱怨而破裂。李先生为了争取两毛钱的尊严，无奈之下找到了肉贩子。然而，这场争执最终导致了他悲惨的结局——在追寻公道的过程中被车撞死。这其中，李先生的固执、肉贩子的狡猾、老妇人的无理取闹、卡车司机的粗心大意，以及邻居们的飞短流长，单独看来都属正常且可以理解。然而，作家巧妙地将这些因素汇聚在一起，营造出嘈杂烦闷的氛围。李先生的死亡似乎已成为定局，因为每一个看似无关紧要的细节，都可能成为导致他丧命的原因。这种意想不到、离奇甚至令人遗憾、悔恨的死亡，在平静甚至冷酷的描绘中随意发生。苏童以其独特的体验和思考方式，呈现出这种神秘又无常的死亡，使之成为"人与现实对立"的唯一选择和必然结局。

在苏童的欲望故事中，傻子形象具有举足轻重的地位。如扁金这一角色，既凸显了人们对现实生活困境和挑战的诉求，又通过对扁金愚昧、天真、执着等特质的精湛描绘，使欲望主题更具深度和表现力。苏童巧妙塑造"傻子"与"逃亡者"的形象，不仅丰富了故事的表现手法，还引发了读者对社会现象和欲望问题的深刻反思，揭示了人们在社会生活中的无知和逃避现实，进而批判了对金钱、权力、地位等欲望的盲目追求这一社会现象。可以说，在苏童笔下，傻子形象与欲望主题之间的"互动"构成了一种有趣的叙事模式，它们相互依存、相互影响，共同推动故事情节的发展，赋予作品更高的艺术价值。苏童并未试图跳脱或沿袭传统的叙事模式，而是通过深入剖析"傻子"的心理，将其作为一个独立的生命个体，还原其生命本真特质；又以"傻子"的视角，书写"异类"的"逃亡"故事；尤其通过描绘"傻子"与"逃亡者"在欲望驱使下异化、被主宰的命运，展现了苏童对生活与人性探索的执着热情。

第四章

欲望的精神内核与超越方式

文学史评价一个作品的标准，主要是看其在思想深度、艺术创新与揭示人类精神处境这几个方面走得有多远。从艺术上而言，苏童小说的写作水准，尤其是他在短篇小说创作上所取得的成就，业已成为中国当代文学一个"标杆"。本书旨在从现代意识的角度，探讨中国传统文化与西方现代话语的交融，并在这一背景下，深入剖析苏童小说中欲望叙事的核心内涵以及人物形象塑造的当代价值。如前所述，欲望一般可分为物质欲望与精神欲望。物质欲望作为基础，既无法消除，也无法抹去，但可通过独立的叙述话语进行转移。这种转移以价值观和意义为引导，重塑欲望的发展方向与趋势，使之具备"超越意义"。在苏童的欲望叙事中，通过巧妙处理人物塑造、叙述方式、文化心态与文化策略，既描写政治、战争、灾祸、疾病、意外事件等外部因素带给人的苦难，也正视人类之恶、剖析自我之丑，揭示人类不可克服的弱点和病态人格导致的悲惨命运，以悲悯深情拷问灵魂，形成了一套独特的欲望叙述话语，彰显出别样的文化建构方式。

第一节 物欲世界的沉浮

身处欲望横流的现代社会中，人类的身体与灵魂、个体与世界之间的矛盾与分裂性愈发突出。伊格尔顿指出，"以普通的个体占有为形式的贪欲正在变成时代的秩序、统治的意识形态和主导的社会实践，欲望本身永不满足的特性，当一个欲望实现，又忙于追逐下一个欲望目标，物质的获得与积累，目的是进行新的积累、寻获下一个'诱惑'与'满足'"①。受欲望的驱使，身处物欲追逐中的人们无不感到欲望的无限性，也正因如此，人们在被商品与财富围绕的物质环境中，成为被欲望奴役的纠结与挣扎的"个体"，在"占有"与"贪求"主导的欲望世界，深陷一个又一个欲望旋涡中，痛苦、沉郁而又无法摆脱。苏童在持续讲述的欲望故事中，究竟是如何呈现人们的财富欲望的？又是如何处理物欲与人类心灵的关系的？不同的社会环境下，人的物欲是否有所不同？人物在物欲现实与精神困境的双重压力下，是否能寻获解决之道？本节主要论述苏童小说世界中的物质欲望、人性等问题。

当下快速增长的物质财富与现代人内心的荒芜形成鲜明对照，物质发展与精神文明极度不平衡的社会环境下，个人享乐主义盛行，空虚、迷茫成为多数人的心理现实，破坏欲、犯罪与暴力等种种恶行频繁发生，物质财富与道德观念在社会形态中呈现出愈加激烈的冲突。众所周知，人只有在获得了基本的物质生存资料后，才去追求更高层次的精神欲望。相较之下，20世纪六七十年代物质财富极度匮乏，人们普遍关注的是如何解决温饱问题，盘算的是怎样才能让孩子、家人挨过饥寒交迫的窘境，"柴米油盐"等日常生存问题已几近耗费他们的全部心力，而无力关注所谓政治风云、新闻动向等精神文明或流行风采，更遑论子女的成长、教育与成才等问题。相较于生存，这些都属于"奢念"。也难怪苏童在谈及"香椿树街"少年系列小说创作时曾说，那些终日游荡在香椿树街的少年们，普遍生活在感受不到家庭亲情、家人温暖的家庭氛围中，无法接受正常的社会教育，整日盲从于"暴力""血腥"的大环境，压抑且沉闷。于是，孤独、迷茫、躁动等心理成为他们成长的"日常"。

对时髦、名贵的"球鞋"的极度迷恋，成为少年"陶"悲剧命运的导火索。在《回力牌球鞋》这部作品中，球鞋来自香椿树街外的大世界、大城市，它是对物质的刻意展现，也为人物悲剧命运埋下了伏笔。陶、秦、许等香椿树街的少年们对"物"的争夺和占有，是他们本能欲望的赤裸裸表达。这场注重个人快感的"暴力游戏"，真实地描绘了这群少年

---

① [英]特里·伊格尔顿：《历史中的政治、哲学、爱欲》，马海良译，中国社会科学出版社1999年版，第273页。

的生活。《回力牌球鞋》以 1974 年为背景，故事在少年陶的一双新的回力牌球鞋几乎吸引了每一个香椿树街少年的目光中展开。在物资极度匮乏的年代，小镇少年陶获得了一双只能在大城市生产的球鞋，他忍不住炫耀这种对稀有品获得后的"满足感"，迫不及待地想展示出来。然而，在好朋友许、秦那里未能如愿，又遭遇了街头霸王猫头的戏谑与质疑。受本能欲望的驱使、对强者强权的恐惧，陶不得不暂时压制住内心的骄傲与张狂。然而，在物欲的诱惑下，陶仍旧心心念念着展示他那双回力牌球鞋。最终，球鞋丢失，陶觉得在昔日好友与街头霸王面前十分"屈辱"。小说结尾，丢失的球鞋依旧杳无音信，少年陶在"游戏""恶作剧"和暴力多重打击下，变成了一个古怪的少年。小说揭示了人类与生俱来的占有欲与性恶本质，在夹杂着对暴力强权的本能恐惧下，小镇少年们的欲望"游戏"愈演愈烈，最终演变成一场"暴力狂欢"。而本该活力无限的少年们在这场"狂欢"中，不自觉地被欲望埋葬，悲剧就这样自然地发生了。

小说中，苏童对主要人物陶进行了细致、耐心的刻画，尤其是对陶在多次得失球鞋时的表情、眼神与瞬时心理变化等，做了形象且生动的描绘。比如，陶刚拿到球鞋时，是一副轻松、舒畅的好心情，作者写陶得意忘形地"吹着口哨"，觉得一切原本讨厌不堪的事物都变得"美好而充满生气"。当展示、炫耀球鞋的计划失败时，陶的心理慢慢演变成"无从发泄莫名的火气"。欲望的不满足，夹杂着并未消逝的物欲的诱惑，少年的心理开始燃起无名怒火。当陶遭遇猫头的欺凌，他的情绪转变为"怒气冲冲"甚至爆粗口。而当陶发现球鞋丢失，因无法接受事实他情绪瞬间大变，现实与内心的强烈反差，陶的脸色变得"苍白"，对着墙不自觉地发出"凄厉的惨叫"，感觉头顶的天空都"哗啦啦地倾塌"。当陶被内心压抑的欲望与暴力冲疯了头脑、准备提菜刀"施暴"时，他的"眼睛里燃烧着阴郁的火焰"。后来，在小伙伴们的游戏与恶作剧中，陶依旧遍寻球鞋而未果，伤心、失望的陶"疲惫的眼睛里升起一种湿润的雾气"，连眼前的街角都变得"模糊而飘忽不定"。小说还写了被报复后身心受伤的陶苍白的脸上只剩下抑郁和茫然，面对恶作剧者疯狂而不加节制的笑声,陶当时的反应只能是"掩面跟着大笑"①。故事发展至此,作者以刻意安排的闲笔运用来展现欲望对少年身心的深刻影响。当所有愿望都落空,加之还得承受物欲不满足、权欲压制等意外遭遇,陶的内心几近崩溃,连他自己都觉得展现给外界的笑容十分牵强且丑陋。这一传神描述与作者对人物结局的安排实现了惊人的"一致"——毕竟,陶最终变成了众人眼中的那个"古怪少年"。在苏童冷静且入木三分的刻画中,物欲对人的伤害、对人心的吞噬,人对物欲近乎疯狂的追逐,体现在少年身上,显得更让人悲伤且无助。物欲影响中的环境、社会、人类生活全然错位,整体呈现出一片紊乱状态,人沦为欲望面前的"摆设"。可以说,欲望对人不动声色的诱惑就这样影响着少年的日常生活,罪孽与恶行在人与人之间肆无忌惮地穿行。

另一个与《回力牌球鞋》同样具有典型意义的作品是苏童的《小偷》。《小偷》是一部讲述两个男孩因一辆独特的玩具火车而产生纷争的小说。故事开篇便明确了"我"的身份,并表示"我"不是小偷。小说采用套层叙事结构,通过层层悬疑设置和层层揭示的模式,展现出故事的真实面貌。在这部作品中,玩具小火车是关键的物证。谭峰偷来玩具火车,使"我"与他结为同盟,满足少年们对玩具的共同渴望。然而,这种欲望最终导致了谭峰因偷窃行为被揭露而遭受铁匠父亲的毒打,造成左手残疾。故事结尾,代表权力的"父亲"对谭峰实施的惩罚,象征着所有与"物"相关的人最终都失去了对"物"的占有权。苏童在讲述这个故事时,巧妙地运用了"锦囊妙计",使情节反转。在故事高潮部分,当"我"一家搬离时,谭峰特意前来,"偷偷"将开启玩具火车的钥匙交给"我"。② 这一细腻的描绘,展现了少年真实的内心世界与情感纠结。意外的结局使这部作品呈现出与传统故事不同的意外的讲述方式,令人印象深刻。《小偷》通过对人心、欲望和人伦关系的精准诠释,为我们展现了一个个纯真而又让人怜悯的少年形象。

从对《小偷》的文本分析中,我们可以看出,道德观念的传承一方

---

① 苏童:《苏童作品精选》,长江文艺出版社 2009 年版,第 195—203 页。
② 苏童:《白沙:苏童短篇小说编年:1997—1999》,人民文学出版社 2007 年版,第 48 页。

面依赖于个体、家庭或邻里之间的人际互动,另一方面得益于媒体和信息的高速发展,道德观念得以通过媒介、符号等载体在更广泛的群体之中进行交流与传播。作为反映社会发展变迁的"晴雨表",文学在文化传播和伦理传承中扮演着越来越重要的角色。对于作家来说,他们不仅天生具备敏锐的洞察力和捕捉时代风气、道德观念、人性弊端的能力,同时还承担着将文化从个体传播到群体、从口头传播转为文字记录的使命。因此,关注个体生命的存在困境,对当前时代背景下的人性与人际关系进行深入探讨和剖析,成为作家亟待解决的又一问题。

在生产力较低、土地贫瘠的时代,生活物资短缺,生计艰难,成为社会常态。无处不在的欲望,如同渗透在社会生活中的无形压力,让人们饱受精神折磨,普遍生活在紧张、压抑、烦闷的氛围中。20世纪80年代末期创作的《罂粟之家》以"土地革命"为背景,讲述了在土地争夺与占有的过程中,地主与农民、地主与社会之间紧张激烈的矛盾与冲突。小说围绕"占有欲"与"情欲"展开,凸显了家族与历史颓败的主题。

受几千年来农耕思想的影响,土地早已成为人们心中的"衣食父母"。在物质贫乏的年代,土地意味着生存,获得土地或拥有土地,就意味着拥有了生命。历史上,多次起义或战争都与土地革命,或与占有土地资源息息相关。自幼熟知中国历史、喜爱阅读《水浒传》《三国演义》等家国史诗的苏童,对土地的重要性有着深刻的理解。然而,苏童并未直接回归传统文学中讲述历史的方式,而是在深谙历史与现实关联之后,对历史进行了重新编排、组合。在虚实交织、真幻相生的语言氛围中,历史表征跃然纸上。此时的苏童,已然将写作重心置于如何处理展现历史与讲述故事之间的关系这一问题上。如同他在《罂粟之家》中对历史的处理,相较于故事讲述的年代,讲述故事的时间更为重要。在具体写作过程中,苏童坚持将这一"判断"设定为叙事的前提。

在《罂粟之家》中,封建大家族的"掌舵者"刘老侠掌握着农民的生存命脉,成片鲜艳夺目的罂粟种植在人们生命线所系的"土地上"。罂粟这种"恶之花"象征着罪恶与诱惑,与作家所描绘的历史紧密相连。苏童在这个作品中对历史与欲望进行了精心、独到的设计,几乎每一个角色的出现、每一次欲望的释放,都有罂粟作为"历史"背景。在刘老侠的操控下,罂粟成为人类生活的"衣食之源",从而引出小说叙事的两派主要人物：一是拥有丰富资源的刘老侠一家，二是被剥夺土地的农民。

然而，物质的富足并不能填补人们内心对欲望的无尽渴求。地主刘老侠一家面临着子孙后代无以为继的问题，如何延续刘氏家族的血脉与统治地位成为他最大的困扰。他诞下的子女，不是存在心理缺陷，就是天生身体残疾。随着刘老侠年事已高，无力再为家族人事操劳，家业的传承重任竟落到了他弑父夺来的小妾翠花花与刘家世代家仆陈老茂所生的沉草身上。至此，"衰败"的伏笔悄然埋下。而原本阳光健康的沉草，在接手刘老侠掌管家业的"钥匙"后，仿佛一夜之间衰老，肩负着沉重压力，喘息艰难。小说描绘了交接仪式的场所及环境：烟气缭绕的族堂，仿佛在控诉这个混杂血脉的"败家"结局。在《罂粟之家》中，作家特意提及，当沉草将土地分给长期受压迫、被奴役的贫苦的农民时，他们的反应是：

> 有人跪在刘沉草面前说少爷这是真的吗？刘沉草喊起来别给我下跪，他说我恨死你们这些人了，就像恨我自己一样。[1]

在欲望的世界中，人物的无奈与虚无的情绪和心理，有时通过一声"老爷"的称呼和一个"下跪"的动作，就可以淋漓尽致地展现。在充满沉重感的欲望历史演绎中，人物犹如戴着枷锁跳舞，压抑得令人喘不过气。在描绘沉草短暂的"历史"时，小说巧妙地插入了祖孙俩前后两次对话，以凸显历史流逝的无情和衰败的必然。作家运用全知叙事视角，对沉草的土地分配事宜发表评论，这既是对人物心理变化的交代，也是叙事逻辑必要的过渡。比如小说写到1948年"祖父们"终于从沉草手中接到土地，"各得其所"的夙愿得以实现时，孙子对祖父说：

> 刘沉草给了你什么？给你的不是土地而是魔咒，你被它套住再也无法挣脱，直到血汗耗尽老死在地里。你应该恨他，你为什么到现在还念念不忘一九四八年？[2]

---

[1] 苏童：《罂粟之家》，重庆大学出版社2015年版，第47页。
[2] 苏童：《罂粟之家》，重庆大学出版社2015年版，第47页。

截然不同的心理预期,比如"指望"与"魔咒","挣脱"与"耗尽"。在历史推进的过程中,当不同立场的人物面对同一件事时,他们会展现出截然不同的反应。例如,代表着沉草一代的子孙辈,他们口中的"恨"字,是作家以一种非传统文学的白描手法来展现的。通过对环境和人物的描绘,特别是对人物心理世界的深入剖析,作家揭示了人性中无法遏制的欲望与无能为力的现状之间的激烈矛盾。一切因欲望而生,却因无法摆脱欲望的魔咒,最终只能耗尽心血,老死一生,满腔的"怨"与"恨"无法释放。特别是孙子对祖父的"情绪",那是包含着不解与埋怨的血缘亲情。在苏童的讲述中,人心和情感在欲望的折磨下变得"面目全非"。可见,《罂粟之家》这部小说包含了丰富的故事元素,思想与情感交织,语言与叙述自然流畅,始终保持纯净的面目。在苏童"非同一般"的笔触下,故事得以持续推进,最终走向"华靡"与"凄绝"的结局。[1]

根据拉康的精神分析理论,欲望不仅是关键要素,更是人类存在的本质特征。在苏童的小说中,诸多作品均描绘了人类本能对物质财富的追求。《伞》便是其中具有代表性的一篇。小说中,女孩锦红对代表物质财富的"伞"的痴迷与追逐,最终断送了她的一生。小说以"雨伞"作为隐喻,展现了锦红命运的多舛。在描述锦红遭受强奸这一灾难降临的事发地时,作者对环境与场景进行了细腻的描绘。春耕家的"幽暗房间",这是作者有意以色彩意象为人物心理与行为的幽暗、阴郁埋下的伏笔;"笨重五斗橱"则是从"物"的轻重角度隐射事件、人物内心的沉重;"台钟""玻璃花瓶"和"结婚照"等静物的描绘,更是在看似稀松平常的景致中刻意营造出的"黑洞"隐喻。作者以"锦红的故事犹如一把折断的雨伞"作结,暗示悲剧的结局。[2]

在《伞》这部作品中,因为春耕少年时期本能的懵懂与性冲动,导

---

[1] 陈晓明:《论〈罂粟之家〉——苏童创作中的历史感与美学意味》,《文艺争鸣》2007年第6期。

[2] 苏童:《垂杨柳:苏童短篇小说编年:2000—2006》,人民文学出版社2007年版,第24页。

致了锦红的悲剧。而在《蛇为什么会飞》中，人物内心对物质欲望的极度不满足与渴求，成为导致人生悲剧并向命运低头的"内驱力"。苏童详细且独特地描绘了这一内驱力在人物心理进程中的演变。例如，克渊在追债过程中，反而弄出人命，最后自掏腰包为欠债者办理后事。小说中的"蛇"既是火车站旅馆真实出现的物象，也是欲望的象征。《蛇为什么会飞》中另一重要角色"金发女郎"为了追求虚无的名利，从乡下赶到"大都市"。然而，她因一个谎言的诱惑与欺骗，自己捏造出无数个谎言，最终迷失自我，坠入堕落深渊。

又如在《门》这部小说中，一个偶然的"偷窃"意外，导致毛头的女人阴差阳错"自杀"于门框。死者以了结自己性命的方式以证清白，而在生者眼中，这极具象征意味的自杀方式，只是被用来当作消遣的饭后谈资。人生的悲凉感与"物"的神秘性相互串联，最终导致人在莫名中离奇地死去。

人类与生俱来的贪婪和对财富和物质永无止境的渴求使得每个人都渴望物欲得到满足。然而，这种对欲望的过度追求却在人与人之间制造了隔阂。个体对物质欲望的霸占，物欲对人心的腐蚀和吞噬，给人类生活造成了极为严重的后果。在财富欲望的影响下，即使在日常生活中遇到一个小意外或偶然事件，也可能导致一个人的命运逆转，甚至危及生命。在物资匮乏的年代，物欲的膨胀过程常常伴随着强烈的主观因素，而不是遵循社会秩序和既定规则。在这种情况下，物欲影响的是人们对道德伦理的忽视和忽略，进而使得社会秩序难以建立。而在物质财富丰富的年代，人们内心的空虚和苦闷，在冲动和无聊的刺激下的日常生活，也容易导致道德沦丧，使社会秩序在人们的心灵深处丧失，常态变得无常，生活难以继续。因此，研究苏童小说中物欲对个体生命的影响，揭示在社会制度和伦理道德规范背景下分崩离析的个体、家庭、家族乃至社会的悲剧命运，是探讨苏童人性欲望主题和展现其小说独特风格的重要研究目标。

苏童在揭示物欲对人的腐蚀过程中，始终保持着审视和反思的态度。《黄雀记》是一部关于女主角"仙女"在物欲世界中的沉浮史。小说不仅揭示了物欲的诱惑力、人性的脆弱和贪婪，还展现了作者在写作中勇敢地直面人性黑暗，探寻心灵拷问与救赎之道。《黄雀记》的故事始于香椿树街居民对"掘金梦"的追逐。仙女作为小说三个主要角色关系链的核心，自幼便暴露出对物质的渴求与占有欲。她为满足一己私欲，不惜巧言令色、用尽心机骗取财物，甚至为得到一只手镯而陷害他人入狱，间接导致保润家破人亡。成年后的仙女，深陷于纸醉金迷的生活，攀附台商以满足虚荣与贪欲。然而，她最终却一无所获，一切回归原点。《黄雀记》的结局颇具戏剧性。因仙女的一句无心之言，柳生被杀，保润被捕，而仙女则抱着"耻婴"回到井庭医院的水塔生活。小说结尾描述仙女再次谎言欺瞒，将婴儿交给住院的祖父，独自离开医院，去向不明。

"欲望"是贯穿《黄雀记》的主题，也成为推动故事发展的动力。在仙女这条主线上，人物命运在物欲世界中飘摇，终究难以逃脱欲望的束缚。苏童在《黄雀记》中试图探讨的是关于人的救赎与心灵归属的主题。小说描述了仙女对物质与财富的追求，通过极端行为向庞先生勒索，故事情节充满意外和悬念。与传统小说叙事有所不同，在苏童的笔下，庞太太既没有偏袒自己的丈夫，也没有满足仙女的期望，她扮演了一个既厉害又泼辣的角色。相反，在仙女的印象中，庞太太更像是一位"上帝"，她致力于拯救陷入困境的"小人物"。

此外，小说中多次刻意提及庞太太的《圣经》。作家不仅为读者提供了演绎故事所需的"道具"，还精心准备了具有深刻隐喻的人物语言和心理独白。从而使得《黄雀记》成为一则充满宿命意味的生命寓言。在这部小说中，人物试图借助某种救赎力量，以求获得生存的权利。然而，一个无法改变的事实是，在人生无奈的困境中，面对无数致死的可能性，命运救赎与道德审判的悖论使得死亡如同密不透风的"牢笼"。个体难以逃脱一死的结局，如同无法摆脱的"宿命"。《黄雀记》中的另一层隐喻内涵体现在庞太太的《圣经》上。基督教教义认为，"死"并非上帝的意旨，而是上帝赋予人类生存的权利。人自身犯了罪，因此，"死"源于罪恶。"信上帝""信耶稣基督"是基督教信徒心中坚定的救赎之道。小说通过这一隐喻，传达了死亡与罪恶之间的关联。

在《黄雀记》中，庞太太是一位虔诚的基督徒。小说详细描绘了她丈夫放在钱包里的照片以及照片中她膝盖上摊开的《圣经》。这些细节传递了庞太太的外貌特征、她的信仰以及对她的美德和亲切感等间接信息。尽管台商庞先生因个人私欲背叛家庭，但他仍然在钱包里放着自家太太的照片。即使身体残疾、年老色衰，庞太太依然是一位充满信仰的美丽女性。在这种刻意的强调中，小说展示了庞太太的"虔诚"。除了照片，别墅里休闲场所的秋千架上也摆放着一本书——《如何向上帝赎回丢失的灵魂》。在这本书中，仙女打开了第一个标题为"虔诚让上帝听见你的祷告"的章节，似乎若有所思。她和同行者柳生讨论了"祷告"的话题，柳生却坚持认为"财神爷"对他来说最为重要。小说中刻意提到柳生就这一问题对仙女所做的解释，为什么财神爷面前总是香火旺盛？因为渴望发财的人无数。柳生对人世与现实的揭示，在庞太太这种虔诚的基督徒家庭中，引发了一场悬念。然而，庞太太明亮、温婉、亲善以及恳切的说辞仍无法改变柳生相信金钱才是实际的救赎之道的执念，此时，庞太太的表情变得灰暗、痛苦、愤怒。她甚至哭泣着、嘶喊着劝诫、呼吁仙女与柳生信上帝。因为在庞太太眼里，上帝竭尽全力拯救世人于罪孽之中。但是，在《黄雀记》中，无论是柳生、仙女还是保润，一众角色的人生最终都未能获得拯救，故事结尾，柳生死去、仙女逃离、保润成为杀人凶手。作者刻意安排的"庞太太"这出戏，究竟是在为小说中人物的悲剧命运提供拯救之法？还是作者自己面对欲望世界中挣扎的众生，探寻一条救赎之路？也许，每个读者都能给出自己的答案。

在中西方思想史上，观念的对比十分鲜明。现代文学中的财富观念也几经变迁，作家们普遍选择从物质欲望的角度来描绘人生百态。当代作家苏童在写作实践中，通过对文化的深刻反思，对人类社会与现实生活的研究以及对心灵的探寻与拷问，完成了其世界中对物质欲望的哲学审视。

第二节 "南方"的堕落与诱惑

在社会高速转型期，人类生活发生了剧变。在这个充满未知和挑战的时代，人们迫切地寻求一个精神通道，以冷静思考初心并探索未来的方向。文学既是反映人类社会发展变化的"晴雨表"，记录着人类生活的鲜活历史，也是人们心灵与精神的"避风港"。在这样的背景下，苏童以其独特的文学表达，真实地描绘了时代记忆，承载着"晴雨表"与"避风港"的双重意义。尤其是他的"南方"系列作品，不仅展现了地域特色，更成为一个富有文化内涵和精神底蕴的象征。

文学意义上的"南方"古已有之，作为一个有着典型地域特色的地方，它一直是作家创作风格的重要标识。对于苏童而言，"南方"的意义更为丰富。他生于素有"上有天堂，下有苏杭"美誉的苏州，这座风景如画的城市赋予了苏童独特的灵性与才情。自古以来，苏州崇尚文化，民风温婉细腻且雅韵多情。自幼沉浸在"江南"气质中的苏童，凭借聪颖好学的天赋，将其转化为影响创作风格与个人气质的主要因素。海登·怀特认为，人类自出生起，便生活在特定的自然环境和文化环境中，"每一个文化成员从降临人世的那一刻起，便生存于一定的气候、地形、动植物群地带的自然环境之中，同时也进入一个由一定信仰、习俗、工具、艺术表达形式等组成的文化环境"[①]。地域环境对人的性格和文学创作具有重要影响。在苏童的作品中，南方不仅是他记忆中的"香椿树街"故事，还化作想象中的"古老家族传说"。

"南方"以其湿润、阴柔、神秘、充满诱惑等特点，为苏童提供了独特的地方性经验。在苏童的小说世界，"南方"潮湿、阴郁，罪恶和欲孽滋生，呈现出清婉、颓唐而唯美的文学图景。这一地域特色滋养了苏童灵动、诗意的叙事才情，塑造了他古典、雅致的艺术风格。通过一系列具有南方气质的文化历史与文学艺术作品，苏童为读者展现了一个意蕴深远、充满诱惑与堕落的"南方世界"。这个世界不仅拥有诗意、古典的艺术风格与美学气质，还洋溢着充满灵气的语言、灵动的构思和奇诡、跌宕的故事。苏童的写作功底和自由想象的才能在这些作品中得以充分展现。

> 南方是一种腐败而充满魅力的存在……眺望河上景色，被晚霞浸泡过的河水泛着锈红色，水面浮着垃圾和油渍，向下游流去。河的尽头依稀可见一柱高耸入云的红色烟囱……有桥，有水，有临河而立的白墙青瓦的房子。最令人炫目的是桥边有一座两层老楼的茶

---

① [美]怀特：《文化科学——人和文明的研究》，曹锦清等译，浙江人民出版社1988年版，第158页。

馆。那就是梅家茶馆。①

苏童在1989年发表的中篇小说《南方的堕落》中,开篇即生动地描绘了一个颓唐、哀婉的世界。通过细腻的笔触,他将"河""桥""水"和"梅家茶馆"等物象,与"锈红色""红色"和"白墙青瓦"等色彩意象巧妙地结合在一起。这些丰富的意象组合,展现了鲜明的仿古风格,充满了南方独特的艺术气韵与舒缓的色调。作品中的"南方"已超越了地理学和文化的范畴,成为一种纯粹美学意义上的虚构叙事,展现出"想象的南方世界"的独特魅力。在这部作品中,苏童以其独特的语言风格和感悟能力以及对文体的自觉意识,展现了他极具个性的创作方式——唯美且空灵。小说中的人物,也都浸染着一种"南方性"特质,在欲望的诱惑下,无不沉迷于对生命原欲的享受,在一种对自我、欲望近乎极致的渴求与满足中,人物不自觉沉沦,性格乖张幽怨,而人性缺陷也随之显露。《南方的堕落》以姚碧珍为主线组建人物关系图,由欲望勾勒出的人性图景在姚碧珍的美貌与万种风情中展开。为满足自己对财富的占有欲,姚碧珍主动勾搭上梅氏家族的最后一代少爷金文恺,如愿成为日后梅家茶馆的唯一的主人。而举止怪异、终日藏于黑暗中的哑巴金文恺,是街坊邻居眼里的"异类"。少年"我"在哑巴金文恺临终前仿佛听到他对着我喊话,让"我""快跑"。荒谬的叙事、荒谬的逻辑、不合常理的人和事共同构成荒诞不经的南方"乱象"。如同女主角姚碧珍在茶馆恣肆地卖弄风情。她与一众男性茶客"调情",与无业游民李昌关系暧昧,从主动勾搭、苟合,然后彼此算计,到最后被"惩罚",姚碧珍这样一个工于心计、虚伪且泼辣,集情欲与贪婪本色于一体的女性,成为苏童笔下一类具有南方生活象征的人物形象。

"我所寻求的南方也许是一个空洞而幽暗的所在,也许它只是一个文学的主题,多年来屹立在南方,南方的居民安居在南方,唯有南方的主题在时间之中漂浮不定,书写南方的努力又是酷似求证虚无,因此一个神秘的传奇的南方更多的是存在于文字之中,它也许不在南方。"② 种满

---

① 苏童:《南方的堕落》,《时代文学》2010年第12期。
② 苏童:《河流的秘密》,作家出版社2009年版,第139页。

罂粟的南方的土地，到处充斥着欲望诱惑与罪恶气息，神秘、诡异而又娇艳、绚丽。

南方特性与南方气质在作家的日常生活中潜移默化，对文学作品的创作产生深远影响。苏童的南方系列作品，以家族历史为主题，展现了对祖宗与先人的复杂情感。在其"精神还乡"系列作品中，欲望是叙事的驱动力，苏童通过对欲望南方的独特书写，带领读者探索南方气质的内涵，使得小说充满神秘、诡异的气息。在叙事过程中，苏童打破传统文体的限制，实现了对人物内心与欲望化叙事的深刻表达。在苏童的新历史小说中，历史人物与事件被赋予了神秘莫测的力量。以《仪式的完成》为例，这部作品讲述了一位民俗学家离奇且神秘的死亡，揭示了隐藏在心底深处的暴力与毁灭欲望。作者运用讽刺、寓言等修辞，表达了人类对未知事物的恐惧和对现存秩序的漠视，展现了人物心灵的悸动与颤抖。作为先锋派代表作家，苏童将强烈的否定与怀疑特质融入作品，他通过夸张和变形的手法，构建了荒诞、悲谬的人物形象和离奇神秘的故事结局。在这些作品中，苏童表达了悲观颓废的情感，展示了人类生存处境的荒诞性。

或孤独、痛苦，或颓废、抗争的物形象，荒诞、悲谬的人物性格，离奇神秘、匪夷所思的人物结局，苏童小说中塑造了大量阴郁且孤独、柔弱又复杂的南方性人物。诸如上文中提到的《南方的堕落》中的姚碧珍、金文恺，《黄雀记》中的仙女、柳生、祖父，《碧奴》中的女主角碧奴……苏童在小说中从人物欲望的呈现形态与基本特征出发，以处处弥漫着的一种悲观颓废色彩的笔触，深入人物生活细节与日常，勾画了一个丰富的文化南方世界。有学者认为，苏童作品中氤氲与阴郁的人物性格与氛围环境，是作家对自己生命记忆的一种尊崇的表达，也可视作他对南方执着的坚守，对充满宿命般神秘色彩的南方的一次真实呈现。[①] 南方气质与苏童作品中的人物命运、人性欲望特征融为一体，在多种"南方性"的表达与书写中，苏童实现着对人的生命情状与生存困境的持续关注，完成了对人类自我救赎与精神超越的永恒探索。

苏童以其独特的想象天赋和回忆叙事，融入探究精神，创作出了一

---

① 张学昕：《苏童研究资料》，人民文学出版社2016年版，第15页。

个个虚构却引人入胜的南方故事。在这些作品中，他巧妙地营造出了神秘的氛围，塑造了丰富多彩的人物形象。南方独特的阴暗、潮湿环境，仿佛成为欲望与罪恶的天然温床。在这个肮脏、黑暗、丑陋、罪孽横行的世界中，压抑与渴望交织，构成了苏童笔下南方的真实写照。从这个意义而言，苏童小说本身，已成为一个真实南方世界的"缩影"[①]。

在《黄雀记》中，主人公的南方特质主要表现为四个方面。首先，他们的性格多变且不稳定，如女主角仙女。对她而言，"誓言"不过是一句玩笑话或幌子。从被花匠收养，到在井亭医院寄养，尚未成年时，花匠奶奶就说她是"丢了魂"的丫头。在小说中，这个无身份、失魂的少女整日沉迷于物质享受和个人欲望的满足，不懂何谓乖巧、懂事，甚至会为了身外之物，做假证诬陷他人。

其次，小说中的人物内心普遍阴郁、纠结。如男主人公柳生，犯下不可饶恕的罪孽后，他夹着尾巴做人，主动照顾保润患精神病的祖父，期望赎罪。柳生曾两次主动探望保润，第一次为外因推动，机缘巧合下，他"心虚"怯场，探望"半途而废"。而这时的柳生为了自我安慰，表示这一切"巧合"都是天意。第二次，他带祖父一起去，却因祖父临时逃离，探望再次失败。小说中，柳生在去会客室的路上，面对镜子中的自我映像，内心的恐惧、心虚、害怕等心理——呈现。人性的怯懦、自私可见一斑。

再次，小说中的人物关系错综复杂。天意难以预料，人祸更是防不胜防。即便有救赎之道，人物也常陷入欲望与本能的深渊，徒劳挣扎。小说以"一报还一报"收尾，救赎反而成为一场闹剧，死亡在劫难逃。柳生成为保润复仇的牺牲品，未能如愿"乐活"下去。被视为"罪孽"的仙女，其实是诸多灾祸罪恶的起因。仙女的命运不仅是个人欲望贪恋的必然结果，也是"病变"环境的牺牲品。

最后，《黄雀记》中的人物生活在一个混乱复杂、人生如谜的世界。以祖父为例，他为寻找装有祖宗尸骨的手电筒，意外引发了一场荒诞的"掘金热"。邻居们白天四处散布流言蜚语，晚上则宛如亲人般共同寻找意外之财。祖父与仙女历经曲折，一次次逃离医院，又不得不重返医院，

[①] 摩罗、侍春生：《逃遁与陷落——苏童论》，《当代作家评论》1998年第2期。

重新面对生活的挑战。柳生虽做足准备前去探望保润，却在见到门口的守卫后惊慌失措，落荒而逃。最终，保润家破人亡，柳生遇害，仙女离奇失踪，仅留下祖父与精神病患者一同陷入未知的未来。这些飘零的个体和悲惨的命运，遭遇现实这个欲望世界，使人看不清来路，也无法预见归宿。

　　欲望这一概念，远不止于人类生存的基本需求（如食物和性欲）这么简单，还涵盖了人们对权力、金钱和物质的渴求。本能、非理性行为和无意识的冲动都是欲望的组成部分，犹如人类动物属性中的暴力和攻击性。"脑袋是可以被意识形态作用，直至异化的；而身体则很难，他在任何时候都有自己的界限和反应方式。"① 在人类历史的长河中，我们经历了从"神性"到"世俗性"的演变。在这个历程中，图腾崇拜和精神信仰逐渐被视为神性体现，而身体、饮食和性则被认为是人类生活中的世俗元素。然而，意识形态对人们的头脑有着深远的影响，甚至可能导致异化。相比之下，身体则相对独立，有其固有的界限和反应方式。例如，身体的疼痛、快乐、满足以及温暖、寒冷等感受，都是通过身体来传达的。意识形态的干预很难改变这些生理反应，除非使用暴力，否则很难摧毁它们。人类的欲望如同日常生活中难以抗拒的"异己"因素，充斥在生活的方方面面。当欲望作为话语表达时，它不仅影响欲望主体——人，摧毁人的"世俗"身体，还折射出现实，改变人类生活的"神性"世界。

　　苏童在创作过程中，始终以自由宽广的视角描绘世俗世界，努力探寻想象中的"神性"境界。在这一过程中，他期待为人类的苦难寻找疗愈之道。他将创作比作医生诊病，撰写诊断报告，并开具救治良方。当代著名作家余华运用特指语词和符号代表人的私密部位，推动叙事。余华在小说中运用看似充满快感和纵欲意味的语言，通过对人物"性缺失"的刻意表露，传达出对欲望的反叙事。另一作家格非则擅长以舒缓的审美节奏，节制且富于哲理性的语言修辞，将性行为或性幻想融入文字之中，隐蔽在蕴含社会性和高度思想性的叙事策略之内。格非采用含而不露的语言，掩盖了性描写中纵欲和声色犬马的欲望宣泄。与余华、格非

---

① 刘小枫：《沉重的肉身》，华夏出版社2004年版，第93页。

不同，苏童更偏爱以混合着温和、委婉的南方气质的"性"表达，呈现人的欲望本能。

在批评家张清华的观点中，苏童不仅是所有先锋小说作家中"历史叙事"作品数量最多的一位，而且由于他的才华和兴趣，尤其是对小说素材的精心挑选和对意蕴的独特见解，苏童被誉为最擅长"历史叙事"的作家。通过进一步阐释，张清华认为，迄今为止，苏童创作的一半以上小说都可以归入"历史叙事"的范畴①。综合苏童四十年来的创作，结合他创作时间的先后，笔者以为，苏童的"历史叙事"可分为如下几个基本系列：一个是"枫杨树故乡"系列，主要以《桑园留念》和《一九三四年的逃亡》为代表；另一个是"红粉"系列的"历史情境小说"，以《妻妾陈群》《妇女生活》等为代表；又有专门为"历史"而历史的《我的帝王生涯》《武则天》和《碧奴》等作品；另一重要系列是贯穿苏童创作始终且篇幅最多的"香椿树街"少年叙事，如《城北少年》《乘滑轮车远去》等；最后一种类型属以《河岸》为代表的先锋历史叙事。苏童在"解读"历史的写作中，试图脱离公共的文学观的影响，尽力摆脱文学传统中的道德审视的束缚，以最大的努力客观地呈现社会和人性全貌。

在苏童的历史叙事中，欲望如影随形，贯穿始终。无论是对情欲主体的展现，还是对权力欲望的冷静描绘，欲望都是推动苏童历史叙事的核心动力，构成了其笔下"历史"的基石。与传统历史小说站在高角度、全局视角，对人性善恶和美丑进行褒贬，热衷于书写"英雄神话"的手法不同，苏童直面历史的衰落与颓势，紧贴人类生活的"世俗性"，力求客观地呈现人与人性的真实面貌。在揭示、揭露和还原历史的道路上，苏童的历史书写经历了从冷酷叙述到真实披露，再到审视反思与寻找转型，最终实现救赎这一漫长而艰难的过程。比如，苏童的作品中有很多融合了历史元素的"南方"的书写。通过写作，苏童引领我们进入当代中国的"史前史"，一个阴暗潮湿、散发着浓郁罂粟香气的时代。在独属于苏童的"南方"世界，一系列具有南方性的物象与意象，如罂粟、桑

---

① 张清华：《中国当代文学中的历史叙事：海德堡讲稿》，北京大学出版社2012年版，第124页。

园、河流、干草、椿树、棕绳、染坊,精致而古典的文字意向,被作者赋予黑暗的欲望,表现出颓败、堕落的意境,仿若叙说着颓靡瑰丽的"南方"诱惑。

在苏童的作品中,无论是《罂粟之家》中罂粟花从盛开到枯萎、毁灭的演绎,还是《刺青时代》中刺青这一象征符号,都深刻地展现了欲望的满足与对欲望的追逐过程。作为一位天生擅长讲述故事的作家,苏童凭借其对语言感知与意境的独到把握、对叙事元素的精准掌控、时间调度的高超技艺以及灵活的叙述结构,直面人生,使他的作品愈发沉稳、老练,经得起时间的沉淀与推敲。又以《黄雀记》为例,苏童在这部最新长篇小说中,从朴素而具有代表性意义的器物出发,对绳索这一意象进行了深入的想象。在苏童一贯擅长的虚构能力的支持下,故事得以逐渐展开。这一物象不仅构成了故事的坚实内核,更是具有寓言意味的叙事寄托与叙事元素。

苏童的南方气质在作品中得以充分展现,独特的先锋"暴力美学"和审美旨趣共同构成了他独有的小说叙事风格。在他的早期作品中,苏童运用分裂和切入式的叙述方法,摒弃对称和规矩,追求反连续顺畅的文本架构。他故意模糊并破坏原有结构,将笔触集中于缠绕而意义模糊的语义词汇,并选用充满强烈主观意愿的感觉句式,形成了他早期热衷的先锋叙事"实验"。

在《罂粟之家》中,作者苏童采用了驳杂混乱的叙事手法。全知全能的叙事视角(作者)与第三人称叙事相互切换,体现在人物沉草身上。叙事者随意切换,展现出独特的叙事风格。又如《井中男孩》中,以一个孩子"我"的想象为线索,叙事主体四处穿梭,无所不能,无所不知。字眼散落,句段连续性被打断,写作话语突兀。同时,小说标题不时出现,又通过先锋意味浓厚的语言来结构全文,凸显先锋特质。而《飞越我的枫杨树故乡》则呈现出完全开放的叙事感觉。人物在现实与幻境间随意切换。小说中写道,"一九五六年传来乡下幺叔的死讯",而那一年"我"刚好出生,却"亲眼目睹了那个守灵之夜"[①]。在热拉尔·热奈特

---

① 苏童:《桑园留念:苏童短篇小说编年:1984—1989》,人民文学出版社2007年版,第180页。

看来，转叙作为一种叙述学概念，主要通过作者、人物、叙述者等任意越界，运用修辞格与虚构等艺术表现力，使故事呈现出别开生面或强化的虚拟性效果。①

一般来说，转叙可分为叙事主体转叙与修辞转叙两种。苏童善于运用转叙这一叙事策略，打破传统的叙事模式。比如，通过刻意打断文字或空缺等形式，以运用回忆的方式，对应驳杂的故事连续性。同时，借助非成人视角与陌生化距离，消解文学规范与正史意义，实现文本创作与小说品格的先锋暴力叙事。然而，正因为过于注重先锋探索性，叙事结构变得复杂怪异，故事逻辑与深度意义被削弱甚至消解。这种极端倾向影响了小说的整体艺术气质，可能导致读者误读或阅读难以持续。也正因为如此，"先锋作家们的过度精英化倾向以及与读者的疏离，越来越成为先锋文学的致命弱点"②。苏童的南方叙事，既具备形式上的先锋特质，又富含独特的美学内涵。对他而言，"南方"已深入骨髓。他运用娴熟的叙事技巧和天生的虚构能力，擅长通过营造恐怖氛围和朦胧环境，来书写神秘和诡异的题材。苏童巧妙地处理叙事方法和语言风格，尤其注重深入剖析人物心理，挖掘灵魂深处的人性，并以此为核心。在他的作品中，人物性格往往带有失落、阴郁、孤独的特质，故事结局则常充满离奇和神秘色彩。王德威认为，苏童"善于制造暧昧荒诞而又缛丽阴湿的环境，幽灵一般游走飘动的人物"共同构成苏童独特的南方性叙述风格。③

在构建虚构世界和讲述故事的过程中，苏童从容地将人性的丑恶和无常，与人类命运的悲剧元素，融入叙事的游戏中。这种叙事游戏既表现为对传统的戏仿和仿写，也体现在一个个充满感官刺激的故事中。他以细腻的笔触、传统白描手法和从容的节奏，有意抽离和解构情节，以诗化的语言自然过渡，营造出一种瑰丽喧闹又腐朽虚浮的小说氛围。

苏童的小说是南方的小说，在他的笔下，人物命运的跌宕起伏、精

---

① ［法］热拉尔·热奈特：《转喻：从修辞格到虚构》，吴康茹译，漓江出版社2013年版，第175页。

② 程文超：《欲望的重新叙述——20世纪中国的文学叙事与文艺精神》，广西师范大学出版社2005年版，第186页。

③ 王德威：《当代小说二十家》，生活·读书·新知三联书店2006年版，第209页。

神世界的变迁、社会历史的沧桑巨变，共同构成了一幅生动而真实的南方社会画卷。"耽美倦怠的男人任由家业江山倾圮，美丽阴柔的女子追逐无以名状的欲望，宿命的记忆像鬼魅般四下流窜，死亡成为华丽的诱惑。"[1] 在苏童的作品中，南方世界暧昧不明、阴郁颓唐，"南方"隐秘幽暗，充满罂粟般的"堕落"与"诱惑"。苏童以"南方"这个庞大而繁复的文化隐喻，运用意象化书写，完成了他整体的南方性叙事。

第三节 "红粉"与女性生存悲歌

"红粉"一词最初源于苏童在1991年发表的中篇小说《红粉》。该故事围绕中华人民共和国成立初期妇女改造运动背景下一对青楼姐妹秋仪与小萼的经历展开，是一幅展现女性命运的历史画卷。随后，苏童以女性角色为创作灵感，推出了"妇女生活"系列以及《武则天》等女性历史故事。诸如在《南方的堕落》中的梅家茶馆女老板姚碧珍，《妻妾成群》里的四太太颂莲等一系列鲜明且生动的女性形象，给读者留下了深刻的印象。读者们自称为"红粉"读者，并以"红粉情结"来表达对苏童的喜爱，尤其欣赏他擅长描绘女性生命情状、精于刻画女性心理的能力。评论界将苏童笔下的颂莲、秋仪、姚碧珍等具有代表性的女性人物归为一类，统称为"红粉"。因此，所有以这类女性为主角的小说被称为"红粉"小说，并结合苏童小说创作实际，形成了苏童作品中的"红粉"系列。本节将围绕女性身体与女性性别的叙事视角，分析苏童小说对女性形象的塑造、对女性生存及命运等的描绘，阐述"红粉"与其他女性书写的异同，以期更深入地理解苏童作品中的欲望叙述与文化、人性的深层关系。

一 身体与女性性别叙事

身体在人类社会生活中扮演着"观察"与"被观察"的角色，作为欲望表达的载体，费瑟斯通指出："无处不在的视觉形象主导了消费文化中对身体的理解，消费文化的内在逻辑取决于培养人们对形象消费的无

---

[1] 王德威：《南方的堕落与诱惑》，《新华文摘》1998年第7期。

尽需求。"[1] 女性身体和形象具有表演和被观赏的特性，满足了现代社会中对节奏与享乐的追求。于是，身体被誉为"最美的消费品"，在满足人们对审美理想的享受过程中，成为欲望的表达，传递着"他者"的欲望态度。[2] 在中国现代性的起源中，男性个体被视为现代自我的代表，在两性关系领域则是建立认同的最初和最重要场所。因此，女性成为现代自我建构认同的符号。"五四"时期的"新女性"仅仅是"新男性"建立自我认同所需的符号。女性符号的不同内涵的设置、编撰和解读，使得不同时代的男性的自我主体得以确立，而"这一切早在现代自我萌生之初就宿命般地决定了"[3]。

在漫长的封建社会历史长河中，受男权至上文化语境的影响，人们寻求视觉愉悦、物质享受以及身体欲望满足的过程，实则就是迎合了"他者"的需求，即满足了男性的欲望。在社会文化大背景下，女性被视为"被观赏"的欲望消费品。身体与性别之间的关系，欲望叙事与社会文化的交织，使得深入理解"男性"与"女性"这两个概念变得尤为重要。而关于这对概念的理解，可谓多变且众说纷纭。"'男性的'和'女性的'用来表达主动和被动，可从生物学的意义上使用，有时又从社会学的意义上来理解。"[4] 相较而言，这一种是最根本的，也被视作精神分析学领域中最有用的。自古以来，无论在国内还是国外，关于女性的论述往往依赖于男性角色和形象。结合全书的写作，本节无意过多阐述生理性别、社会性别，或是性别身份、性别符号，而主要从文化与文学史的角度，结合苏童对女性身体与情感、女性生命与主体意识的叙事以及女性欲望话语的表达，探讨苏童对人类精神和生命意识的独特阐述及其意义。

苏童以其独特的文学手法，赋予笔下的女性角色深厚的文化内涵。

---

[1] 汪民安、陈永国编：《后身体：文化、权力和生命政治学》，吉林人民出版社2003年版，第333页。

[2] [法] 让·鲍德里亚：《消费社会》，刘成富、全志钢译，南京大学出版社2014年版，第139页。

[3] 王宇：《性别表述与现代认同——索解20世纪后半叶中国的叙事文本》，上海三联书店2006年版，第109页。

[4] [奥] 西格蒙德·弗洛伊德：《性欲三论》，赵蕾、宋景堂译，国际文化出版公司2000年版，第78页。

在对这些女性人物进行描绘的过程中，他深入挖掘了她们对男女差异的理解与认知以及她们自我认同与定位的过程。在《妻妾成群》中，苏童塑造了一个群像式的女性世界。比如主角颂莲，一个主动选择成为妾室的知识女性，与她口中的"她们"——卓云、梅珊等四个女性，共同演绎了一出围绕同一男性——陈家老爷的悲欢离合。然而，故事的结局却揭示了女性们在男权社会中的困境，她们或"投井"，或"精神失常"，而陈家则迎来了又一房新太太文竹。

《红粉》中的秋仪、小萼等女性在新社会寻找出路，却依旧感到孤独和无助。《妇女生活》讲述了娴、芝、箫三代女性在同一封闭空间中的命运：或沦为地下情人被抛弃，或家破人亡自己也精神失常，或婚姻破败。这是一曲令人心悸、绝望的"女性悲歌"。而在《南方的堕落》中，苏童以零度情感叙事，创作了一部"南方秘史"，塑造了放纵轻佻的姚碧珍，沉沦在不伦之欲中的红菱等鲜明女性形象。苏童的作品中，无论是《像天使一样美丽》《西窗》，还是《另一种妇女生活》，都描绘了在飞短流长、钩心斗角氛围中长大成人的少女，如小媛、珠珠、红朵等，或是终日纠缠于猜疑、算计的妇女，如简氏姐妹、粟美仙、顾美仙等。她们的生活充满了矛盾和悲剧，悲剧命运成为她们的共同结局。在苏童眼中，这种悲剧更多是女性自身的问题所导致的。苏童通过这些作品，深刻地揭示了女性在男权社会中所面临的困境和挑战，尤其是她们在自我认知与寻求认同过程中所经历的痛苦与挣扎。

欲望犹如映照人性的镜子，性格对命运具有决定性的影响。在文学作品中，对女性性格的描绘一直是作家们关注的重点。作家格非在《马玉兰的生日礼物》中，描述了马玉兰从本能地坚守贞洁，到因愤怒和怨恨导致三个儿子离世，再到为满足私欲而主动与他人苟合，加入土匪，最后付出生命的代价。在格非眼中，马玉兰的悲剧主要源于女人的天性或习惯。若从这个文学意义上来解读《妻妾成群》，或许我们更能体会到苏童在这部旧式故事中融入的新内涵。

在《妻妾成群》这部作品里，苏童剥离了故事的陈旧外壳，以一组紧密关联且纷繁复杂的女性角色，展现了颂莲、卓云、梅珊等女性衰颓、腐朽的生活。她们追求虚荣，为满足个人欲望，不惜在妻妾之间互相算计、残杀。与传统小说注重情节跌宕起伏的结构不同，《妻妾成群》以

"旧"的外壳，采用全新的叙事方式重构故事。苏童运用古典小说中精细入微的白描手法，生动地描绘了人物的外貌、举止和心理世界，尤其对颂莲四次出场时的细腻描绘，展现了作家深厚的创作功底和他对女性角色的独特见解。例如，在颂莲第一次进入陈家的场景中，小说描绘得如此细腻：

> 下来一个白衣黑裙的女学生。……留着齐耳的短发，用一条天蓝色的绸带箍住，她的脸是圆圆的，不施脂粉，但显得有点苍白……在秋日的阳光下颂莲的身影单薄纤细，散发出纸人一样呆板的气息。她抬起胳膊擦着脸上的汗。[①]

原本充满活力和创新精神的知识女性角色颂莲，决定放弃依靠自己的努力去创造生活，而是顺从内心对财富与物质的本能渴望，选择依附于外物，甚至愿意嫁入古老的家族做小妾。当她初入陈家大院时，她的形象"苍白""呆板"且"单薄纤细"。这不仅反映了她过去生活贫困、家道中落的经历给她带来的不健康身体状况，也透露出她对未知的恐惧与担忧。引文中提到的"秋日的阳光""身影"以及"纸人"，似乎预示着颂莲未来命运的走向。秋日象征着凋零与颓败，而她那毫无生气与生命力的状态，进一步加深了陈家大院的阴森与忧郁氛围。颂莲主动选择的人生道路，尽管才刚刚开始，但似乎已经预见到了悲剧的"结局"。

正是基于对女性角色的与众不同的书写，有悖于传统意义上"附庸""被看"等视角，苏童在塑造女性形象时，更注重挖掘女性自身的主体性特质，凸显作品中的女性角色作为"女人本身"的生理与心理特征，并将其置于文学视域中予以观照与描写。苏童认为，"对女性的伤害已经不仅仅是社会体制的问题，而是人本身、女性自身的问题"[②]。因而，苏童的写作，尤其是对女性的书写，一直都聚焦在消解性别特征、男女都一样的视角。他不对女性生命与生存价值等问题做道德审判，不刻意美化

[①] 苏童：《妻妾成群》，花城出版社2013年版，第1页。
[②] 苏童、王宏图：《南方的诗学——苏童、王宏图对话录》，漓江出版社2014年版，第60页。

或怜悯女性、女性群体，而是从女人同样作为大写的"人"本身、女性自身出发，探索深藏于人性深处的奥秘。

综合审视"红粉"系列小说，我们发现其中对女性形象的塑造较少呈现"神话"式描绘，也难以找到传统文学作品中所定义的正面女性角色。相反，这些角色大多呈现出病态和柔弱的特征，她们的身心严重依赖男性。因此，在压抑的欲望、自身的脆弱以及依赖和虚荣心理等多种因素的共同作用下，她们终日盘算着如何在女性之间的争斗中脱颖而出，或是陷害他人。这种相互敌视和残害导致了女性角色的悲剧结局，令人唏嘘。

二 女性形象的独特书写

封建礼教根深蒂固的影响与"男性中心"的秩序传统，是导致女性悲剧的重要社会因素。新时期以来，文学史上关于女性生存困境、性别偏见等陈旧观念已得到相当程度的调整。然而，女性作为欲望受害者的悲剧仍在不断上演。苏童在访谈中提道："我从小便觉得女人命苦……男人与女人之间的关系是一种被动和主动的关系，男性的权力很多时候占据着主导的地位。"[①] 基于这样的童年印象，女性的"弱势"和"受伤"状况成为他作品情感的核心。

在《河岸》中，主人公慧仙从最初和母亲在船上寻找父亲，到后来母亲失踪，成为船队的"孤儿"，她的生活起伏跌宕。她曾希望通过扮演"李铁梅"的角色，走向幸福的生活，但命运的多变让她梦想破灭。最终，慧仙过上平淡的日子，却因为自身的病态心理和狭隘执拗的性格，陷入了历史和自我双重欲望的困境，走向了悲剧的结局。

熟悉的人、了解的事与物，能为我们提供丰富的写作素材，让作品中的人物和生活更具有常识性与常理意义。然而，仅依赖记忆和材料堆砌，很难创作出有深度、有价值的作品。当前的文学创作，往往重复简单的写作经验，或过度展示某种生活，以满足市场和读者的欲望。这样一来，作品内容"千篇一律"，质量好的小说愈发难得。好小说"必须在

[①] 苏童、王宏图：《南方的诗学——苏童、王宏图对话录》，漓江出版社2014年版，第59页。

世界和存在面前获得一种深度，应该联于这个世界隐秘的精神图景"①。作为男性作家，苏童勇于挑战自己并不熟悉的女性题材。他作品中的女性形象基本取材于身边的亲人：外婆、母亲、妻子，还有生活在儿时狭窄老街的女性。《妻妾成群》和《红粉》等作品通过对人物关系和矛盾冲突的巧妙设置，展现出深邃的寓意和生动的叙述，使整个作品达到了近乎完美的程度。在精妙的构思和画卷般的叙述中，人物开始自行发声，预演进展，进入"自动写作"的状态②。

以《妻妾成群》《红粉》《妇女生活》等为代表的一系列关注女性生存状况的作品，为苏童赢得了"世界性的声誉"③。这些作品在读者中产生了"红粉"情结，并得到了评论界一致的称赞。洪子诚指出，苏童"尤其擅长女性人物的细腻心理的表现"④；王干认为，在苏童塑造的人物群像中，女性形象最为成功，尤其是那些"叽叽喳喳、聪明而又尖刻、美丽而又淫乱的女性形象"⑤；张清华也表示"在我的印象中还没有哪一个作家能够像苏童这样多和这样精细地写到女性，这样得心应手和在最深层的潜意识处对女性进行描写。我甚至震惊，他是否比女人自身还要了解女人？他究竟依据什么，为什么如此熟知她们的内心"⑥？尽管苏童擅长运用意象营造、先锋叙事策略以及艺术手法的变化，塑造故事中的人物尤其是女性角色，但更为重要的是，他能通过敏锐的个人经验、诗意的艺术手法和散文化的叙述，细腻地描绘出女性的肖像、语言、动作，尤其是心理和情绪。苏童运用典型的细节刻画将角色置于激烈的矛盾冲突中，让人物自我发声、表达，从而揭示人性，呈现隐藏在情绪背后的人的灵魂。

三 女性"悲苦"与生存困境

"痛苦中的四个女人，在痛苦中一齐拴在一个男人的脖子上，象四棵

---

① 谢有顺：《当代小说十论》，山东文艺出版社2017年版，第156页。
② 张清华：《天堂的哀歌》，山东文艺出版社2005年版，第21页。
③ 季红真：《苏童：窥视人性的奥秘》，《芒种》1995年第10期。
④ 洪子诚：《中国当代文学史》，北京大学出版社1999年版，第342页。
⑤ 王干：《苏童意象》，《花城》1992年第6期。
⑥ 张清华：《天堂的哀歌——苏童论》，《钟山》2001年第1期。

枯萎的紫藤在稀薄的空气中互相绞杀，为了争夺她们的泥土和空气。"①"颂莲们"沉迷于强烈的情欲与物欲，依赖他者存活，却在虚荣心与欲望的追逐中走向毁灭。小说中刻意提及陈佐千初次见到颂莲的情景，还格外强调"果然是他想象中的样子"，她是充满书卷气息的女子，洁净、年轻，给这位年迈的陈家老爷留下了深刻印象。他心目中的理想女性，便是如此。然而，当颂莲在陈家大院的作为超出了他的预期，不再是他心目中的那个人时，短暂的欲望幻象瞬间破灭。欲望的诱惑，正是如此让人无法自拔，甚至陷入无法逃脱的困境。

在苏童虚构的"旧"故事《妻妾成群》中，描绘了这样一幅场景：当女性的容颜不再，曾经的活力、青春、美丽和洁净在时间的侵蚀下，日渐衰败、凋谢。在那种"人踩人""人杀人"的旧式大宅院中，仅一年的光阴，主人公颂莲因无法忍受自己的欲望无法得到满足的现状，最终陷入精神失常的境地：

> 颂莲发出了那声惊心动魄的狂叫。陈佐千闯进屋子的时候看见她光着脚站在地上，拼命揪着自己的头发。颂莲一声声狂叫着，眼神黯淡无光，面容更像是一张白纸。……他清楚地意识到这是颂莲的末日，她已经不是昔日那个女学生颂莲了。……颂莲说，杀人。杀人。陈佐千说，胡说八道，你看见了什么？你什么也没看见。你已经疯了。②

在《妻妾成群》中，人物主动选择被欲望主宰，深陷于欲念的牢笼。在追逐欲望的过程中，她们不仅丧失了前进的方向，也忘记了最初做出抉择时的模样。苏童借助人物自身的语言和自我镜像，倾诉她们的悲欢离合，并通过他者的眼光、"看见"她们的内心世界，揭示出她们在他人眼中的形象。在男性权威者看来，女主角颂莲已成为"异类"，一个令人讨厌、随时可弃的角色。因此，陈家花园又迎来了新一房的五太太。

角色替代，生死无常，"颂莲们"的一生荣辱变成陈家大院的家常。

---

① 焦雨虹：《苏童小说：唯美主义的当代叙述》，《小说评论》2004年第3期。
② 苏童：《妻妾成群》，花城出版社2013年版，第57页。

她们相互争宠、残害，生命如同草木，等待着枯零或死去。小说中，全知全能型叙事视角和他者视角的切换，既有对比又层层递进。在作家娴熟且生动的描写中，小说的主题得以进一步深化，"颂莲们"的悲剧命运也得以深入凸显。苏童以历史的颓败之势，为个人悲剧命运注入生命力。他对人与人性的深思，使得这部作品既客观又生动。

苏童以其与生俱来的敏感和对人与社会的细腻洞察力，借助敏锐的生活细节捕捉能力和丰富的想象力，对女性进行了全面、细致且深入的描绘。在他的小说《徽州女人》中，银月这一鲜明女性形象便源于生活中常见的进行耍猴等杂耍表演的外乡人。作者以简洁的人物关系、朴实而贴切的对话、生动且充满生机的场景描绘与适时运用的色彩意象，生动地展现了这位女性的形象。"哑佬忽然想到有的女人就像一株夏天的向日葵，美丽而蛊惑人心。"[①] 故事中的徽州女人银月，不畏艰辛，一心想要找回被当作猴套的银项圈，却在追寻过程中不小心丢失了原本一对的簪子。作者巧妙地通过对女主角外表柔弱的模样、仿若散发着讨人喜爱的温情的气味等夸张的描写，描绘出银月"一根筋"式的执着。小说中对银月悲痛欲绝的哽咽声做了细致传神的刻画，"如同石头碎裂一样发散出蛮力"，甚至连周围的摆设也因她的焦虑而"莫名地震颤起来"[②]。推动情节发展的是银月对物的执着，她看似正常却过度的占有欲使得原本充满生命活力的乡村画卷蒙上了死亡气息。《徽州女人》的结局看似合理，却让人感到一丝遗憾，疑惑、不解和神秘的氛围弥漫全文。

综合苏童四十年来的创作，尤其是在"红粉"系列作品的写作中，他的独特之处表现在他描绘女性人物时对情感的把握——在内敛、柔和，表面看似冷静、深沉的思索中，充满对弱者和困苦生命的同情与怜悯。与《妻妾成群》中自私、被欲望驱使的女性形象形成鲜明对比的是，苏童在《三盏灯》《红粉》《西瓜船》等作品中，塑造了一群纯真善良、坚韧有爱的美好女性：傻子扁金口中所念叨的善良小碗（《三盏灯》），在承

[①] 苏童：《桑园留念：苏童短篇小说编年：1984—1989》，人民文学出版社2007年版，第287页。

[②] 苏童：《桑园留念：苏童短篇小说编年：1984—1989》，人民文学出版社2007年版，第291页。

受社会与生活双重压力的情况下依然坚韧善良的秋仪（《红粉》），眼盲心善让人肃然起敬的福三母亲（《西瓜船》）……这些女性角色都闪耀着人性美的光辉，以温柔和善意照亮现实世界，成为困境中的一丝希望。又如在短篇小说《棚车》中，祖母展现出的善良与柔软，其余女性角色之间的互助互爱，为读者营造出温馨感人的场景；《桥上的疯妈妈》里的绍兴奶奶和善、温暖，在他人脆弱、困顿时伸出援手，为生活带来希望与光明；《小猫》中，母亲彭仙对弃婴和流浪小猫展现出的无私爱意，如同雪中送炭与救命稻草，温暖了艰难的人世。可见，苏童的写作并非只有对欲望的泛滥描述，而是专注于对人类精神与思想的探索，从女性角度出发，打破传统叙事中对女性的性别偏见，对女性本能和正常欲望进行客观阐述。

综上所述，我们发现，苏童在女性书写方面的独特性主要体现在两个方面：一方面，他重视将女性置于女人本身的位置进行书写，以冷峻客观的态度，呈现她们身上的复杂人性；另一方面，他借助场景、氛围的烘托，细致刻画了女性人物的语言、心理，赋予悲剧以诗意的气息，从而使得整个作品与人物表达出一种悲壮或悲戚的情绪，形成苏童女性书写的独特魅力。

第四节　日常性与悲悯精神

"文学是人学"的观念深入人心，人们普遍认为，文学创作是一门探究人类生命、展示人类生活、揭示复杂而深邃的人类心灵世界的学问。当代作家在探索人性与灵魂、反映现实世界和社会文化的过程中，各自采用了独特的叙事策略和艺术风格。苏童凭借四十年的创作实践，巧妙运用先锋叙事方法与技巧，又通过不时流露出的古典意蕴与诗意气质，展现出个性飞扬的虚构特质与超越立场。在持续不断的写作过程中，苏童既回望历史、隐喻现实，又通过讲述人性与欲望的故事，深入挖掘日常生活中的人与物，呈现出被欲望裹挟和渗透的人类生存真相。进而引发人们对生命本质的探究与反思，以期实现以文学整理世事人心的创作旨归。也可以说，苏童这一秉持的创作原则，是他通过对欲望与"日常性"的独特书写来实现精神超越的重要体现。

一 日常性的内涵与体现

"日常性"通常包含两个层面的内容:一是对作为主体的"人"的形象进行刻画,二是对日常生活的细致描绘。苏童的日常性书写,主要表现在他通过对日常生活复杂情境的真实呈现,对"小人物"形象的深入塑造,传达出具有"非常"精神内涵的作品。

苏童曾表明,他并不热衷于对人物进行阶层划分,也从未刻意描绘过任何一个所谓阶层的生活。[①] 在他看来,他所创作的"香椿树街"故事、"红粉"系列和"枫杨树故乡"等小说中的人物,皆为平凡的"小人物"。这些所谓的小人物的主要特征是:关心日常生活琐事,如柴米油盐,而对于生活的意义则鲜少思考,他们只关注如何生存下去。对于这些小人物而言,生存是第一要务,也是他们生活的最大意义。因此,这类日常性叙述首先表现在香椿树街故事中的小人物的"日常"生活。在苏童的作品中,香椿树街上的"小人物"们过着平凡的生活,关注的是诸如饮食起居之类的基本的生存需求。而对生活的意义及世间的风云变幻、时事政治毫不关心。无论男女老少,他们日复一日地为琐碎的日常生活、个体欲望以及生活中无处不在的权力斗争而奔波劳碌。他们在爱与恨的情感交织中,且痛且倔强地生活着,将苦难与不幸视为命运的安排。苏童,这位对平凡人的世俗生活怀有着与生俱来的关注热情的作家,以他从容淡定、波澜不惊的笔触,为小人物的日常生活注入了诗意与温情。他用真诚、感性的笔触,在颓废与凄迷的世界中,勾勒出恬淡与温婉的意境。

在短篇小说《二重唱》中,小唐司机对醉汉的善举和义行展示了人性的美好。同样,《河岸》中的"我"在迫不得已的情况下对傻子扁金动手,作者以细腻且充满温情的笔触描绘了人物当时的心理——"我"内心愧疚、自责、无奈,且恐惧、纠结,并进行了自我惩罚,形象地展现了对自身行为的懊悔。尽管库东亮年纪尚小,他却并非是非不分。虽然库东亮无法洞察自己与家人悲剧命运的根源,但他依然具备成长中的孩子应有的本分与追求,体现了人物性格中自发产生的善念与美好。

---

① 孔范今、施战:《苏童研究资料》,山东文艺出版社 2006 年版,第 37 页。

苏童充满善意与温情的写作，也体现在《桑园留念》《伤心的舞蹈》《飞鱼》等小说中。如《桑园留念》描述了丹玉教"我"跳舞的过程，展示了她"非凡的本事"，让"我"内心充满幸福感。[1] 而在《伤心的舞蹈》中，技艺精湛、人品优秀的段红老师，在选中"我"加入舞蹈队并与"官二代"李小果一起排练时，面对小孩子们的骄纵与无理取闹，她始终保持耐心和微笑。她以女性特有的母爱，既安抚李小果，也安慰"我"，她对学生有一视同仁的赞美和关爱，说："你漂亮，他也漂亮。"[2] 在孩子心中，她是一个让人倍感幸运的存在，她关爱并包容孩子们的所有缺点和坏习惯，被认为是一个世间罕见的好老太太。在《飞鱼》中，性格豁达开朗的大鱼儿姑娘，面对人们捕捞溺水之鱼的举动，不禁发出嘶哑却又震撼人心的哭声，脸庞因痛苦而抽搐。原本懒散度日的"我"叔叔，为了分担大鱼儿的忧愁，提前去农场为她编织了三日三夜的渔网。在物资匮乏的年代，即使生活飘摇不定，人们依然能从中感受到神秘且充满诱惑力的光芒。又如在中篇小说《红粉》中，小萼虽然一次次伤害了秋仪，但秋仪却以一次次宽恕与帮助回应她。她拉着小萼一起逃离困境，宽恕她所带来的夺夫之痛，陪伴她度过黑暗的夜晚，并抚养被她遗弃的孩子。在自身命运多舛的生活中，秋仪以侠义与真情直面苦难，为彼此的生命增添了一抹亮色。《像天使一样美丽》中两位曾亲密无间的好姐妹，后来因背叛而分道扬镳，彼此疏远。在吕疯子的眼中，她们"犹如天使般美丽"，正是他的赞美让压抑的小媛重拾生活信心。然而，吕疯子不断重复的言语，却成了姐妹间心生嫌隙的导火索。每个女性在成长过程中，或许都经历过嫉妒与狭隘的阶段。唯有宽恕他人，理解人性的恶与缺陷，才能真正释怀，勇敢面对痛苦，最终正视自身的美丽与纯洁，收获"饱含喜悦的泪水"[3]。

苏童的文学意义，不仅在于他描写人性与俗世中的美、善意与温情，还在于他通过作品对人性进行了深度的挖掘和展示，揭示了人类生活中

---

[1] 苏童：《桑园留念：苏童短篇小说编年：1984—1989》，人民文学出版社2007年版，第6页。

[2] 苏童：《伤心的舞蹈》，人民文学出版社2007年版，第36—39页。

[3] 苏童：《苏童作品精选》，长江文艺出版社2009年版，第53—226页。

的黑暗与困境、人物命运的沦陷与挣扎之痛，赋予了文学真实的精神特质。具体而言，苏童擅长通过剖析人物性格中的隐喻与象征意义，挖掘他们性格中的缺陷（如痛苦和苦难），来实现对日常生活的非常性设计。在多维视角、多元关系和丰富的人生舞台上，苏童将小人物的日常生活逐步呈现出来。在苏童的笔下，人物的冷酷和邪恶往往是日常生活中自然流露的，罪恶行为因此显得愈发普遍和自然。这种表现方式使得作品具有更强烈的震撼力，展现出更深刻的思想性和独特的审美价值。

二 生命意识的悲悯书写

真正有价值的文学，从来不是简单地对现实或当下进行说教，也不是提供某种解决方案或功利性的速成之策。相反，其核心在于引发人们的关注与思考，引导读者对现实与俗世日常进行审视与反思。同时，这样的文学作品还能在人们绝望时，帮助他们重树信心与勇气，探寻救赎的可能。这才是文学的真正意义所在，也正是苏童小说关注生命、探索生命意识的宝贵特质。

在苏童的作品中，那些深陷欲望泥潭的人物，无不遭受悲惨的下场，甚至走向死亡。这里的"死亡"，并非作家刻意安排的情节发展，而是人物在无法逃离的命运面前，被迫走向的结局。五龙的恶，从某种程度上说，是他身为底层百姓，在社会折磨和侮辱中，对社会极端报复的结果。而在"少年血"的记忆中，"香椿树街"的少年们，无论是《城北地带》中英勇赴死的达生，还是《刺青时代》里日复一日寻衅滋事的残疾少年小拐，抑或《回力牌球鞋》中身心受创、举止古怪的少年陶都曾是特定时代、环境和社会的受害者。他们的行为举止，看似仅仅是自我情感的释放，但实际上，在长期压抑和荫翳心态的驱使下，身心残缺的他们，本能地以各种"暴力"行为，向他人和社会发出控诉与报复。

苏童通过独特的"死亡"书写，展现了触目惊心的生存景象，以此来表达对苦难人生的深刻感悟。在困惑与无力中，人们容易陷入孤独与绝望。绝望被视为生命的最后一丝气息，是一种刻骨铭心的悲痛，也是最无奈、最微弱的叹息。丹麦哲学家克尔凯郭尔将绝望视为一种"疾病"，并认为"这种疾病是一种让人处于濒死状态，是因一种错误关系而导致，它来自自身与自身发生关系的综合所处的关系中，因而，绝望就存在于人自身之中"①。如何在写作中将人物命运与家族兴衰在社会历史中表现得淋漓尽致？如何在历史的叙述与审美的把握中，展现出人性的张力？苏童通过对绝望的深入剖析、对人物在绝望中挣扎情境的细致描摹，营造出一种凄清、绝美的氛围。在这种氛围中，写满血腥与罪恶的历史被蒙上一层薄纱，以减轻读者的恐惧与绝望感。

绝望的极端便是死亡。苏童又通过对死亡的想象与期待、对精神永生的追求，呈现出死亡形态的多样性。在正视死亡与思考死亡的过程中，苏童赋予了欲望书写以超越性意义。

《三盏灯》以细微之处见真章，通过描绘战争中破碎的家庭、阴阳相隔的亲人以及残酷无情的生活，展现了复杂人性的同时，也对战火纷飞年代中残存的人性美好进行了探索。"战争文学如果不单描写战争过程，而能通过这一过程写出其对人的命运、生存状态、精神走向等的深刻影响，让我们从中听到人性的阐述，看到灵魂的历险，它便可以成为一种重要的'人的文学'。"② 从这个角度来看，《三盏灯》堪称一次成功的"人的文学"书写。小说不仅揭示了人的苦难与人性之恶，还在无尽的苦难中为人们留下了一丝喘息的空间，叙述了人性的善良与光辉。苏童引用巴赫金对"傻子"的定义，认为他们是"并无私心的天真和正常的不理解"③，将其视为对抗利己主义的虚假与伪善的有效武器。小说中，雀庄村民的自私、冷漠与单纯、善良的傻子扁金形成鲜明对比。作者通过对傻子扁金心理世界的描绘，凸显出小碗人格的美好。扁金与小碗彼此给予安慰与善意，让读者感觉到一丝欣喜与温暖。面对小碗的离世，扁金不知所措，心痛流泪，"突然觉得眼角那里冰凉冰凉的"，在扁金的哽咽与狂叫声中，小说写他"情愿用一百只鸭子换回小碗的性命"④。小说中的"三盏灯"象征着小碗、母亲和伤兵父亲一家三口。"点灯"寓意着期盼战场上的父亲回家，找到回家的路，早日与家人

---

① [丹麦] 索伦·克尔凯郭尔：《致死的疾病》，张祥龙、王建军译，中国工人出版社1997年版，第13页。
② 黄修己：《对"战争文学"的反思》，《河北学刊》2005年第5期。
③ [苏] 巴赫金：《小说理论》，白春仁、晓河译，河北教育出版社1998年版，第358页。
④ 苏童：《妻妾成群》，花城出版社2013年版，第98页。

团聚。然而，当重伤的父亲挣扎着从战场归来时，眼前妻女已离世的现实让他伤痛加剧、绝望之情陡生。故事最后，奄奄一息的伤病父亲离世，三盏灯相继熄灭。

在《红粉》这部作品中，沦为青楼女子的秋仪，展现了对父亲、姑妈等亲人无尽的孝道和仁义。她宁愿自己承受揪心痛苦，也要孝顺眼盲的父亲。即便自己遭受罪痛、折磨，也要守护亲人。在如花貌美的年纪，为了成全表弟的个人幸福，她选择嫁给鸡胸驼背的冯老五。然而，当秋仪再次回到曾经的家，那些曾受她恩惠的姑妈和表弟等亲人，却对她冷眼相待、恶语相向。明明是表弟鸠占鹊巢，却不知好歹地对秋仪满是不屑与轻视："你回来干什么？弄得我结婚没房子。你既然在外面鬼混惯了，就别回来假正经了，搅得家里鸡犬不宁。"[①] 面对一次次"死"一般的沉重痛苦，秋仪依旧不减对亲情的眷顾与道义。她身上展现出的隐忍和孝道，让人不禁对她的遭遇报以深深的同情和敬意。在作者极富嘲讽力量的强烈对比中，秋仪这一"有血有肉""有情有义"的女性形象更让人肃然起敬。

此外，苏童的小说《人民的鱼》《白雪猪头》以及《西瓜船》等，皆是他以丰富多样的题材、深入挖掘人性温度之作。他以持续的热情关注着人性，不仅揭示其美好与光明，也敢于直面人类心理世界的阴暗与丑陋。通过对人性阴暗面的客观揭示，构建着自己独特的小说世界。如《米》中的五龙、《刺青》里的小拐等，这些以复仇者形象呈现的人物，都是苏童深入剖析和刻画的对象。他以真实客观的笔触，描绘出真实的人生百态，通过对生活的敏锐捕捉，真诚地剖析人性的恶与丑。这种审美体验，体现了苏童对文学创作的真诚态度，也成为他创作的最大特色。

总之，苏童以悲悯之情描绘着纷繁世俗的生活。他既接纳生存的困苦，又对绝望之地充满拯救的信念，在生与死之间充满了关切。在他独特的叙事技巧和美学理念背后，蕴藏着苏童丰富的精神内涵，也有对平凡人物日常生活的深深同情。他书写毁灭与绝望，并非为了摧毁或舍弃，而是如同浴血的凤凰一般，勇敢地直面现实，寻求涅槃重生的可能性。这是一种在深入自我剖析之后，敢于向死而生的勇气与担当。这也正是

[①] 苏童：《苏童作品精选》，长江文艺出版社2009年版，第69页。

苏童在讲述欲望中异化的人之后，又一次勇敢地前行，对生命之谜的探寻。

三 "诗"与"思"之间的绝望救赎

苏童笔下的绝望救赎，核心在于对人性缺憾的极致展现。这里的"极致"并非刻意丑化或有意诟病，而是超越常规思维的表达。在苏童的作品中，他不仅描绘了真善美，而且更勇敢地揭示假恶丑的存在。这种极致的表现，是在认识到人性的黑暗、丑陋、脆弱和残忍等特质后，期望通过极端的呈现，寻求理解与宽恕，从而探寻到救赎之路，实现完善与中和的可能性。这也可视作苏童在深入剖析和审视灵魂之后，为追求前行所需的勇气与动力，所发出的真诚呼唤。

在《罂粟之家》中，作者描述了沉草枪杀生父陈茂的时刻，他感到身心得到了解脱，整个人都变得轻松。文中写道，沉草在学堂里充满阳光活力，作为老地主家的后代，他在新式学堂接受现代教育，不惜破坏传统族规，将象征着财富的土地分发给农民。这些情节都充满了希望，象征着生命意识的悲悯笔触。然而，面对家族无法挽回的颓败结局，沉草这个最后的地主无法摆脱绝望的家族命运。这种充满希望的书写反而加大了救赎的力量，成为对悲剧人物沉草的历史与现实的双重救赎。《樱桃》中那个看似恐怖的结局，反而产生了意味深长的效果。邮差对樱桃的善良，是对充满期待却最终绝望的樱桃的悲悯描绘。然而，这种结局背后，为何没有让人感受到诡异神秘的阴森与恐怖，反而让读者产生了温暖与感动的感觉？其实，邮差的付出，于他自己孤独、单调的生活状态而言，又何尝不是一种自我补偿与自救呢？苏童在作品中以温情的外衣包裹残酷的内核，通过对传统文化价值观的解构，展现了他含蓄而深刻的思考。在物欲横流的现实背景下，他合理地诠释欲望，并以小说中零星的良心、温情、真诚和爱意点亮人物的心灯。在虚无的现实中，苏童关注欲望本身的矛盾以及现实与人心的两难处境，也正是因为他对这两者的深入体察，体现出苏童的悲悯情感。

诚然，"诗"主要体现在审美理想与美学效果上。苏童的小说，尽管充满颓废和阴郁的气质，但读者仍能在颓废美的叙事中，发现明朗、清丽的色彩，感受到纯净、温暖的气息。这并非一味冷漠的色调，更像是一种基于客观事实的两极不平衡的书写。例如，在对大自然、天空、色彩和声音的描绘上，读者可以感受到景色可见、色彩可辨、声音可闻、情感可感的作品魅力。因此，所谓苏童风格的诗意书写，并非仅仅源于天赋的古典才情与诗意想象力，更是他在创作过程中娴熟的写作技巧与深厚的文学底蕴的体现。这也体现了苏童对自由、恣意的美学理想的执着追求。

《碧奴》是一部充满西西弗斯式悲情意味的神话小说，苏童以独特的艺术手法，对人物命运进行了"狂想"式的诠释。在这部作品中，他将家喻户晓的孟姜女哭倒长城的神话故事进行了浪漫化的改写。主人公碧奴（孟姜女）被描绘成一位浪漫气质的女子，优雅清秀，眼泪藏于发间，身体各部位仿佛都能哭泣，泪水犹如喷泉般充满力量。[1] 故事的情节、结局以及审美特征都充满了丰富的意象和夸张的元素，实现了人物心灵的浪漫之旅。传统文学中，"孟姜女哭倒长城"的故事是民间对抗正史与权威的典型悲剧神话。苏童以解构和重组的方式，释放了最大的想象力，浪漫的人物、环境赋予了故事新的美学力量。在丁帆看来，苏童正是凭借超越性的想象，构建了属于他自己的古典主义气质的小说世界。这种"浪漫主义的格调"实际上是"苏童骨子里最基本的风格"[2]。苏童在尊重原有神话记忆的基础上，注入了更多全新的文学元素，并通过借助读者或清晰或模糊的印象，赋予孟姜女不一样的艺术魅力，为角色增添了更为深刻的审美内涵。可以说，通过苏童的再创作，这个故事获得了更多的探索价值与更强的可读性。

苏童的作品以其诗化小说的艺术魅力和饱含同情与理解的大爱，深入探索人类欲望的真实面貌。他擅长从人物细腻且复杂的心理活动出发，通过对环境和故事情境的烘托与营造，把握人物内心的波澜与欲望冲动。在敏锐捕捉和真实描绘的过程中，苏童揭示了现代社会中欲望对人的异化以及欲念导致的人格扭曲、人性变异。可以说，苏童的创作展现了人性的欲望图景。

海德格尔曾说："最彻底的个别化的可能性与必然性就在此的超越性

---

[1] 苏童：《碧奴》，重庆出版社2014年版，第209页。
[2] 丁帆：《〈碧奴〉——一次瑰丽闪光的叙述转换》，《文艺争鸣》2007年第4期。

之中，存在的这种超越一切开展都是超越的认识。"① 从这个角度来看待"先锋"苏童，似乎可将苏童在小说文体上的成就视为他的超越性体现之一。先锋小说的叙事策略，不仅直接挑战了写作的难度与限度，还在小说的语言、形式、结构、时空等方面颠覆了固有的写作观念。以苏童的《罂粟之家》为例，在阴郁、颓废勾勒出的欲望与死亡叙事中，作家以先锋语言的浓重登场，直接解构了传统写作中的"大写的人"这一主角；小说中对土地改革运动这一历史做了"先锋"处理，历史不再是客观、真实的，它变成了作家自己为叙事需要而设置的叙述史，被置换成刘老侠、陈茂与翠花花等人的性爱纠缠史，没有规律、没有意义，充满了荒谬与怪诞效果。又如苏童的《告诉他们，我乘白鹤去了》《妇女生活》，这两个作品是苏童在过足先锋游戏实验的瘾之后，对小说创作的一次主动"调试"。在极端的叙事体验与语言游戏中，苏童意识到先锋解构一切的"叙事革命"已然完成，形式探索的实验也已经结束，因而，亟须改变叙事策略，捋顺叙事线条，重新表达现实。评论家谢有顺曾指出，苏童的先锋小说，比如《一九三四年的逃亡》《米》等，通过与生活潜流、精神天宇保持密切联系的寓言话语的运用，文本具有了比表层形态更为宽阔的深度空间。② 如果说先锋意味着反抗、解构与颠覆，那么，苏童以自己的先锋创作经验告诉我们：并不是人在驾驭语言，而是作家的表达受制于语言的力量。仍以《一九三四年的逃亡》为例，苏童以天赋的想象力与直觉的感悟力，在故事突然散开的瞬间获得瑰丽且恣意的诗意想象，实现解构故事本身的目的。③ 苏童以自己独特的语言天分讲述故事，在苏童的小说世界，他感兴趣的并不是故事讲述的逻辑与程序问题，而是将关注点转移到对故事呈现的某种瞬间状态。

有评论家曾指出："（苏童）所有的努力都是在想方设法使作品能挣脱题材的有限空间进入仅剩的无限，从对具体的人事上达到对生存的

---

① ［德］马丁·海德格尔：《存在与时间》，陈嘉映、王庆节译，生活·读书·新知三联书店1987年版，第116页。

② 谢有顺：《寓言话语与先锋小说深度空间的阐释》，载汪政、何平编《苏童研究资料》，天津人民出版社2007年版，第577—578页。

③ 王宁、陈晓明：《后现代主义与中国当代先锋文学》，载汪政、何平编《苏童研究资料》，天津人民出版社2007年版，第561页。

感悟。"① 综合苏童四十年来的小说创作，可以发现，苏童在短篇小说写作上所取得成就最大。谢有顺曾不止一次表达过对苏童在短篇小说造诣上的肯定，在他看来，苏童的短篇小说有一种苏童式特有的氛围和语感，其艺术魅力丝毫不逊色于世界级短篇小说大师。以苏童创作于2005年的短篇小说《西瓜船》为例，小说中，复杂的人际关系和丰富的人性，在香椿树街居民与松坑人的对峙与交流中得以展现。而小说结尾的描述既出人意料又更富意蕴：福三母亲"摇摆着的身体突然停了下来，慢慢转过来，抬起手臂肘擦眼睛，努力地眺望着……福三的母亲要和码头上的人告别，可是离得远了她什么也看不清，看不清楚码头上站立的哪些是香椿树街的好心人……她就突然跪下去，向着酒厂码头磕了个头"②。细致的感觉、温暖的同情心、精准到位的语言，在引导读者留意福三母亲的形态举止的同时，将隐藏在文本中的作家想说而未说的那部分——感动之余，站立在码头上的一些人内心的遗憾与悔恨等内容也表达了出来，极大地丰富了作品的想象空间。在《西瓜船》中，苏童依旧以小人物的俗世日常做写作的"外衣"，以充满逻辑、尊重情理和符合常识的写作契约精神为小说的底子，在舒缓而富有节奏感的叙事中，带领读者感受福三母亲、香椿树街的"好心人"内心的淳善与质朴。读苏童的小说，感受这类质朴且真诚、字里行间带着温暖色调的文字，心里好像照进一缕光、升腾起一种感动，原来，这个世界依旧有美好的人和事，依旧有值得珍视的人情之美。事实上，在当今这个长篇盛行的年代，短篇小说的写作更能见出一个作家的写作功力与叙事耐心。

苏童的可贵，在于他不仅善于观察生活、复述生活，还能想象另一种生活的可能性。苏童的作品中充满了小人物的精神真实和心理疑难、小地方人的良善与质朴本色、俗世日常中感人的真情……苏童以悲悯而豁达的心，打量世界，发现潜藏于悲苦现世下的温情与美好。

莫言曾在一次发言中表达道："每个人心中都有一片难用是非善恶准

---

① 汪政、晓华：《苏童的意义——以中国现代小说为背景》，《当代作家评论》2008年第6期。

② 苏童：《垂杨柳：苏童短篇小说编年：2000—2006》，人民文学出版社2008年版，第270页。

确定性的朦胧地带，而这片地带，正是文学家施展才华的广阔天地。"[①]在苏童的小说世界，他以精练而绵密的语言、艺术上的用心经营书写着丰富的欲望与广博的人世。他不仅正视人世的恶，袒露自我之丑，也勇敢呈现人类不可克服的欲望本能。苏童书写苦难而不止步于苦难，不对苦难作模式化的煽情、不仅仅是在苦难中保持善心和优雅姿态，而是通过对苦难的一种超然理解与欲望叙事，写欲望影响下异化的身心、在欲望中煎熬的人可能有的命运感，揭示人性无法克服的欲望诱惑，审视并拷问人类灵魂，显示出他内心的宽广与坚韧。

  当漠然、麻木成为这个时代的"常态"，苏童以悲悯情怀讲述欲望故事、阐释欲望内涵显得尤为可贵。研究苏童，我们可以发现，小说中的人物总是处在矛盾与对立中，有飞翔与失落、有沦落与救赎、有驱逐与逃亡、有"河"与"岸"的永恒对抗……欲望无法消除，诱惑与冲突也无处不在。苏童通过整合欲望表达技巧，改变叙事策略，创新讲述方式，实现了从"讲什么"向"怎么讲"的转变，从而赋予了欲望讲述以"超越"的意义。

[①] 莫言：《我知道真正的勇敢和悲悯》，《领导文萃》2013 年第 12 期。

余 论

一个以"轻逸"写"繁复"的作家

融高贵、颓唐与古典、浪漫于一体的苏童无疑是中国当代作家中重要的一位。苏童将他对个体生命世界的体察与反思寄寓在他为之奋斗一生的文学事业中,以表面轻逸的方式不断探寻人的存在褶皱、人性幽暗和历史的暗沉。评论界普遍认为苏童善于讲故事,他的故事常以细腻的笔触描绘出丰富的情感世界,让人沉浸在故事的情境之中。这种温婉凄美的叙事风格,使得他的作品充满了诗意,让人回味无穷:从"香椿树街"童年记忆、虚构的"枫杨树故乡",到以修辞想象"勾兑"的历史寓言……都能见出苏童非凡的写作功力。笔者以为,面对如何处理写作过程中的"轻与重""简与繁""多与少"等问题,苏童展现出独属于他自己的丰富且轻逸的叙事特质,具体表现在三个方面:以先锋、"实验"笔法触及复杂和简单的人性两极;通过构建新的历史寓言,实现真实和虚构的完美结合;以对少年形象的"南方书写"与小人物命运的"苦难叙述",写尽人生的苦难,唱响人世的悲歌。也正是这种多样性的叙事方式,苏童构建了独属于他的精神体量庞大且耐人寻味的小说世界。因而,在笔者看来,论述并阐释苏童叙事的多个面向,研究苏童以轻逸写繁复的叙事辩证法,才能读懂苏童的小说,理解苏童写作的意义,从而进入中国当代文学的现场,管窥这个时代先锋作家的精神风貌。

一 灵动的诗性语言

苏童在自己的"小说王国"进行着大胆而新奇的文体"实验",灵动飘逸的想象、唯美的语言,是他独有的叙事"秘方"。善于讲故事的苏童迷恋先锋实验,在写作上呈现出鲜明的语言与结构特征。他巧妙地冲破原有的桎梏，为读者带来全新的审美体验，成为先锋浪潮中独特的存在。

通过刻意破坏的结构、不确定的时间、未知的人物、模糊的情节、"碎片化"的叙事等，苏童对传统叙事进行解构与颠覆。他早期作品如《飞越我的枫杨树故乡》《一九三四年的逃亡》《井中男孩》《罂粟之花》等，都以独特的叙事手法和简洁而富有诗意的语言，展现了他对叙事实验的探索。在《飞越我的枫杨树故乡》中，他通过祖父回忆的视角，展现出幺叔漫长而苦难的一生，这种从他人眼中观照生命的叙事方式，抽象而富有诗意。在《一九三四年的逃亡》中，他运用紫色光芒和历史书上的年份，营造出一种遥远而深邃的年代感，使得1934年成为一种象征，寓意着人生的沧桑与变迁。"我"成为作品中随意出入的叙事者，故事的连续性被刻意打断，传统故事中的人物、情节、结构等固有元素被打破，取而代之的是叙事的感觉与情绪。苏童将意绪与感受的表达化作叙事的动力，让其构成故事的情节与逻辑，在不影响叙事效果的前提下找到了化繁复为轻逸的美学方法。

苏童在坚持唯美、诗意的语言风格的基础上，挖掘叙述者"我"的多重价值。在其笔下，"我"既是叙事者，也是作品中的人物，以多重叙事身份不断转换的方式，实现语词选择上给故事结构减负的目的。如《井中男孩》《飞越我的枫杨树故乡》以及《蝴蝶与棋》等作品，其叙事手法独特，时空穿越自由。苏童通过运用位置、色彩、声音等元素，展现了人物内心的情感波动和氛围美感。

在《井中男孩》中，主人公可以自由穿梭于时间之流，将过去、现在和未来紧密联系，目睹他"幺叔"人生的全过程。在《飞越我的枫杨树故乡》中，通过对"我"的祖父回忆的描绘，表现出生命的漫长与苦难。而在《蝴蝶与棋》中，苏童巧妙地利用句式、修辞和节奏，表达出主人公面对宁静氛围时的慌乱情绪。又如《我的帝王生涯》这部作品，苏童以细腻的笔触描绘了父王驾崩的场景。通过运用"悬浮""白色""低低""掠过""片刻""哀婉""啼转"等一系列词语，营造出一种轻盈、飘逸的语言质地，引领读者进入唯美的意境。

先锋实验追求语言狂欢与个体的荒诞体验，苏童在小说中以人物感觉代替思想，运用流畅的语感和隐喻与意象的修辞，隐藏在荒诞中的繁复人性呼之欲出。小说中不断出现象征着神秘、阴郁的色彩意象："绒绒的雪地呈现出幽蓝的色彩"(《罂粟之家》),"浊黄与蓝白的殊死之争"(《蓝白染坊》),"黑胶鞋温柔敲打牛腹""牛车上升腾起暗红色的烟雾,在野地上奔驰如流云"(《飞越我的枫杨树故乡》)。[1] 苏童以现代叙事"解构"人世与日常的先锋实验,运用反讽、寓言等修辞,为读者呈现一个由欲望交织而成的"梦幻"世界。《罂粟之家》里有"黑夜深处颠簸的心""像拔了羽毛的鸡翅膀一样耷拉着的手臂"[2] 这样极富暗示性的语言,颇具历史寓言意味的叙事。在作家精心营造的朦胧、氤氲氛围中,罂粟气息与欲望心理混合,人物随之陷入作家精心编织的宿命之网,最终走向恐惧与虚无。特别有意思的是,小说最后被激起的"罂粟气息",从某种程度上来说,更接近于一种历史寓言,这一表述强调了罂粟花作为一种象征符号,在历史语境下所承载的寓意。在许多文学作品中,罂粟花都被用作对历史沧桑、人类命运沉浮的隐喻。苏童以"罂粟花"象征历史长河中那些无法抹去的痛苦记忆,隐喻着人类在灾难中挣扎求生的坚韧精神。这种寓言性的表达,使得作品具有了更深层次的历史思考和对人性的探讨。

文学的先锋精神是"反叛",也是"创造",更是作家主动挑战写作难度的一种创作品格。苏童正是这样一位勇于尝试、不断寻求突破的作家。出于对存在现状的理解、对人类未知世界与精神出路的探索,苏童勇于尝试、不断寻求突破,在每一次的先锋写作中均实践着他的语言"狂欢"——轻盈、唯美且诗意盎然。"轻",来自苏童的写作灵感与审美结构;"美",源自苏童天生的语言才华及其对诗化文字灵活自如的驾驭能力,他的作品是诗化小说中语言实验的"杰作"[3]。在天赋才华、灵感与先锋实验的合力中,苏童的"诗化小说"形成一种奇异效果,"就像一个断了线的风筝,违反清醒的按部就班的知解力,趁着沉醉状态的灵感在高空飞转,仿佛被一种力量控制住,不由自主地被它的一股热风卷着

---

[1] 苏童:《桑园留念:苏童短篇小说编年:1984—1989》,人民文学出版社2007年版,第179页。
[2] 苏童:《罂粟之家》,人民文学出版社2000年版,第96页。
[3] [意]卡尔维诺:《未来千年文学备忘录》,杨德友译,辽宁教育出版社1997年版,第5页。

走"①。轻盈、飘逸的语言质地,自觉的语言意识,尤其是对意象性语言的巧妙运用,不仅为小说成功营造出凄清幽怨的叙事氛围,也构成苏童小说叙事的深层推动力,让苏童在不断的写作实践中形成了一种"意象主义写作风格"②。

二 有限与永恒:对人性的叩问与深思

有学者指出,苏童创作的动力与价值不在于提供人生航标和精神出路,而在于帮助人们勇敢面对残酷的真实,以虚构和想象张扬自由的审美精神,以对残酷人性和悲剧宿命的刻画去整理世界与人心。③ 在苏童的文学世界里,真实与虚构不再是二元对立的概念,而是相互交融、互为映照的。他巧妙地将现实生活中的细节与虚构的情节相结合,使得读者在阅读过程中难以分辨真假,引导读者思考现实与虚构之间的边界,并进一步反思人性的复杂性和社会现象的多元性。苏童笔下的真实与虚构有着具体的目标指向性,他的创作旨在揭示现实与想象之间的微妙关系,通过这种关系来探讨人性、社会与历史的内涵。

苏童早期创作的《飞越我的枫杨树故乡》《桑园留念》《一九三四年的逃亡》《罂粟之家》等先锋小说,主要通过丰富而奇妙的意象运用,颓靡氤氲的意象表征,出神入化的意象营造,展开轻逸的意象性叙事,形成仿若中国传统水墨画气质与神韵的意象主义美学风格。而在20世纪80年代末到90年代初,内在紧张感的弱化、精神意义上先锋锐气的丧失,使苏童等先锋作家开始审视并反思先锋文学艺术形式及其存在的意义,转向"新写实""新历史主义"写作④。《妻妾成群》《米》《我的帝王生涯》等一系列新历史主义小说的创作,体现了苏童开始将叙事策略转向一种新的历史寓言。

转型后的苏童,固然不再坚守作为形式实验的"先锋",然而,他却

---

① [德]黑格尔:《美学·第三卷·下册》,朱光潜译,商务印书馆1979年版,第214页。
② 葛红兵:《苏童的意象主义写作》,《社会科学》2003年第2期。
③ 张光芒:《以文学整理世界与人心——苏童新论》,《湖北大学学报》(哲学社会科学版)2019年第1期。
④ 吴义勤:《沦落与救赎——苏童的〈我的帝王生涯〉读解》,《当代作家评论》1992年第6期。

吸收了先锋文学的技术和观念，在书写新的历史寓言时，坚守着作为创新精神的"先锋"，在真实与虚构的融合中体现着先锋精神的"续航"。张清华指出："作为先锋新潮小说作家，苏童基本的艺术营养似乎并不倾向于西方，相反他可能更受惠于中国文化和中国古典的小说传统，这同样使他构成了鲜明的个例。"[1] 苏童充分汲取中国传统文学的养分，将寓言纳入特定历史框架，重建历史"片段"，重现新的历史"真实"。同时，又结合西方"寓言"故事中由具体向抽象"转移"与"超越"的规律，刻意混淆历史与现实间的界限，以对"细部"极富叙述耐心且充满历史感的讲述，将人物置身于真切的历史情境中，书写他们的凄婉哀怨、愁情别绪，抒发苏童"旧式文人"般的颓废感伤。《妻妾成群》中，苏童以对意象与隐喻的巧妙使用，映射人物心理的压抑、恐惧，陈家大院的孤寂、凄冷，颓唐的家族命运、人物的悲剧结局在作家灵动且充满古典意蕴的叙事中铺陈开来。小说中"寂静无比""点点滴落""凄迷絮语"这样的词语随处可见，语言灵动且诗意盎然。作家巧妙地将传统与现代元素相结合，呈现出一种独特的历史观与世界观。作者通过对妻妾们的生活琐事的描绘，为读者呈现了当时社会的伦理观念、家庭关系与女性地位等问题，寓意丰富而深刻。可以说，《妻妾成群》在构思、寓意与审美艺术等方面所展现出的高超叙事技巧、对人性的深刻洞察达到了近乎完美的程度。《妻妾成群》算得上是一部具有典型意义的新历史主义小说，小说运用传统古典的白描手法还原生活的本来面貌，以细腻写实的笔触，寻获小说写作的新可能性。提及《妻妾成群》的故事，苏童坦言，真正激起他创作欲望并推动他继续"构思""叙事"的，是古老故事本身的吸引力。[2] 在这个旧日故事中，苏童以旧瓶装新酒，不断从《红楼梦》《金瓶梅》等古典名著中汲取文学养分，又敢于打破传统小说叙事套路，以"欲望寓言"为主线，勾勒出一幅女性欲望图画，诉说着女性与女性之间、女性本身无穷尽的伤害与悲苦，进一步加深了家族苍凉、颓朽、衰败的故事内涵。在苏童极富古典才情的寓言演绎中，《妻妾成群》充满了凄婉感伤且沉重悲悯的叙述力量。

---

[1] 张清华：《天堂的哀歌》，山东文艺出版社2005年版，第18页。
[2] 苏童：《虚构的热情》，江苏人民出版社2003年版，第23页。

也是在这一时期,受当时大量涌入国内的西方文艺理论的影响,在打碎原有历史结构、重组"历史元素"后,苏童开始以自己的方式重新"勾兑历史"。他的《米》《十九间房》等新历史主义小说以空间化的时间、人物日常与人性情状替代历史,推动着历史向前,在自由驰骋的"修辞想象"与"寓言化"写作中,彰显出真实的历史感与深沉的批判力。同时,苏童继续发挥他的叙事天赋,用开放的道具设计成神奇的叙事迷宫(《拾婴记》),以讲故事的形式将历史"大事件"编织成一个个鲜活的小故事,将"与集体、民族或国家相关的历史事件"浓缩为"一枚小小的邮票"。在这枚邮票大小的时空里折射出对整个民族乃至社会文化的想象,作者通过对历史的"勾兑"与重组,将历史阐释为一个至情至性的俗世女子的"哭泣"(《碧奴》),一位千古传奇女帝武则天的"内心独白"(《紫檀木球》),一幅在"帝王"与"走索艺人"间寻寻觅觅、在亦真亦幻的"身份"与"命运"中"沦落"与"救赎"的历史图景(《我的帝王生涯》)。

《我的帝王生涯》是一部具有"昆德拉式幽默"的历史寓言作品。在该作品中,主人公端白被塑造为一个充满悲剧色彩的人物,人生错位感和命运的无常成为他一生的真实写照。虚构世界中,时间、地点、人物、事件和情节等传统小说元素都充满了虚构意义,历史的真实面貌已不再重要。相反,历史已经融入小说形式与内容、现实与艺术的"共同体"中,成为作家创作思维的载体。在错综复杂、混乱无序的历史碎片之中,端白成为时间的载体,人物自己叙述历史,成为历史唯一的线索。通过历史与虚构的结合,作者强调了个体在历史长河中的命运无常以及人生错位感和阴差阳错、事与愿违的命运安排。综合来看,《我的帝王生涯》的叙事充满了荒诞与非理性色彩,历史的虚无感与命运的悲剧意味隐含在"寓言"之中,历史本身的偶然性与不确定性使端白的生存遭遇与命运归宿充满了未知。可见,苏童的新历史小说,不仅以全新的方式直面人性的繁复与褶皱处,更通过轻逸的寓言叙事实现对传统经验的超越。在苏童的小说世界,高贵或卑微的人物,都无本质上的不同。也正是从这个作品开始,"打破神话"的民间叙事成为苏童的主要写作方向。

先锋追求、现实主义、现代主义等创作特质,在《碧奴》这一重述神话的写作尝试下表现得尤为突出。通过作家丰富的想象力和卓越的叙事才华,浪漫主义特质在作品中无处不在,无论采用何种叙述方式,浪漫气息始终贯穿其中。在这一背景下,浪漫主义气质被认为是苏童创作的内在底蕴,从而展现出其叙事面向的丰富性与复杂性。《碧奴》是苏童于2006年发表的一部重述古老传说的小说,该小说改编自广为流传的《孟姜女哭长城》故事。在《碧奴》中,苏童通过对叙事技巧和语感的调整,成功实现了从传统历史叙事向现代文学叙事的转变,使读者重新体验到了他那"灵动""轻逸"的叙事风格。

首先,在人物原型方面,苏童进行了浪漫的"改写"。他突破了原有故事中人物形象的束缚,赋予孟姜女更加丰富、立体的性格特点,让她在文学世界焕发出新的生命力;其次,在文本的细节处理上,苏童对故事背景和人物关系做了精细处理,以细致入微的笔触展现了古代社会的风俗民情,为读者呈现了一幅生动的历史画卷;最后,苏童以极致的想象,不仅延续了原有故事的情感内核,还将其与社会现实相结合,赋予了故事更深刻的内涵与更丰富的表现力。可以说,在《碧奴》这部小说中,正是作家巧妙的叙事策略、独特的叙事技巧、卓越的语言才华,使一个两千年前的历史形象在文学疆域里变得栩栩如生、魅力无穷。

三 以轻逸写繁复的叙事辩证法

苏童以独特的笔触"雕刻"着由人物心理与场景烘托出的文学世界。在这里,潮湿、阴暗的气候环境,拥挤、沉闷的街道,逼仄、压抑的生活,孤独、迷惘的少年随处可见。对沉重生活的敏锐感知、对繁复人性的理解与悲悯注定了苏童的"独特"是从骨子里带出来的。"我从来不认为我对南方的记忆是愉快的。我对南方抱有的情绪很奇怪,可能是对立的,所有的人和故乡之间都是有亲和力的,而我感到的则是与我故乡间一种对立的情绪,很尖锐。在我的笔下所谓的南方并不是多么美好,我对它怀有敌意。"[1]"奇怪""对立""敌意",这些黯淡、低沉至近乎冷酷的字眼,在苏童高度抽象的写作风格下,化作对人物的思想脉络与心理过程的细腻描绘,以减轻故事结构与语言的沉重感。同时,苏童经过对

---

[1] 苏童、王宏图:《南方的诗学——苏童、王宏图对话录》,漓江出版社2014年版,第99页。

"轻"这个审美概念的长久审思,以童年记忆与"遗忘"的姿态开始他对香椿树街少年的"青春回访"。

苏童的文学作品常以南方为背景,深入挖掘少年的成长经历。《城北地带》中无知、冷漠的达生,《舒家兄弟》中极度压抑的舒农,《沿铁路行走一公里》里"人群中总显得孤独而不合时宜"的剑,《西窗》里总喜欢呆坐在别人家窗前、表情总显得漠然的红朵,《来自草原》中言行举止皆不同于同窗、在同学中诸多"奇闻异事"广为流传的男主角布和,《我的棉花我的家园》中总是满腹疑问、时常感觉到眩晕与恐惧的书来,《河岸》里选择河与船作为归宿、一生漂泊孤苦的少年库东亮,《黄雀记》中沉闷的保润,看似花团锦簇实则悲怜孤苦的被"捡来"的仙女……在他的笔下,这些少年们身处于一个矛盾的世界,既有对外界的探索和好奇,又有内心的挣扎和困惑。他们在成长的道路上,面临着来自家庭、学校和社会的各种压力,使得自身心理变得敏感和脆弱。所有这些情绪转化为苏童笔下的"独特的少年形象":他们敏感而脆弱、压抑且躁动,他们的目光显得犹疑且空洞,他们以持续的执拗向外界宣泄着内心种种情绪,这种宣泄既是对现实世界的"反抗",也是少年们对自我价值的探寻。苏童深入挖掘少年们的心理,展现少年的心灵世界,为读者呈现了一幅生动、真实的成长画卷。

在新历史小说的创作中,苏童把人、历史、社会的"沉重"本质写出了"轻巧""轻逸"的感觉。卡尔维诺把"轻逸"理解成与"重"对立的概念,在他看来,"轻"的价值与意义正在于减少沉重感——人"活着"本身的沉重感,客观存在的环境的沉重感,历史社会文化的沉重与压抑感。[①] 苏童觉得"卡尔维诺优雅的文字气质后隐藏着一颗残酷的心"[②]。在经历了模仿、回归、转型等多样尝试后,苏童试图在"沉重"与"轻逸"间找到一个"平衡点",在一种刻意追求明快、轻松的氛围中,探寻人与世界"和谐相处"的可能。而依想象编织出的精彩故事,模糊的少年记忆,不确定的历史事件,"轻逸"成为苏童解决讲述孤独感

---

① [意]卡尔维诺:《未来千年文学备忘录》,杨德友译,辽宁教育出版社1997年版,第4页。

② 苏童:《河流的秘密》,作家出版社2009年版,第201页。

受、沉重困境的一剂良方。正如苏童笔下的"少年血"叙事,"差错"事件接二连三出现,错位与断裂既是成长的必然经历,也是现实的真实写照。苏童借第一人称视角展开叙述,"我"既是参与者,同时也是旁观者,让读者在信以为真的阅读体验中,感受着少年的心、身与"命"。如《刺青时代》里锦红的丧生、《城北地带》中美琪的投河自杀、《伞》中锦红的惨痛经历,每一次少男少女间的"性"与情欲本能的表达,伴随而来的无一例外都会是一场命运悲剧。

柔弱的女性、本真的少年,苏童挑选这些"特别"的人物,以他们的心性感受周遭一切,看待夹杂着暴力与权欲的外界。在对历史、社会与生活的一种懵懂认知中,苏童以"轻逸"的叙事消解"物"的沉重感。"香椿树街"弥漫着的龌龊、阴暗、邪恶、压抑、怪异等气息,通过作家基于童年记忆的"超验想象",借助寓言与隐喻,运用极富画面感的意象艺术,《稻草人》中玩笑般的"恶作剧",《古巴刀》中罕见的"少年血"奇观,《犯罪现场》对人畜的共同施暴,《那种人》里的冷暴力,《私宴》中真实折射的"丑陋人性"……浓缩为童年记忆中的生活片段以及对少年生命情状的生动描摹。可以说,苏童的"青春回访",不仅是对模糊记忆的一种刻意"遗忘",也是苏童"虚构叙事"的有力手段。

苏童还善于从小人物的"日常遭际"来揭示苦难主题。通过建立在隐喻与象征意义上的人物性格,尤其是对角色性格缺陷的描述,实现对日常生活的非常性设计,将少男少女的"无常"命运在多维视角、复杂的关系与繁复的人生舞台次第展开。《像天使一样美丽》中曾经形影不离的好姐妹小媛与珠珠,后来互相出卖分道扬镳,在吕疯子眼里,她俩"像天使一样美丽","疯子"的话成为预示少女们"分"与"和"的谶语,而有天然生理缺陷的"疯子"也成为帮助女孩们正视自身嫉妒本能的"引路人"。[①] 小说将人世间诸多"差错"隐喻在这个看似简单且十分"平常"的故事里,在吸引读者进入"谜面"、思考"谜底"的讲述中,让人不仅惊讶于苏童独到的构思和极富隐喻与反讽意味的语言,更为小说中人物命运的"无常"设计唏嘘不已。

在《黄雀记》中,由保润、仙女、柳生三个角色构成的"人物链",

[①] 苏童:《苏童作品精选》,长江文艺出版社2009年版,第226页。

"围困"于作家精心结构的三个篇章——"保润的春天""柳生的秋天""白小姐的夏天"里。角色间极度沉郁且密闭的"氛围",少年心身的压抑与冲动本能,紧张且剑拔弩张的人物关系,激烈的矛盾冲突,在苏童高明的"编排下",这些沉闷、绝望的悲剧"底色"化为风轻云淡的景致氛围或是懵懂少年的迷惘心理:

> 红色的水塔上空覆盖着几朵稀薄的云彩,看不见罪恶的痕迹,听不见她的声音。只有风声。风吹云动,塔顶的云团状如一群自由的兔子。白云,乌云。白兔,灰兔。兔群在天空中食草,排列出谜语般的队形。他觉得自己笨。春天的天空充满谜语,那谜语他不懂。春天的水塔也充满谜语,那谜语他不懂。还有他自己,春天一到,他的灵魂给身体出了很多谜语,他的身体不懂。他的身体给灵魂出了很多谜语,他的灵魂不懂。
>
> 他什么都不懂。[1]

保润阴郁、孤独、无知而"缠绕",是《黄雀记》中最重要的角色,既是牵引出另一主角仙女物欲世界沉浮史的"因",也可视作最终以柳生死、仙女逃为结局的悲剧之"果"。相较于秋的收获、夏的热烈,春天,似乎更显青涩、湿润,更富南方的氤氲、寂静之气,也更能凸显沉闷、空虚、寂寞的南方少年形象。从这个意义上来理解,《黄雀记》中的仙女、柳生、保润都是具有典型南方特质的少年人物形象。小说中复杂缠绕的人物关系,通过虚构的记忆叙事、云谲波诡的氛围营造、丰富立体的人物塑造展现出来。苏童自由地书写着他笔下阴暗、潮湿的南方世界,而小说本身,也成为一个文化南方的"缩影",以及从人物生活细节与日常性表达出发的"真实的南方"。《黄雀记》中关于时代与个人、现实与精神、"狱"与欲的隐喻,是社会发生巨变与转型期的映射,是时代的宿命,更是现实裹挟下个人所遭遇的最大窘境。从《黄雀记》到《河岸》,苏童先锋气质依旧,叙事却愈发沉稳与老练。苏童把先锋文学诸多元素全部浓缩至《河岸》这部作品中,跳脱出传统桎梏,从一个不同以往的

---

[1] 苏童:《黄雀记》,作家出版社2013年版,第90页。

全新角度，用一种简化了过程的逻辑重新认知世界，避免客观存在的现实景象给人以沉闷、压抑感，以求寻获轻逸的形象。

当代文坛其实从不缺乏叙事手法、风格丰富多元的写作高手，晚年的孙犁以别具一格的阴柔幽美书写那个粗粝动乱的时代，追寻他沉重而感伤的文学"真善美"；汪曾祺喜欢在闲适典雅中精雕细琢，以清新淡雅的笔墨，在繁复的现世，追求一种轻松、明朗的情致；张清华形容莫言在形式、思想与美学上所取得的成就已抵达"叙述的极限"，并用"文学的减法"概括余华以简化、简约裹挟一切，最终完成从"虚伪"到"真实"的转变……在苏童这里，无论是对物欲世界"沉浮"的抽象化提取，还是以忧郁空灵笔法描写"南方"的诱惑与堕落，抑或是他笔下看似漫不经心的"红粉"与女性生存悲歌，都体现了他以化繁为简的叙事策略，巧妙地将"日常性"与"悲悯"精神纳入自己的叙事逻辑中。可以说，这正是苏童小说创作的叙事特性与超越意义所在。

所谓叙事策略上的"轻逸"，即卡尔维诺强调的作家应以"轻松化"的文学创作视角看待世道与人心。苏童执着于追求文学本质与艺术真实性，以对人性与日常进行的"把脉"、对矛盾与沉重的现实人生的"诊断"，坚守自身创作原则。作者通过用人物自己说话，让人物自身性格逻辑决定其命运走向，以叙事形式之轻与主题之重相结合实现对文学的轻逸叙事。综观苏童的小说世界，无论是他以"灵动"摆脱"桎梏"的先锋叙事，还是以"轻逸"书写"沉重"的新历史寓言，抑或是通过对过程的细腻描绘来减轻人的"沉重感"的后期新作，雅致、凄美且意味深长是他的总基调，颓迷、氤氲而又不失中性、温和是苏童不变的美学风格。

不拘泥于表现什么，而重在对"怎么表现"的思考与尝试，苏童以他突出的写作才华、灵动飘逸的语感、与生俱来的虚构热情，执着地探索小说艺术与文体自觉，在不断自我突破的努力中，苏童将沉重的现世隐藏在历史陈述背后、潜藏在个人记忆之中，形成一套独属于苏童自己的叙事体系：虚伪与真诚、卑微与高尚、荒诞与真实、伟大与虚无……他的写作，以轻逸写繁复，以叙事呼应抒情，以悲悯之心解读历史，为淹没在历史洪流中的卑微个体"立传"。依此，也可以说，苏童的小说创作，在某种程度上，已然抵达"辩证法"的高度。诚如苏童自己所表达的那般:"究竟该为读者呈现一个怎样的世界?"这是他在进行小说创作时最艰难的选择:阳光与雨露、光明与黑暗、简化与繁复、轻逸与沉重……究竟应该怎样才能予以有效的艺术处理?更为重要的是,如何才能让笔下的小说世界实现哲理与逻辑并重、忏悔和警醒同行、良知与天真同在?[1] 所有这些,都是苏童不得不面对的写作难题,而这也正是同时代许多作家共同努力的方向。

---

[1] 苏童:《虚构的热情》,作家出版社2009年版,第221页。

参考文献

一 苏童作品

苏童：《刺青时代》，长江文艺出版社1993年版。

苏童：《苏童文集·世界两侧》，江苏文艺出版社1993年版。

苏童：《苏童文集·少年血》，江苏文艺出版社1993年版。

苏童：《苏童文集·婚姻即景》，江苏文艺出版社1993年版。

苏童：《苏童文集·后宫》，江苏文艺出版社1994年版。

苏童：《苏童文集·末代爱情》，江苏文艺出版社1994年版。

苏童：《寻找灯绳》，江苏文艺出版社1995年版。

苏童：《城北地带》，作家出版社1995年版。

苏童：《苏童文集·米》，江苏文艺出版社1996年版。

苏童：《纸上的美女——苏童随笔选》，人民日报出版社1999年版。

苏童：《枕边的辉煌：影响我的十部短篇小说（苏童选编）》，新世界出版社1999年版。

苏童：《仪式的完成》，人民文学出版社2000年版。

苏童：《苏童散文》，浙江文艺出版社2000年版。

苏童：《虚构的热情》，江苏人民出版社2003年版。

苏童：《苏童文集（1—10卷）》，上海文艺出版社2004年版。

苏童：《伤心的舞蹈》，人民文学出版社2007年版。

苏童：《桑园留念：苏童短篇小说编年：1984—1989》，人民文学出版社2007年版。

苏童：《狂奔：苏童短篇小说编年：1990—1994》，人民文学出版社2007年版。

苏童：《十八相送：苏童短篇小说编年：1995—1996》，人民文学出版社2007年版。

苏童：《白沙：苏童短篇小说编年：1997—1999》，人民文学出版社2007年版。

苏童：《垂杨柳：苏童短篇小说编年：2000—2006》，人民文学出版社2007年版。

苏童：《我的帝王生涯》，作家出版社2009年版。

苏童：《苏童作品精选》，长江文艺出版社2009年版。

苏童：《河流的秘密》，作家出版社2009年版。

苏童：《婚姻即景》，重庆大学出版社2011年版。

苏童：《我的帝王生涯》，作家出版社2012年版。

苏童：《河岸》，人民文学出版社2012年版。

苏童：《蛇为什么会飞》，上海文艺出版社2012年版。

苏童：《自行车之歌》，明天出版社2013年版。

苏童：《黄雀记》，作家出版社2013年版。

苏童：《米》，作家出版社2013年版。

苏童：《妻妾成群》，花城出版社2013年版。

苏童：《碧奴》，重庆出版社2014年版。

苏童：《罂粟之家》，重庆大学出版社2015年版。

苏童：《罂粟之家》，重庆大学出版社2015年版。

苏童：《万用表》，江苏凤凰文艺出版社2017年版。

苏童：《马多娜生意》，人民文学出版社2018年版。

二　论著类

[英] D. C. 米克：《论反讽》，周发祥译，昆仑出版社1992年版。

[英] E. M. 福斯特：《小说面面观》，冯涛译，人民文学出版社2009年版。

[德] H－G. 伽达默尔：《真理与方法》，王才勇译，辽宁人民出版社1987年版。

[澳] J. 丹纳赫、T. 斯奇拉托、J. 韦伯：《理解福柯》，刘瑾译，百花文艺出版社2002年版。

［英］霭理士：《性心理学》，潘光旦译注，商务印书馆2014年版。

［意］艾柯等著：《诠释与过度诠释》，王宇根译，生活·读书·新知三联书店1997年版。

［美］爱德华·W. 萨义德：《世界·文本·批评家》，李自修译，生活·读书·新知三联书店2009年版。

［美］爱德华·W. 萨义德：《知识分子论》，单德兴译，生活·读书·新知三联书店2013年版。

［奥］威廉·赖希：《性革命——走向自我调节的性格结构》，陈学明、李国洲、乔长森译，东方出版社2010年版。

［奥］西格蒙德·弗洛伊德：《弗洛伊德论自我意识》，石磊编译，中国商业出版社2016年版。

［奥］弗洛伊德：《精神分析学引论彩图馆》，崔雪娇编译，中国华侨出版社2016年版。

［奥］西格蒙德·弗洛伊德：《性爱与文明》，滕守尧等译，安徽文艺出版社1996年版。

［奥］西格蒙德·弗洛伊德：《性欲三论》，赵蕾、宋景堂译，国际文化出版公司2000年版。

［苏］巴赫金：《小说理论》，白春仁、晓河译，河北教育出版社1998年版。

［德］本雅明：《迎向灵光消逝的年代：本雅明论艺术》，许绮玲、林志明译，广西师范大学出版社2008年版。

［英］伯特兰·罗素：《权力论：一个新的社会分析》，靳建国译，东方出版社1988年版。

［英］菲利普·汤姆森：《论怪诞》，孙乃修译，昆仑出版社1992年版。

［德］歌德等：《文学风格论》，王元化译，上海译文出版社1982年版。

［德］黑格尔：《精神现象学》（上卷），贺麟、王玖兴译，商务印书馆1997年版。

［美］怀特：《文化科学——人和文明的研究》，曹锦清等译，浙江人民出版社1988年版。

［保］基·瓦西列夫：《情爱论》，赵永穆、范国恩、陈行慧译，生活·读书·新知三联书店1997年版。

［奥］康罗·洛伦兹：《攻击与人性》，王守珍、吴月娇译，作家出版社1987年版。

［意］卡尔维诺：《未来千年文学备忘录》，杨德友译，辽宁教育出版社1997年版。

［美］洛兰·格伦农等编：《20世纪人类全纪录》，余吉孝等译，中国友谊出版社2008年版。

［德］马丁·海德格尔：《存在与时间》，陈嘉映、王庆节译，生活·读书·新知三联书店1987年版。

［德］马丁·海德格尔：《演讲与论文集》，孙周兴译，生活·读书·新知三联书店2005年版。

［德］马克斯·韦伯：《经济与社会》（上卷），林荣远译，商务印书馆1997年版。

［美］马斯洛：《马斯洛人本哲学》，成明编译，九州出版社2003年版。

［捷］米兰·昆德拉：《玩笑》，蔡若明译，上海译文出版社2003年版。

［法］米歇尔·福柯：《性史》，张廷琛等译，上海科学技术文献出版社1989年版。

［法］欧仁·尤奈斯库：《我越来越困难了》，李化译，载王忠琪等译《法国作家论文学》，生活·读书·新知三联书店1984年版。

［法］让·鲍德里亚：《消费社会》，刘成富、全志钢译著，南京大学出版社2014年版。

［法］热拉尔·热奈特：《转喻：从修辞格到虚构》，吴康茹译，漓江出版社2013年版。

［英］莎士比亚：《莎士比亚全集4》（纪念版），朱生豪等译，人民文学出版社2014年版。

［德］叔本华：《作为意志和表象的世界》，石冲白译，商务印书馆1982年版。

［丹麦］索伦·克尔凯郭尔：《致死的疾病》，张祥龙、王建军译，中国工人出版社1997年版。

［英］特里·伊格尔顿：《历史中的政治、哲学、爱欲》，马海良译，中国社会科学出版社1999年版。

［英］特里·伊格尔顿：《文学原理引论》，刘峰译，文化艺术出版社

1987年版。

［法］托里罗夫：《巴赫金、对话理论及其他》，蒋子华、张萍译，百花文艺出版社2001年版。

艾春明：《毕飞宇小说创作研究》，中央编译出版社2016年版。

曹文轩：《20世纪末中国文学现象研究》，北京大学出版社2002年版。

陈平原：《中国小说叙事模式的转变》，北京大学出版社2003年版。

陈晓明：《不死的纯文学》，北京大学出版社2007年版。

陈晓明：《无边的挑战——中国先锋文学的后现代性》，时代文艺出版社1993年版。

陈晓明：《无边的挑战——中国先锋文学的后现代性》，广西师范大学出版社2004年版。

阿城：《威尼斯日记》，作家出版社1997年版。

程文超等：《欲望的重新叙述——20世纪中国的文学叙事与文艺精神》，广西师范大学出版社2005年版。

程文超：《反叛之路》，中山大学出版社1999年版。

段德智：《西方死亡哲学》，北京大学出版社2006年版。

格非：《小说叙事研究》，清华大学出版社2002年版。

费孝通：《乡土中国》，北京大学出版社2012年版。

费振钟：《江南士风与江苏文学》，湖南教育出版社1995年版。

葛红兵、宋耕：《身体政治》，上海三联书店2005年版。

郭英德：《明清传奇史》，江苏古籍出版社1999年版。

洪治纲：《守望先锋：兼论中国当代先锋文学的发展》，广西师范大学出版社2005年版。

洪治纲：《中国六十年代出生作家群研究》，江苏文艺出版社2006年版。

洪子诚：《问题与方法：中国当代文学史研究讲稿》，北京大学出版社2010年版。

洪子诚：《中国当代文学史》，北京大学出版社1999年版。

李洁非：《中国当代小说文体史论》，陕西人民教育出版社2002年版。

李扬：《现代性视野中的曹禺》，人民文学出版社2004年版。

李咏吟：《文学批评学》，浙江大学出版社2010年版。

李泽厚：《批判哲学的批判——康德述评》（修订本），人民出版社1979

年版。

李泽厚：《批判哲学的批判》（再修订本），安徽文艺出版社1994年版。

刘俊：《悲悯情怀——白先勇评传》，花城出版社2000年版。

刘小枫：《沉重的肉身：现代性伦理的叙事纬语》，华夏出版社2004年版。

刘再复、林岗：《罪与文学》，中信出版社2011年版。

刘再复：《性格组合论》，上海文艺出版社1986年版。

鲁迅：《鲁迅全集》（第4卷），人民文学出版社1981年版。

鲁迅：《鲁迅全集》（第一卷），北京日报出版社2014年版。

莫言：《莫言散文》，浙江文艺出版社2000年版。

童庆炳、程正民主编：《文艺心理学教程》，高等教育出版社2001年版。

苏童、王宏图：《南方的诗学——苏童、王宏图对谈录》，漓江出版社2014年版。

汪民安、陈永国编：《后身体：文化、权力和生命政治学》，吉林人民出版社2003年版。

王安忆、张新颖：《谈话录》，广西师范大学出版社2008年版。

王国维：《红楼梦评论》，岳麓书社1999年版。

王德威：《当代小说二十家》，生活·读书·新知三联书店2006年版。

王宇：《性别表述与现代认同——索解20世纪后半叶中国的叙事文本》，上海三联书店2006年版。

吴雪丽：《苏童小说论》，中国社会科学出版社2012年版。

谢有顺：《当代小说十论》，山东文艺出版社2017年版。

谢有顺：《文学的路标：1985年后中国小说的一种读法》，广东省出版集团、广东人民出版社2009年版。

谢有顺：《文学及其所创造的》，海峡文艺出版社2016年版。

谢有顺：《先锋就是自由》，山东文艺出版社2004年版。

谢有顺：《小说中的心事》，作家出版社2016年版。

杨四平：《跨文化的对话与想象：现代中国文学海外传播与接受》，上中国出版集团东方出版中心2014年版。

杨义：《中国现代小说史》（第一卷），人民文学出版社1986年版。

叶君：《乡土·农村·家园·荒野——论中国当代作家的乡村想象》，中国社会科学出版社2007年版。

叶开：《莫言评传》，河南文艺出版社2008年版。

张京媛主编：《新历史主义与文学批评》，北京大学出版社1993年版。

张柠、董外平编：《思想的时差：海外学者论中国当代文学》，北京大学出版社2013年版。

张清华：《天堂的哀歌》，山东文艺出版社2005年版。

张清华：《中国当代文学中的历史叙事：海德堡讲稿》，北京大学出版社2012年版。

张清华：《中国当代先锋文学思潮论》（修订版），中国人民大学出版社2014年版。

张文红：《伦理叙事与叙事伦理——90年代小说的文本实践》，社会科学文献出版社2006年版。

周保欣：《伦理视野中的中国当代文学》，人民文学出版社2012年版。

朱大可等著：《十作家批判书》，陕西师范大学出版社1999年版。

朱光潜：《悲剧心理学——各种悲剧快感理论的批判研究》，张隆溪译，人民文学出版社1983年版。

三 资料汇编类

孔范今、施战军编：《苏童研究资料》，陈晨编选，山东文艺出版社2006年版。

汪政、何平编：《苏童研究资料》，天津人民出版社2007年版。

张学昕编：《苏童文学年谱》，复旦大学出版社2015年版。

张学昕编：《苏童研究资料》，人民文学出版社2016年版。

华中科技大学中国当代写作研究中心编：《边缘与颓废——2013春讲·苏童 谢有顺卷》，长江文艺出版社2013年版。

四 期刊论文类

陈思和：《关于长篇小说的历史意义》，《当代作家评论》1996年第4期。

陈思和等：《童年·60年代人·历史记忆——苏童作品学术研讨会纪要》，《渤海大学学报》（哲学社会科学版）2010年第6期。

陈晓明：《反抗危机：论"新写实"》，《文学评论》1993年第2期。

陈晓明：《感性批评的魅力与转型的时代——王干文学批评论略》，《当代作家评论》2018年第2期。

陈晓明：《论〈罂粟之家〉——苏童创作中的历史感与美学意味》，《文艺争鸣》2007年第6期。

陈晓明：《先锋文学三十年：辨析与反思》，《南方文坛》2015年第3期。

陈晓明：《中国先锋文学的冷漠叙事——苦难意识的残酷化》，《北京文学·中篇小说月报》2008年第2期。

程光炜：《我读〈妻妾成群〉——在苏童与〈包法利夫人〉译者对话中品味小说》，《当代作家评论》2018年第2期。

程桂婷：《苏童研究综述》，《扬子江评论》2008年第6期。

初清华、王干：《〈钟山〉（1988－1998）与先锋文学》，《文艺争鸣》2015年第10期。

丁帆：《"现代性"与"后现代性"同步渗透中的文学》，《文学评论》2001年第3期。

丁敏：《从权欲、情欲到物欲：人性欲望的三种形态批判——以鲁迅、沈从文与张爱玲为核心》，《浙江传媒学院学报》2009年第6期。

董小玉：《先锋文学创作中的审丑现象》，《文艺研究》2000年第6期。

冯妮：《先锋·历史·现实——多重视野下的苏童小说研究》，《当代文坛》2014年第4期。

冯倩：《在传统与现代之间穿梭——中西文学对苏童小说创作的影响》，《哈尔滨师范大学社会科学学报》2015年第1期。

葛红兵：《苏童的意象主义写作》，《社会科学》2003年第2期。

韩东：《苏童和他的小说》，《文艺报》1987年7月4日。

郝敬波：《从影视〈红粉〉看当代文学的经典化》，《电影文学》2010年第19期。

何平：《香椿树街的成长史，或者先锋的遗产》，《小说评论》2015年第4期。

洪流、苏童：《精致柔美的温情表达——苏童小说〈人民的鱼〉片谈三题》，《名作欣赏》2004年第11期。

洪治纲、凤群：《欲望的舞蹈——晚生代作家论之三》，《文艺评论》1996年第4期。

洪治纲：《论苏童短篇小说的"中和之美"》，《文学评论》2010年第3期。

洪治纲：《先锋文学的发展与作家主体性的重塑》，《当代作家评论》2008年第3期。

黄修己：《对"战争文学"的反思》，《河北学刊》2005年第5期。

黄毓璜：《面对共同的历史——周梅森、叶兆言、苏童比较谈》，《钟山》1991年第2期。

季红真：《苏童：窥视人性的奥秘》，《芒种》1995年第10期。

季进、吴义勤：《文体：实验与操作——苏童小说论之一》，《当代作家评论》1990年第1期。

姜广平：《留神听着这个世界的动静——与苏童对话》，《文学教育（中）》，2010年第1期。

焦雨虹：《苏童小说：唯美主义的当代叙述》，《小说评论》2004年第3期。

金惠敏：《叔本华的想象论及其可能的价值》，《文学评论》1998年第4期。

李其纲：《苏童放飞的姐妹鸟》，《文学评论》1989年第3期。

李申华：《寻找灯绳的苏童——谈苏童近几年的短篇小说创作》，《当代文坛》2005年第5期。

李学武：《海峡两岸：成长的三个关键词——论苏童、白先勇小说中的成长主题》，《当代文坛》2004年第7期。

李遇春：《病态社会的病相报告——评苏童的长篇小说〈蛇为什么会飞〉》，《小说评论》2004年第3期。

梁振华、苟翰心：《身体的自白：苏童小说中身体叙事的内涵承载》，《当代作家评论》2017年第4期。

林舟：《女性生存的悲歌——苏童的三篇女性视角小说解读》，《当代文坛》1993年第4期。

刘春：《世界的苏童和苏童的世界》，《南方文学》1998年第4期。

陆梅：《把标签化了的苏童打碎》，《文学报》2002年4月18日。

罗屿：《我想的永远是开拓的问题》，《新世纪周刊》2009年5月11日。

毛丹武：《中国当代文学史史学观念学术研讨会综述》，《文学评论》2001

年第 1 期。

孟繁华：《先锋文学的遗风流韵——纪念先锋文学三十周年》，《南方文坛》2015 年第 3 期。

南帆：《新写实主义：叙事的幻觉》，《文艺争鸣》1992 年第 5 期。

南帆：《再叙事：先锋小说的境地》，《文学评论》1993 年第 3 期。

孙绍振：《孙绍振专栏：小说内外之七——由一篇评论想起的》，《小说评论》1995 年第 3 期。

谭嘉：《作家苏童谈写作》，《当代作家评论》2002 年第 5 期。

田卓艳、贺婷婷：《近二十年国内苏童作品的叙事学研究述评》，《华中师范大学研究生学报》2016 年第 3 期。

苏童、张学昕：《回忆·想象·叙述·写作的发生》，《当代作家评论》2005 年第 6 期。

王干、费振钟：《苏童：在意象的河流里沉浮》，《上海文学》1988 年第 1 期。

王干：《最后的先锋文学——评苏童的长篇小说〈河岸〉》，《扬子江评论》2009 年第 3 期。

王宏图：《转型后的回归——从〈黄雀记〉想起的》，《南方文坛》2013 年第 6 期。

[美] 王德威：《南方的堕落与诱惑》，《新华文摘》1998 年第 7 期。

王卫红：《面对历史的凭吊与对话——评苏童的新历史小说》，《山东师大学报》（社会科学版）1997 年第 2 期。

吴亮：《真正的先锋一如既往：论文学少数派在今日的地位》，《文学角》1989 年第 1 期。

吴武洲：《作家的悲悯情怀》，《中华读书报》2004 年 3 月 17 日。

吴义勤：《"戴着镣铐跳舞"——评苏童的长篇新作〈碧奴〉》，《南方文坛》2007 年第 3 期。

吴义勤：《短篇的力量——读苏童的〈私宴〉〈堂兄弟〉》，《上海文学》2004 年第 7 期。

吴义勤：《蛇为什么会飞（长篇小说）》，《当代作家评论》2002 年第 5 期。

吴义勤：《苏童小说的生命意识》，《江苏社会科学》1995 年第 1 期。

吴义勤：《在乡村与都市的对峙中构筑神话——苏童长篇小说〈米〉的故事拆解》，《当代作家评论》1991 年第 6 期。

午弓：《苏童的叙事艺术》，《当代作家评论》1988 年第 3 期。

武跃速：《转换：走出枫杨树——苏童近作印象》，《当代作家评论》1989 年第 4 期。

谢有顺、陈劲松：《论苏童〈黄雀记〉》，《小说评论》2016 年第 3 期。

谢有顺：《历史时代的终结：回到当代——论先锋小说的转型》，《当代作家评论》1994 年第 2 期。

谢有顺：《内在的人》，《小说评论》2013 年第 2 期。

谢有顺：《文学：坚持向存在发问》，《南方文坛》2003 年第 3 期。

谢有顺：《小说叙事的伦理问题》，《小说评论》2012 年第 5 期。

杨经建、吴丹：《苏童小说与晚唐诗风》，《文学评论》2011 年第 2 期。

叶励华：《新潮的洄流——评苏童的创作转型及其价值意义》，《文学评论家》1992 年第 1 期。

余华：《虚伪的作品》，《上海文论》1989 年第 5 期。

袁晓庆：《走近苏童——苏童访谈录》，《绿洲》1998 年第 5 期。

张清华：《十年新历史主义文学思潮回顾》，《钟山》1998 年第 4 期。

张清华：《天堂的哀歌——苏童论》，《当代作家评论》2001 年第 1 期。

张学昕：《堕落南方的"游丝"——苏童小说人物论之一》，《山花》2006 年第 8 期。

张学昕：《发掘记忆深处的审美意蕴——苏童近期短篇小说解读》，《文艺评论》2004 年第 1 期。

张学昕：《孤独"红粉"的剩余想象——苏童小说人物论之二》，《南方文坛》2007 年第 2 期。

张学昕、娄佳杰：《历史迷魅中的"罪与罚"——论苏童小说的母题》，《当代作家评论》2006 年第 2 期。

张学昕：《论当代小说创作中的唯美主义倾向》，《北方论丛》1999 年第 5 期。

张学昕：《论苏童的小说创作》，《辽宁师范大学学报》（社会科学版）2001 年第 1 期。

张学昕：《论苏童小说的叙述语言》，《吉林大学社会科学学报》2006 年第 5 期。

张学昕：《论苏童小说写作的"灵气"》，《当代作家评论》2007 年第 4 期。

张学昕：《南方想象的诗学——苏童小说创作特征论》，《文艺争鸣》2007 年第 10 期。

张学昕：《苏童的短篇小说》，《文艺报》2007 年 2 月 17 日。

张学昕：《苏童：重构"南方"的意义》，《文学评论》2014 年第 3 期。

张学昕：《"唯美"的叙述——苏童短篇小说论》，《当代作家评论》2004 年第 3 期。

张学昕：《先锋或古典：苏童小说的叙事形态》，《文艺评论》2006 年第 4 期。

张学昕：《"虚构的热情"——苏童小说的写作发生学》，《当代作家评论》2005 年第 6 期。

张学昕：《自由地抒写人类的精神童话——读苏童的长篇小说〈碧奴〉》，《当代作家评论》2007 年第 1 期。

赵强：《〈河岸〉：为生活立心》，《文艺争鸣》2010 年第 23 期。

周保欣：《重建史料与理论研究的新平衡》，《学术月刊》2017 年第 10 期。

周新民：《塞林格与苏童：少年形象的书写与创造》，《外国文学研究》2009 年第 3 期。

朱伟：《最新小说一瞥》，《读书》1990 年第 3 期。

五　学位论文类

艾春明：《毕飞宇小说创作研究》，博士学位论文，东北师范大学，2015 年。

蔡志诚：《时间、记忆与想象的变奏——格非小说创作研究》，博士学位论文，福建师范大学，2006 年。

何磊：《欲望·身份·生命——巴迪斯·朱特勒的主体之旅》，博士学位论文，北京外国语大学，2013 年。

何媛媛：《莫言的世界和世界的莫言——世界文学语境下的莫言研究》，博士学位论文，苏州大学，2013 年。

王琮:《九十年代以来先锋小说创作的转型——以苏童、余华、格非为代表》,博士学位论文,辽宁师范大学,2012年。

吴芸茜:《与时间对峙——王安忆论》,博士学位论文,华东师范大学,2003年。

谢有顺:《中国小说叙事伦理的现代转向》,博士学位论文,复旦大学,2010年。

杨秀芝:《欲望书写时代女性身体修辞——20世纪80、90年代小说研究》,博士学位论文,华中科技大学,2008年。

张学昕:《南方想象的诗学——论苏童的当代唯美写作》,博士学位论文,吉林大学,2007年。

附 录

苏童小说创作年表[1]

《第八个是铜像》,《青春》1983年第7期。

《我向你走来》,《百花园》1983年第8期。

《老实人》,《百花园》1984年第2期。

《江边女人》,《青春》1984年第4期。

《空地上的阳光》,《青年作家》1984年第4期。

《近郊纪事》,《青年作家》1984年第7期。

《一个白洋湖男人和三个白洋湖女人》,《青年文学》1985年第1期。

《石码头》,《雨花》1985年第6期。

《白洋淀,红月亮》,《钟山》1986年第1期。

《门》,《湖海》1986年第1期。

《水闸》,《小说林》1986年第2期。

《祖母的季节》,《十月》1986年第4期。

《青石与河流》,《收获》1986年第5期。

《北墙上那一双眼睛》,《广州文艺》1986年第7期。

《流浪的金鱼》,《青春》1986年第7期。

《岔河》,《作家》1986年第8期。

《飞越我的枫杨树故乡》,《上海文学》1987年第2期。

《桑园留念》,《北京文学》1987年第2期。

---

[1] 此部分的资料搜集,主要整理自汪政、何平《苏童研究资料》,天津人民出版社2007年版;苏雪丽《苏童小说论》,中国社会科学出版社2012年版。谨此感谢。

《黑脸家林——一个人的短暂历史》,《解放军文艺》1987 年第 2 期。

《有三棵椰子树的地方》,《西湖》1987 年第 3 期。

《后院的紫槐和少女》,《广州文艺》1987 年第 3 期。

《徽州女人》,《湖海》1987 年第 5 期。

《算一算屋顶下有几个人》,《钟山》1987 年第 5 期。

《一九三四年的逃亡》,《收获》1987 年第 5 期。

《蓝白染坊》,《花城》1987 年第 5 期。

《故事:外乡人父子》,《北京文学》1987 年第 8 期。

《丧失的桂花树之歌》,《作家》1987 年第 8 期。

《遥望河滩》,《奔流》1987 年第 11 期。

《平静如水》,《上海文学》1988 年第 1 期。

《周梅森的现在进行时》,《中国作家》1988 年第 1 期。

《环绕我们的房子》,《雨花》1988 年第 2 期。

《U 形铁》,《雨花》1988 年第 2 期。

《午后故事》,《雨花》1988 年第 2 期。

《乘滑轮车远去》,《上海文学》1988 年第 3 期。

《水神诞生》,《中外文学》1988 年第 3 期。

《死无葬身之地》,《中外文学》1988 年第 3 期。

《你好,养蜂人》,《北京文学》1988 年第 4 期。

《井中男孩》,《花城》1988 年第 5 期。

《一无收获》,《小说界》1988 年第 5 期。

《怪客》,《作家》1988 年第 5 期。

《祭奠红马》,《中外文学》1988 年第 5 期。

《罂粟之家》,《收获》1988 年第 6 期。

《伤心的舞蹈》,《上海文学》1988 年第 10 期。

《杂货店的女人》,《时代文学》1989 年第 2 期。

《仪式的完成》,《人民文学》1989 年第 3 期。

《舒家兄弟》,《钟山》1989 年第 3 期。

《逃》,《青年文学》1989 年第 3 期。

《南方的堕落》,《时代文学》1989 年第 5 期。

《妻妾成群》，《收获》1989 年第 6 期。
《已婚男人杨泊》，《作家》1990 年第 4 期。
《棉花地稻草人》，《青春》1990 年第 4 期。
《妇女生活》，《花城》1990 年第 5 期。
《女孩为什么哭泣》，《时代文学》1990 年第 5 期。
《红粉》，《小说家》1991 年第 1 期。
《我的棉花，我的家园》，《作家》1991 年第 1 期。
《狂奔》，《钟山》1991 年第 1 期。
《吹手向西》，《上海文学》1991 年第 2 期。
《米》，《钟山》1991 年第 3 期。
《另一种妇女生活》，《小说界》1991 年第 4 期。
《离婚指南》，《收获》1991 年第 5 期。
《像天使一样美丽》，《小说林》1991 年第 6 期。
《木壳收音机》，《人民文学》1991 年第 7、8 期合刊。
《西窗》，《漓江》1992 年第 1 期。
《金色的松涛》，《小说天地》1992 年第 1 期。
《我的帝王生涯》，《花城》1992 年第 2 期。
《十九间房》，《钟山》1992 年第 3 期。
《回力牌球鞋》，《作家》1992 年第 4 期。
《沿铁路行走一公里》，《时代文学》1992 年第 5 期。
《来自草原》，《芳草》1992 年第 5 期。
《园艺》，《收获》1992 年第 6 期。
《刺青时代》，《作家》1993 年第 1 期。
《烧伤》，《花城》1993 年第 1 期。
《一个朋友在路上》，《上海文学》1993 年第 1 期。
《游泳池》，《小说家》1993 年第 2 期。
《狐狸》，《小说家》1993 年第 2 期。
《灰呢鸭舌帽》，《小说家》1993 年第 2 期。
《城北地带》，《钟山》1993 年第 4 期。
《第五条路》，《新生界》1993 年第 4 期。

《纸》，《收获》1993年第6期。
《紫檀木球》，《大家》1994年第1—2期。
《与哑巴结婚》，《花城》1994年第2期。
《什么是爱情》，《江南》1994年第3期。
《美人失踪》，《作家》1994年第3期。
《樱桃》，《作家》1994年第3期。
《小莫》，《大家》1994年第3期。
《民丰里》，《啄木鸟》1994年第4期。
《肉联厂的春天》，《收获》1994年第5期。
《桥边茶馆》，《青年文学》1994年第7期。
《一个叫板墟的地方》，《青年文学》1994年第7期。
《一朵云》，《山花》1994年第10期。
《饲养公鸡的人》，《钟山》1995年第1期。
《那种人（二篇）》，《花城》1995年第3期。
《种了盆仙人掌》，《特区文学》1995年第3期。
《十八相送》，《芙蓉》1995年第4期。
《把你的脚捆起来》，《上海文学》1995年第5期。
《蝴蝶与棋》，《大家》1995年第5期。
《三盏灯》，《收获》1995年第5期。
《亲戚们谈论的事情》，《大家》1995年第6期。
《玉米爆炸记》，《长江文艺》1995年第7—8期。
《花生牛轧糖》，《湖南文学》1995年第7—8期。
《流行歌曲》，《广州文艺》1995年第8期。
《棚车》，《东海》1995年第7、8期合刊。
《小猫》，《东海》1995年第7、8期合刊。
《犯罪现场》，《花城》1996年第1期。
《公园》，《作家》1996年第1期。
《表姐来到马桥镇》，《萌芽》1996年第1期。
《霍乱》，《天涯》1996年第1期。
《声音研究》，《收获》1996年第2期。

《红桃Q》，《收获》1996年第3期。

《新天仙配》，《收获》1996年第3期。

《飞越我的枫杨树故乡》，《漓江》1996年第5期。

《食指是有用的》，《钟山》1996年第5期。

《饮酒歌》，《钟山》1996年第5期。

《灼热的天空》，《大家》1996年第5期。

《世界上最荒凉的动物园》，《山花》1996年第6期。

《两个厨子》，《收获》1996年第6期。

《天使的粮食》，《北京文学》1996年第11期。

《告诉他们，我乘白鹤去了》，《收获》1997年第1期。

《白沙》，《东海》1997年第1期。

《海滩上的一群羊》，《上海文学》1997年第3期。

《菩萨蛮》，《收获》1997年第4期。

《神女峰》，《小说家》1997年第4期。

《八月日记》，《雨花》1997年第9期。

《他母亲的儿子》，《雨花》1997年第9期。

《小偷》，《收获》1998年第2期。

《过渡》，《人民文学》1998年第3期。

《群众来信》，《收获》1998年第5期。

《两个厨子》，《广州文艺》1998年第5期。

《人造风景》，《十月》1998年第5期。

《开往瓷厂的班车》，《花城》1998年第6期。

《向日葵》，《大家》1999年第1期。

《水鬼》，《收获》1999年第1期。

《拱猪》，《上海文学》1999年第1期。

《古巴刀》，《作家》1999年第1期。

《巨婴》，《大家》1999年第2期。

《你丈夫是干什么的》，《大家》1999年第3期。

《新时代的白雪公主》，《大家》1999年第4期。

《驯子记》，《钟山》1999年第4期。

《独立纵队》,《大家》1999 年第 5 期。
《肉身凡胎的世界》,《东海》1999 年第 5 期。
《奸细》,《大家》1999 年第 6 期。
《天赐的亲人》,《青年文学》1999 年第 8 期。
《大气压力》,《人民文学》1999 年第 10 期。
《一棵歪歪斜斜的树》,《短篇小说》2000 年第 1 期。
《一个说评弹的女人》,《万象》2000 年第 2 期。
《桂花连锁集团》,《收获》2000 年第 2 期。
《女声》,《花城》2000 年第 3 期。
《一个女裁缝》,《万象》2000 年第 5 期。
《遇见司马先生》,《钟山》2000 年第 5 期。
《七三年冬天的一个夜晚》,《天涯》2000 年第 7 期。
《白杨和白杨》,《作家》2000 年第 7 期。
《伞》,《收获》2001 年第 1 期。
《贪吃的人》,《钟山》2001 年第 5 期。
《白雪猪头》,《钟山》2002 年第 1 期。
《蛇为什么会飞》,《收获》2002 年第 2 期。
《小舅理生》,《山花》2002 年第 7 期。
《人民的鱼》,《人民文学》2002 年第 9 期。
《点心》,《书城》2002 年第 10 期。
《骑兵》,《钟山》2003 年第 1 期。
《马蹄莲》,《大家》2003 年第 3 期。
《五月回家》,《人民文学》2003 年第 5 期。
《手》,《花城》2004 年第 2 期。
《私宴》,《上海文学》2004 年第 7 期。
《堂兄弟》,《上海文学》2004 年第 7 期。
《西瓜船》,《收获》2005 年第 1 期。
《拾婴记》,《上海文学》2006 年第 1 期。
《碧奴》,《重庆出版社》2006 年第 9 期。
《茨菰》,《钟山》2007 年第 4 期。

《为什么我们家没有电灯》,《收获》2007 年第 6 期。

《河岸》,《收获》2009 年第 2 期。

《黄雀记》,《收获》2013 年第 3 期。

《她的名字》,《作家》2013 年第 8 期。

《万用表》,《钟山》2016 年第 1 期。

《马多娜生意》,《作家》2017 年第 1 期。

后　记

　　文学作为个体心灵与精神的投射，充满情感与温度，能够触动我们的同情共感，启发思考与体悟。科技文明时代，写作方式和传播方法日新月异，文学仍然拥有任何事物都不可替代的意义。因而，喜爱并书写文学，以文学为"业"，与文学相伴，实乃人生一大幸事。

　　苏童是我在文学"修行"路上最喜欢、敬佩的当代作家之一。仍记得在研究生公寓秉烛夜"读"《我的帝王生涯》《妻妾成群》《告诉他们，我乘白鹤去了》时的惊喜与激动，唯美典雅的语言、肆意奔腾的想象力、出人意料的故事，那些闪着光亮的句子、细节、想法……完全刷新了我对传统意义上的文学写作的认知。于是，迫不及待想要进一步了解这个作家与他的作品，直至确定将苏童作为研究对象，完成我的博士学位论文写作。做文学史的研究，不掌握第一手资料，研究工作只能是空中楼阁；缺少对作家作品的整体性把握，文学批评便无从谈起。谢有顺曾说："以一种生命的学问，来理解一种生命的存在，这才是最为理想的批评。"因此，关注苏童、研究苏童、解读苏童，进而阐明文学作为一个生命世界所潜藏的秘密，是我为之奋斗一生的教学与科研使命。更何况，能在自己感兴趣的研究领域深耕前行，本身就是一件书写快意人生的趣事！

　　当书稿即将付梓，此刻的我宛若阳光照耀下的河流，感动与不安同时涌现。资质平平的我，肤浅稚嫩的写作，在笨拙且缓慢"爬行"的求学路上，实在收获了太多的恩赐与馈赠，有太多要感谢的人。感谢我的导师谢有顺教授，老师文如其人，温润睿智，老师的为人、治学有如山高水长，虽不能至，心向往之；感谢我的博士同门王威廉、李德南、唐诗人、苏沙丽、刘秀丽、徐威等，因为他们，让我那些年在"双鸭山"

大学苦读的日子，拥有更多前行的勇气与动力；感谢在教育部工作期间政策法规司的老师们对我的关心与指导，他们的勤勉、博学，他们的宽厚、谦逊，他们对我的谆谆教诲、指点迷津，让我受益终身；也要感谢伦敦求学期间的张蕾、朱凯、波辉、王辉、刚波等，是他们的呵护与宽容，让我始终对人世报以爱与微笑；感谢本书的责任编辑王越和出版社郭晓鸿等工作同人，她们为本书所付出的辛苦让我感动；尤其要感谢我的先生李昕宇，感谢我的爸妈和儿女，有他们一直的理解与支持，有家人默默地陪伴与付出，才使我得以享受纯粹的读书与研究"日常"。

"从俗世中来，到灵魂里去。"我知道，于我这样一个"过于恋旧的现代人"而言，这是一条属于我自己的文学长路。我将继续前行！

李 兰

2023 年 10 月